폴
링
인
폴

백수린 소설

폴링 인 폴

문학동네

차
례

거짓말 연습

도시의 사람들은 모두 여름을 기다리고 있었다. 나는 이곳에 도착한 지 몇 달이 채 되지 않아 사람들이 왜 그렇게 여름에 집착하는지 금세 이해할 수 있게 되었다. 시간의 흐름에 따라 꽃이 피고 지기는 했지만 날은 오랫동안 습하고 추웠다. 겨울이 길었던 만큼 여름이 다가오는 속도는 더뎠다. 기온이 오르자 책상 위에 놓인 우유나 떠먹는 요구르트 같은 것들이 쉽게 부패해갔다. 냉장고가 없는 나는 이틀에 한 번씩 장을 볼 수밖에 없었다. 기숙사에는 대부분 나처럼 곧 떠날 사람들이 살고 있었다. 방주인과 말을 섞지 않아도 떠날 사람과 떠나지 않을 사람은 쉽게 구분되었다. 떠날 사람들은 대부분 냉장고를 구입하지 않았다. 대신 대형마트 로고가 찍힌 커다란 장바구니에 식료품들을 담아 매일 저녁 창문 밖에 매달아두었다. 해질녘, 창밖에서 바라보면 건물의 창마다 계란이며 버터 따위가 담긴 색색의 장바구니들이 창틈에 위태롭게 매달려 있었다. 간혹, 장바구니가 달려 있지 않은 곳은 빈방이거나 장기 투숙자의 방이었다. 냉장고가 없는 이들에게 여름은 불편한 계절이었다. 부패가 느린 음식들을 골라 재빨리 먹는 것이 가장 중요한 일이었다. 그런데도 사람들은 대부분 여름을 기다렸다. 유럽의 여름은, 내가 자라온 곳의 여름과는 전혀 다른 의미를 지니고 있었다.

책상에 둔 요구르트가 이틀 만에 변질되기 시작했을 때, 내 방에서 바퀴벌레가 처음으로 나타났다. 이 기숙사에서 가장 싼 K동에 바퀴가 나온다는 것이 그렇게 기이한 일은 아니었는지, 이야기를 들은 프런트 직원은 내게 아무 말 없이 바퀴약을 한 봉지 줄 뿐이었다. 그렇지만 바퀴는 아무리 약을 뿌려도 계속 어디선가 나타났고, 나는 밤마다 온몸이 가려워 잠을 잘 수가 없었다. 잠에서 깨어나 시계를 보다가 나도 모르게 한국의 시간을 가늠해보는 일이 습관처럼 되어버렸다. 한국과의 시차는 일곱 시간. 내가 잠들어 있는 시간, 엄마나 그는 하루를 분주히 시작한다는 것이 어쩐지 실감나지 않았다.

어학연수를 위해 프랑스에 온 지도 여러 달째에 접어들고 있었다. 고등학교에서 배운 불어 실력으로는 유학생활에 어려움이 많을 거라는 유학원의 조언에 따른 결정이었다. 유학원을 통해 구한 기숙사에는 한국인이 몇 있었다. 그렇지만 단기간에 불어 실력을 향상시키기 위해서는 한국인들과 어울리면 안 된다는 유학원의 충고에 따라 나는 가능한 한 그 적은 수의 한국인들과도 어울리지 않았다. 그렇다고 외국인들과 친하게 지낸 것도 아니었다. 나는 가능하면 그 누구와도 말을 섞지 않은 채 고요히 지내고 싶었다. 사실, 결혼과 동시에 그만둔 미술을 다시 해보기 위해 유학을 결심한 가장 큰 이유는 그런 고요함이 필요해서였다. 더구나 단 육 개월만 체류하는 이곳에서 나는 그 무엇과도 깊은 관계를 맺을 생각이 없었다. 그렇지만 파업 때문에 체류 기간은 예상보다 더 늘어날 것만 같았다. 파업은 점점 더 번져갔다. 처음에는 택시 기사들의 파업이더니 그다음에는 식품점 계산원들의 파업이 이어졌다. 어떤 날은 한참 동안 버스를 기다려도 버스가 오지 않았다. 대중교통수단 노조의 파업이었다. 라디오로 뉴스를 듣고 이해하는 데 아직 미숙한 학생들에게 어학원의 선생은 파업이 왜 일어나고 있는지를 간단히 설명해주었다. 세계 각지에서 온 학생들은 파업에 대해 나라 수만큼 다양한 반응을 보였다. 파업이 언제 끝날까? 나는 궁금했지만 간혹 만나는 프랑스 사람들은 별로 대수로운 일이 아니라는 듯이 곧 끝나겠지, 따위의 애매모호한 답변을 줄 뿐이었다. 가장 큰 문제는 그 파업이 전국적으로

거짓말 연습 11

일어났다는 점이었다. 전국의 우체국도 파업에 동참했다. 그래서 내가 진학할 대학에서 보낸 합격 서류는 아직 도착하지 않았다. 나는 내 앞날을 예측할 수 없었다. 시간은 주체할 수 없을 정도로 남아돌았다.

여름휴가는 어디로 갑니까?

내가 다니는 어학원의 선생이 물었다. 고국의 발음과 억양을 아직 다 버리지 못한 반 사람들은 대부분 떠난다고 했다. 더러는 일상이 있는 고국으로, 몇몇은 진학할 학교가 있는 다른 도시로. 다시 이곳으로 돌아올 것입니까? 선생은 언제나 또박또박, 그리고 느린 속도로 이야기했다. 외국인을 대상으로 말하는 데 익숙해진 사람답게 그의 문장은 정확하고 간결했다. 누군가가 대답했다. 아니요, 나는 이곳으로 돌아오지 않을 것입니다.

나는 이곳에서의 삶에 대체로 만족했다. 단조로운 일상이 마음에 들었다. 르블랑 부인의 집을 방문하는 날을 제외하면 나는 주로 구립 도서관의 구석자리에 앉아 어학원 선생이 내준 숙제를 했다. 르블랑 부인은 어학원에서 내게 주선해준 대화 상대였다. 내가 등록한 어학원은 학생들의 어학 실력 향상을 위해 지원자들에 한해 대화 상대를 연결시켜주는 프로그램을 운영하고 있었다. 대화 상대자로 자원하는 프랑스인들은 대부분 말벗이 필요한 노인들이었다. 르블랑 부인 역시 마찬가지였다. 자식들이 모두 출가하고 남편과 사별한 지 오 년 가까이 되어가는 르블랑 부인은 내가 찾아갈 때마다 커다란 거실 한복판에 혼자 우두커니 앉아 텔레비전을 보고 있었다. 한국에서도 큰 성공을 거둔 미국 드라마라든가 퀴즈 쇼 같은 것들을. 내가 찾아가면 부인은 그제야 텔레비전을 끄고 나와 대화를 시도했다. 그러나 우리는 서로에게 좋은 대화 상대가 되지 못했다. 르블랑 부인은 가는귀를 먹었고, 나는 어법에 맞지 않는 말들을 더듬더듬 할 뿐이기 때문이었다. 우리는 서로 뭐라고? 뭐라고요? 만 주고받은 채 정해진 시간을 채웠다. 약속한 기간 동안 지원자가 먼저 그만둬서는 안 된다는 강제 조항이 없었다면 나는 일찌감치 르블랑 부인 만나는 일을 포기했을 것이다.

도서관에서 숙제를 마치고 기숙사로 돌아왔을 때, 프런트 직원이 나를 불러세웠다. 직원의 말은 너무 빨라 한 번에 알아들을 수 없었다. 다시 말해달라고 몇 번이나 부탁해야만 했고, 그러다보니 듣는 나도 말하는 그녀도 슬슬 짜증이 났다. 그녀는 말없이 내 앞에 서류를 밀어놓았다. 다음 학기에도 기숙사에 있으려면 신청서를 작성해야 한다는 말이었나. 나는 서류를 보고서야 그녀의 말을 이해했다. 다음 학기에는 여기 있지 않을 것이라고 말하려다가 관두고 서류를 챙겨 방으로 올라갔다. 역시 예상대로 우편함에는 대학 입학 허가서가 들어 있지 않았다.

삼층으로 올라서자 기숙사 복도를 따라 간장이 들어간 중국 음식 냄새가 진동했다. 주로 동양인들에게 배정되는 K동 기숙사의 대다수를 차지하는 것은 중국 학생들이었다. 중국 학생들은 언제나 여럿이 모여 음식을 만들어 먹었다. 나는 방으로 들어가려다 말고 큰 소리로 중국어를 주고받는 이들이 상을 차리고, 음식을 볶는 모습을 구경했다. 오랜만에 간장 냄새를 맡으니 식욕이 돋았다.

그는 간장으로 조린 음식은 무엇이든 좋아했다. 신혼 때, 나는 요리책을 펴놓고 매일같이 감자조림, 연근조림, 우엉조림 같은 것들을 만들며 부엌을 서성였다. 때로는 무를 큼직하게 썰어 넣고 고등어를 조리거나 홍차를 살짝 우려 넣고 소고기 장조림을 만들었다. 내가 특별히 요리를 잘하는 편이 아니었는데도 그는 조림 음식만 있으면 밥을 맛있게 먹었다. 어려서부터 입이 짧은 편이었던 나조차 그가 밥 먹는 모습을 보면 식욕이 났다. 그런 그를 위해 각종 요리책들을 뒤지며 조림 레시피를 스크랩하던 날들. 그는 지금도 어느 식당에 들어가 앉아 고등어조림을 시켜 먹을까. 나는 쓸데없는 상념이 찾아들기 전에 서둘러 복도를 지나쳐 내 방으로 들어가 문을 잠갔다.

어학원 종강을 일주일 앞두고 선생은 학기를 마치면 우리가 보게 될 시험에 대해 이야기해주었다. 시험을 통과한 학생들에게는 한 달 후 자격증이 발송될 것이라며 배송받을 주소를 적어 내라고도 했다. 아침에 나올 때도 살폈지만 우편함은 텅 비어 있었다. 나는 내가 한 달 후 어디에 있을지 확신할 수 없었다. 그래서 어떤 주소를 적어 내야 하는지 망설여졌다. 너는 이제 역사 공부를 하러 파리로 가니? 내 옆에 앉아 종종 짝 활동을 함께하던 이탈리아인이 내게 물었다. 나는 그제야 언젠가 수업중에 역사 공부를 하기 위해 이곳에 왔다고 말했던 기억이 났다. 그러나 나는 옆방의 스테판에게는 영화를 공부할 거라고 말했고 버스 옆자리에 앉았던 노인에게는 향수를 공부하러 왔노라 말하기도 했었다.

이곳에 온 지 몇 달 만에 깨닫게 된 사실은 떠나기로 예정되어 있는 사람들은 상대에게 모든 것을 드러낼 필요가 없다는 점이었다. 떠날 사람들은 보여줄 수 있는 만큼, 아니 보여줘도 되는 만큼, 아니 보여주고 싶은 만큼만을 드러낸 채로 제한된 삶을 살았다. 그것으로 충분하기 때문이었다. 그래서 이곳에 온 이래 나에게는 거짓말을 하는 버릇이 생겼다. 거짓말이라고 해봐야 대단한 것들은 아니었다. 처음에는 그저 새로 배운 단어를 활용해봐야겠다는 생각뿐이었다. 좋아하는 색은 무엇입니까? 빨강입니다. 파랑입니다. 노랑입니다. 상대에게는 결코 해가 되지 않고, 관심도 불러일으키지 않을 사소한 말들. 내 아버지의 직업은 의사입니다. 내 어머니의 직업은 교사입니다. 내게는 여동생이 있습니다. 여동생은 학생입니다. 상대가 결코 확인할 수 없을 거짓말들. 어학 교재 속에서 찾아낸 판에 박힌 문장들로 나는 사람들과 대화를 이어나갔다. 그 이상의 이야기를 주고받을 수 없다는 점이 내게는 안심이었다.

엄마는 왜 거짓말을 했을까? 사실, 거짓말은 엄마의 소통 방식이었다. 엄마의 거짓말은 내가 하는 것들과는 무언가 달랐다. 거짓말에 생동감이 넘친다고 해야 할까? 어쨌든 엄마는 언제나 거짓말을 했다. 이를테면 엄마는 누구와도 동향이 될 수 있었고, 상대가 누구냐에 따라 사별을 했거나 이혼을 했거나, 미혼모가 되기도 했다. 나는 거짓말을 일삼는 엄마를 도무지 이해할 수 없었다. 엄마와 나 사이에 솔직함이 존재한 순간은 기억 속에 없었다. 내가 떠나던 날도 마찬가지였다. 왜 떠나느냐, 결혼생활은 어떻게 되는 것이냐, 언제 돌아올 것이냐 따위의 질문을 엄마는 내게 퍼붓지 않았다. 왜 아무것도 묻지 않아? 내 물음에 엄마는 답했다. 어련히 알아서 하겠냐. 어쩐지 서운했다. 차라리 엄마가 내게 모든 것을 물었더라면, 그리고 다그쳤더라면 마음이 좀더 편하지 않았을까. 엄마를 떠올리자 너무 오랫동안 엄마에게 안부 전화를 하지 않았구나, 하는 생각이 들었다. 그러고 보니 지난 4월 이후, 나는 엄마에게 한 번도 연락을 하지 않았다. 엄마에게 전화를 걸어야 한다고 계속 생각했으면서도.

예정대로 금요일 세시에 나는 르블랑 부인을 찾았다. 우리의 의무적인 만남도 몇 번 더 남지 않은 시점이었다. 부인은 변함없이 어두운 거실에 홀로 앉아 있었다. 우리는 소파에 비스듬하게 마주보고 앉아 서로의 안부를 물었다.

새로운 일은 없니?

곧 시험을 볼 것입니다.

시험이라는 말에 르블랑 부인은 오, 시험? 공부는 많이 했니? 라고 물었다. 나는 계속되는 파업 때문에 다음 학기가 어떻게 될지 알 수 없어 괴롭다, 고 말하고 싶었다. 그렇지만 그렇게 복잡한 문장을 만들 재간이 내게는 없었다. 그래서 대신 짧게 물었다.

파업은 언제 끝날 것입니까?

뭐라고?

언제 파업이 끝납니까?

뭐라고?

파업은 언제 끝납니까?

한숨이 나왔다. 부인의 얼굴에도 약간의 짜증이 묻어났다. 다시 대화가 끊기자 르블랑 부인은 텔레비전을 켰다. 텔레비전이나 같이 볼래? 나는 그만 일어나겠다고 말하려고 했다. 그러나 어쩐지 예의가 아닌 것 같아 정해진 시간이 끝날 때까지 자리를 지키기로 마음을 고쳤다. 울긋불긋한 빛이 화면을 타고 흘러넘쳤다. 귀가 잘 안 들리는 탓에 부인이 틀어놓은 텔레비전의 음량은 거의 최대치에 가까웠다. 귀가 아플 지경이었다.

시끄러운, 그러나 알아들을 수 없는 말들이 쉴새없이 쏟아지는 화면을 바라보다보니 르블랑 부인에게 한국말로 크게 떠들어대고 싶은 충동이 갑자기 일었다. 사실은, 내가 이렇게 말이 없는 사람은 아니거든요. 당신은 나를 하나도 몰라요. 우리는 지난 몇 달 동안 만나왔지만 서로에 대해 아무것도 모르는 거예요. 그러나 나는 아무런 말도 하지 않았다. 퀴즈 쇼의 끝을 알리는 로고 송과 자막이 흘러나왔다. 자리에서 일어났다.

커다란 텔레비전 소리에 익숙해진 탓인지 집밖으로 나서자 세상이 한층 더 조용하게 느껴졌다. 광장 한복판에 서 있는 루이 14세의 동상 아래에는 약속을 기다리는 사람들이 한곳을 바라보며 서성이고 있었다. 어떤 사람들은 관광 안내소 근처의 꽃집에서 꽃다발을 사들고 광장을 가로질렀다. 머리카락을 잔뜩 세운 한 무리의 십대들은 흥겨운 음악에 맞추어 춤을 추었다. 저멀리 푸르비에르 언덕 위에는 대성당이 빛나고 있었다. 도시 어디에서든 눈에 띄는 성당은 이 도시의 자랑이었다.

푸르비에르에 한번 가보렴. 르블랑 부인도 내게 몇 번이나 말했지만 나는 여태 한 번도 그곳에 찾아가본 적이 없었다. 아직 해가 다 지지 않은 여름밤이었다. 광장의 한쪽 코너에서 양볼을 붉게 칠한 피에로가 꼭두각시 인형을 가지고 인형극을 하고 있었다. 나는 천천히 무리 속으로 끼어들어갔다. 쿵짝쿵짝, 음악 소리에 맞추어 인형들은 춤을 추고 있었다. 연기 때문에 피에로의 발음은 부정확해서 그가 하는 말을 하나도 알아들을 수가 없었다. 사람들은 피에로의 말에 따라 와아아, 손뼉을 치며 웃거나 아아아, 아쉽다는 듯한 소리를 내었다. 갑자기 꼭두각시 인형 하나가 내 앞까지 걸어나왔다. 인형이 내게 무엇인가를 물었다. 이해할 수가 없었다. 내가 머뭇대자 사람들은 일제히 나를 쳐다보았다. 피에로가 다시 한번 복화술로 내게 물었다. 당신은 어디에서 왔습니까. 일본에서요. 와, 아주 멀리서 온 손님이군요! 꼭두각시가 내 앞에서 탭댄스라도 추는 듯 경쾌하게 발을 굴렀다. 타닥타닥타닥. 사람들이 피에로가 벗어놓은 모자 안으로 동전을 던졌다. 나도 동전을 던지려고 주머니를 뒤졌지만 동전은 찾아지지 않았다.

주말에는 무엇을 할 것입니까?
뭐라고?
주말에는 무엇을 할 것입니까?

아, 성당에 가서 미사를 드려야지. 너도 주일에 미사를 드리니? 세례는 받았고?

네?

세례는 받았냐고.

'세례 받는다'가 무슨 뜻입니까?

잠이 쉽게 오지 않았다. 불을 끄기만 하면 어디선가 바퀴벌레들이 나타나 몸 위를 스멀스멀 기어다니는 것만 같았다. 불을 켠 채로 누워 선잠을 자야 했다. 잠결에도 화가 자꾸 치밀어올랐다. 예정대로라면 열흘 후 이 도시를 떠날 것이었다. 그렇다면 바퀴벌레쯤이야 참아줄 수도 있었다. 그렇지만 입학 허가서는 여전히 오지 않았고, 언제까지 이곳에서 허가서가 오기만을 기다려야 하는지 알 수 없었다. 벌떡 일어나 방의 곳곳을 살폈다. 책상 밑에도 옷장 속에도 바퀴벌레는 보이지 않았다. 매트리스를 들어올려려 할 것 같았지만 그것은 엄두가 나지 않았다. 매트리스 밑 어딘가에서 바퀴벌레가 떼를 지어 기어다니는 것은 아닐까 생각하니 온몸이 참을 수 없게 가려웠다. 나는 기숙사 밖으로 뛰쳐나갔다. 그러나 도시에는 이미 밤이 깊었고 나는 갈 곳이 없었다. 하는 수 없다고 생각하며 기숙사 앞 벤치 쪽으로 터덜터덜 향했다. 들고 나온 휴대전화를 꼭 쥐었다. 액정에는 음성 메시지의 도착을 알리는 표시가

며칠 전부터 깜박이고 있었다. 여보세요? 여보세요? 음성 사서함에는 엄마의 여보세요, 소리만 두 번 남아 있었다. 아마 엄마는 외국인의 안내 멘트에 당황했을 것이다.

나는 집 번호를 천천히 눌렀다. 여기에 온 지 얼마 되지 않았을 때는 엄마에게 일주일에 한 번쯤 전화를 했었다. 그렇지만 막상 전화를 걸어도 우리는 서로에게 무슨 말을 해야 좋을지 몰랐다. 우리 사이에는 일곱 시간의 시차보다 더 먼 거리가 놓여 있었고, 그것을 어떻게 좁혀야 하는지 둘 다 알지 못했다. 엄마는 전화를 걸 때마다 내게 밥은 잘 먹고 지내느냐, 같은 말 대신에 애인 삼을 만한 남자는 없느냐, 라고 물었다. 그럴 때마다 나는 벌써 여러 명 생겼노라고 대답했다. 어떤 남자들이야? 엄마의 목소리는 장난꾸러기 여동생처럼 한 톤 높아졌다. 나는 따라다니는 남자들에 대한 이야기를 지어내어 엄마에게 들려주었다. 부엌에서 몇 번 스쳤을 뿐인 옆방의 스테판도, 같은 반에서 수업을 듣는 영국인 제이슨도 이야기 속에서는 다 내 남자친구가 되었다. 나도 엄마에게 엄마의 애인과는 잘 만나고 있느냐고 물었다. 자못 진지한 말투로 엄마의 연애사에 조언해주기도 했다. 우리는 서로 잘 지내느냐는 질문 같은 것은 하지 않았다. 잘 지내라는 당부도 하지 않았다. 나는 그 사람과 이혼할지도 모른다는 말을 하지 않았고, 엄마는 그와의 관계가 회복되고 있느냐고 묻지 않았다. 나는 그냥 휴대전화의 화면을 껐다. 액정의 불빛이 사그라져 사방에는 다시 어둠뿐이었다.

당신의 동네에 원자력발전소가 들어오려고 합니다. 당신은 찬성합니까, 반대합니까?
당신은 기업의 고용주입니다. 당신의 직원들에게 며칠의 휴가를 주는 것이 적합하다고 생각합니까?

회화 시험에서 중요한 것은 내가 진실을 말하느냐 아니냐가 아니었다. 관건은 유창함이었다. 내가 만들 수 있는 문장이 곧 나의 의견이 되었다. 그것은 때로 나의 신념에 위배되었다. 그러나 그런 것은 애초부터 상관없었다. 날은 계속 더워져 유제품 같은 것을 사는 일이 점점 더 망설여졌다. 나는 건조 햄이나 과일, 빵과 잼처럼 실온에 두어도 되는 것들을 위주로 매일 조금씩 장을 봤다. 르블랑 부인과는 침묵의 순간이 더 길어졌고, 그래서 곤혹스러웠다. 우편함은 여전히 비어 있었다. 파업은 끝날 듯, 끝나지 않았다. 협상은 자꾸만 결렬되었다. 택시들이 가로막고 크게 경적을 울리던 벨쿠르 광장은 언뜻 보기에 한가로웠다. 그러나 여전히 버스들은 정상 운행을 하지 않았고 우체국에 이어 대학들도 파업에 동참했다. 행정실의 그 누구도 전화를 받지 않았다. 그래서 프런트 직원이 빨리 다음 학기 계약 여부를 알려달라고 독촉해도 나는 할말이 없었다. 한국으로 돌아가야 할까. 아니면 무작정 학교가 있는 도시로 숙소를 옮겨볼까. 입학 허가서 없이 나는 내 행방을 알 수 없었다.

나는 골목 여기저기를 혼자서 많이 걸어다녔다. 버스 파업 때문에 웬만한 거리는 걷는 편이 낫기도 했지만 꼭 그것 때문만은 아니었다. 어디서 왔니, 왜 왔니, 무슨 일을 하니? 이곳에 온 이래로 내게 돌아오는 질문은 늘 비슷한 것들뿐이었다. 어쩌면 그것은 내가 이국의 언어로 할 수 있는 말이 적었기 때문일 것이다. 그래서 표현되지 않는 수많은 이야기의 부스러기들이 언제나 내 안을 둥둥, 떠다녔다. 그것을 눈치채는 사람은 아무도 없었다. 나는 지칠 때까지 걷다가 멈춘 채 카페나 레스토랑 안에서 웃으며 이야기하는 한 무리의 사람들을 한참 들여다보았다. 그러고 있노라면 발아되지 못한 말의 씨앗들이 천천히 내 안에서 번져가는 느낌이 들었다.

이곳의 여름 같지 않게 비가 내리는 날도 많았다. 다들 이상기후라고 말했다. 쏟아지는 비를 보며 가끔 한국의 여름을 떠올렸다. 비가 내릴 때마다 사람들은 이게 무슨 여름이냐고 투덜거렸다. 빵집이나 치즈가게 주인들이 휴가를 떠난다며 가게 문을 닫기 시작했다. 도시에는 사람들의 수가 확연히 줄었다. 간혹 구시가지로 한 무리의 관광객들이 사진을 찍으며 지나가

기도 했다. 어쩐 일인지 한국인은 눈에 띄지 않았다. 관광객들은 대부분 푸르비에르 성당으로 향했다. 그리고 그곳이 마치 길 잃은 이들을 위한 지표라도 되는 것처럼 사람들은 성당을 기점 삼아 가야 할 길을 정해 뿔뿔이 흩어졌다.

　르블랑 부인과의 마지막날, 나는 작별 선물로 초콜릿케이크를 하나 샀다. 부인 역시 마찬가지 의미였는지 파이를 구워놓고 있었다. 우리는 식탁 위에 그 두 가지를 모두 펼쳐놓고 처음으로 서로 마주보고 웃었다. 창밖으로 보이는 하늘은 쾌청했으나 르블랑 부인의 집은 늘 그렇듯 어두웠다. 부인은 식탁 건너편에 앉아 나를 보며 이야기하기 시작했다. 오늘이 죽은 아들의 생일이야. 내가 제대로 이해한 것일까? 나는 놀라 그녀를 쳐다보았다. 오늘. 생일. 죽음. 아들. 내가 이해한 토막의 단어들. 그녀가 말을 이었다. 천천히. 다시 또, 몇몇 단어들이 내 귀에 들렸다. 전쟁. 폭탄. 불길. 아들. 죽음. 아들을 전쟁중에 잃었다는 말일까. 아이는 고작 두 살이었지. 제이차세계대전이었을까. 공습. 폭탄이 투하되고, 불길이 치솟고 사람들은 아우성을 쳤겠지. 아이를 안고, 어딘가로 숨어, 하지만 아이는 죽어버리고, 당신은 오열했을까. 오늘따라 왜 이렇게 부인의 말이 잘 들리지? 의아해하던 나는 어느 순간부터 내가 부인의 이야기에 전혀 귀를 기울이지 않고 있었다는 사실을 깨달았다.

24

나는 어느새 부인에게 들은 몇몇 단어들을 조합해서 내가 익히 들어온 전쟁의 한 장면을 떠올리고 있었다. 지극히 상투적인 어떤 장면을. 그 사실을 깨달은 나는 소스라치게 놀랐다. 접시 위에 파이와 케이크를 한 조각씩 담아주는 부인의 주름진 얼굴 위로 말로 할 수 없는 슬픔이 담담하게 스치고 지나갔다.

너네 별거한다며? 유학을 결심하기 전, 오랜만에 만난 친구의 입에서 흘러나온 문장이 떠올랐다. 그녀는 아무 일도 아니라는 듯 음식을 입안으로 밀어넣으며 그렇게 말했다. 그녀의 볼이 금방이라도 터질 듯 부풀어올랐다. 누구에게 들었어? 같은 말은 의미가 없었다. 남편이 바람을 피웠대. 누군가는 또다른 누군가에게 그렇게 전했을 수도 있을 것이다. 뭐, 그것은 모두 사실이었다. 결혼하면 언제나 서로에게 무엇에 관해서든 솔직하게 말하자, 고 청혼하며 이야기했던 그는 함께 산 지 삼년 되던 해에 내게 솔직하게 말했다. 다른 여자와 잤어. 그러므로, 친구들이 하는 말은 모두 사실이었다. 그러나 그들이 내뱉는 문장들은 어쩌면 그렇게 상투적이었을까. 한두 문장으로 요약한 타인의 삶이 얼마나 진부해질 수 있는가를 나는 그때 처음 알았다. 그와 나 사이에 있었던 무수한 시간들이, 기억들이, 몸짓들이, 지극히 통속적인 한 문장으로 완결되었다. 나는 소음 속에서 입을 굳게 닫았다.

전화를 했어요.

내 목소리에 이번에는 부인이 고개를 들었다. 내가 한국어로 이야기를 하고 있었기 때문에 그녀는 당황했을 것이다. 나역시 당황했으니까. 그러나 한번 입을 열자 문장들은, 내뱉은 문장이 다음 문장을 부르듯 술술 흘러나왔다. 전화를 했어요. 친정에 머물던 기간까지 합하면 그와 떨어져 산 지 이 년 가까이 되어갈 무렵이었어요. 우리 이혼하자. 내 말에 남편은 아무 대답을 하지 않았어요. 끊고 나니까 우습더라고요. 휴대전화 액정에 4월 1일 저녁 다섯시 반이라고 찍혀 있었거든요. 한국은 만우절이 지나갔겠구나, 하고 깨달으니 뭔가 상징적이라는 생각이 들었어요. 바로 그 순간, 그는 진실을 말하는 날에, 나는 거짓을 말하는 날에 서 있다는 것이 말이에요.

나는 말을 마쳤다. 오랜만에 내 가슴에서 빠져나간 말들이 공중으로 흩어지는 모습을 나는 천천히 관찰했다. 내 말이 가닿았는지 부인은 다 알아들었다는 눈빛으로 나를 쳐다보았다. 그녀가 알아들었을 리가 결코 없다는 사실을 알면서도, 아니, 알았기 때문에 마음이 놓였다. 거울을 보지 않더라도 나는 내가 어떤 표정을 짓고 있는지 알 수 있었다. 케이크는 달고, 부드러웠다.

새벽 일찍 저절로 눈이 떠졌다. 바퀴벌레 때문에 잠을 또 설쳤다. 커튼을 걷자 창밖으로 푸르비에르 성당이 어스름하게 보였다. 창밖을 내다보다가 말고 나갈 채비를 했다. 떠나기 전에 한 번쯤은 성당에 가봐도 괜찮을 것 같았다. 내려가려는데 삼층 계단 옆 게시판에 붙은 공고문이 눈에 띄었다. 같은 층에 사는 사람들끼리 모여 남은 재료로 저녁식사를 해먹자는 내용이었다. 그즈음, 계약 기간이 곧 만료되어 떠나야 하는 대부분의 기숙사생들은 음식 재료를 처치하는 일로 골치 아파했다. 같이 음식을 해먹자는 게 누구의 아이디어였는지는 모르지만 며칠째 곳곳에 공지가 붙어 있었다. 바깥에서 바라본 새벽의 기숙사는 몇 안 되는 가로등 불빛을 받아 창백해 보였다. 창마다 늘어진 색색의 장바구니들 때문에 K동 건물은 초라한 크리스마스트리처럼 보였다. 그 안에서 누군가의 우유는 조금씩 시큼해지고, 누군가는 바퀴벌레 때문에 불을 켠 채 잠을 잘 것이다. 그들에게는 곧 이곳을 떠날 것이라는 사실만이 위안이 될 것이다. 나는 발걸음을 옮겼다.

사위는 여전히 어두웠다. 나는 길을 쉽게 찾을 수가 없었다. 어둠 속에서 가늠할 수 있는 것은 언덕 위에서 조명을 받아 푸르스름하게 빛나고 있는 푸르비에르 성당뿐이었다. 성당이 보이는 방향 쪽으로 발걸음을 옮겼다. 고古도시는 지나치게 적요했다. 내 구둣굽이 오래된 돌길 위에 부딪는 소리가 유난히 크게 들렸다. 너무 조용하구나. 낮게 읊조렸다. 침묵의 근원이라도 되는 듯, 이 도시의 좁은 골목들은 어둠에 잠겨 있었다.

내가 태어나 자란 도시의 밤을 떠올렸다. 한밤중에도 사방의 공사장 불빛이 번쩍이고 편의점에서 음악소리가 흘러나오는 도시. 그곳에서 온 내가 이곳을 받아들이기까지는 시간이 조금 걸렸다. 아름다운 두 강이 만나는 이 도시는 수천 년 전 푸르비에르 언덕에서부터 시작되었다고 어디선가 읽은 적이 있었다. 차츰 언덕 아래로, 강 건너로 확장되어가기 시작한 도시를 가로지르다보면 역사의 시간이 부챗살처럼 펼쳐진 것을 볼 수 있었다. 시간의 결마다 간직되어 있을 누군가의 이야기들. 그것들이 가진 무거운 울림. 내가 이 도시를 좋아하게 되었다면 그것은 바로 이 때문이었다. 깊은 침묵뿐인 이 도시에 살아 있는 것은 나 혼자인 것 같았다. 새삼 허기가 졌지만 구시가지의 상점들은 모두 문이 굳게 닫혀 있었다. 케이블카도 운행되지 않았다. 아직 해가 뜨지 않았기 때문인지 파업 때문인지는 알 수 없었다. 나는 천천히 언덕을 올랐다. 낡은 건물들 틈새로 흙냄새가 났다. 오래전, 비를 피해 비단을 운반하고자 만들었다는 트라불*을 따라서 바람이 불어왔다. 자꾸 목이 말랐다.

언젠가는 진리의 상징이기도 했을 푸르비에르 성당 앞 조망대에 당도했을 때, 아직 사방은 어둠 속에 가라앉아 있었다. 수업시간에 선생은 이 성당이 도시를 전염병으로부터 구한 성

_____

* traboule. 좁은 골목길.

모마리아에게 헌납된 것이라고 이야기해주었다. 나는 성당 문을 열고 안으로 들어가보았다. 그때까지 나는 성당이라는 곳에 들어가본 일이 없었다. 이른 시간이었는데도 성당에는 사람들이 꽤 있었다. 무엇을 향해 그렇게 간절히 기도하는 것일까, 궁금해하며 그들을 따라 초에 불을 밝혔다. 사람들이 이곳에서 자신의 죄를 고백하고 구원을 빌었겠지, 하고 생각해보았으나 실감은 나지 않았다. 성당은 촛불이 일렁이며 만들어내는 빛의 그림자와 스테인드글라스를 통과한 형형한 빛의 조각들이 그려놓은 무늬들로 아름다울 뿐이었다. 그 순간, 갑자기 어디선가 오르간 소리가 들려오더니 사람들이 노래를 부르기 시작했다. 사람들의 목소리가 빚어내는 울림이 높은 대리석 천장을 공명시켰다. 전혀 들어본 적 없는 그 곡조는 사람과 사람 사이를 천천히 가로지르며 흘러갔다. 물줄기처럼 유유히 흘러가는 화음. 그 장엄하고 우아한 화음을 듣다보니 이 도시에 온 이후 처음으로, 르블랑 부인을 찾아가고 싶은 욕망이 일었다. 그리고 그녀에게 말하고 싶었다. 푸르비에르는 참 아름답군요.

기숙사는 음식을 해먹으려는 사람들로 소란스러웠다. 평소에 친하게 지내지도 않던 사람들 틈에 끼는 것이 어색했던 나는 그냥 방에 머물렀다. 한참을 그러고 있는데, 누군가가 내

방 문을 똑똑, 두드렸다. 뭐해, 얼른 나와서 같이 먹어요. 이탈리아 출신이거나 스페인계로 추정되는 활달한 여자아이들이 문 앞에서 나를 향해 손짓했다. 가지각색의 피부 톤과 머리색을 가진 이들로 기숙사 안은 북적였다. 몇몇은 벌써 완성된 음식들을 접시에 담아주고 있었다.

여기서 뭐해. 얼른 가서 음식 받아. 누군가가 내 등을 떠밀었다. 그 힘에 밀려 앞으로 나간 나는 얼떨결에 음식을 받고 말았다. 음식을 받은 우리들은 식탁 의자에 앉거나 싱크대에 기대어 서서 음식을 먹었다. 한 학기 동안 함께 살았으나 이제야 처음 보는 많은 사람들이 통성명을 하고, 천천히 대화를 이어나갔다.

우리는 형용사나 부사, 은유나 상징이 제거된 가장 단순한 구조의 문장으로만 의사소통을 했다. 때로 우리는 의미가 불분명한 문장들을 만들었고 아주 자주, 정반대 의미의 어휘를 선택하는 실수를 범하기도 했지만 그런 것들은 대체로 문제가 되지 않았다. 신기한 체험이었다. 사실 우리 중 누구도 상대가 하고자 하는 말을 백 퍼센트 이해한다고 생각하지 않았다. 우리의 말이 온전히 전달된다고 착각하지도 않았다. 그럼에도 우리의 대화는 이어졌다. 최소한의 단어들의 나열과 어조의 높낮이, 그리고 손짓과 눈짓만으로도 충분한 말들이 여기, 이 식사 자리에 있었다. 알고 있는 단어가 한정되어 있었고, 만들 수 있는 문형이 제한되어 있었으므로 우리는 종종 설명해야만 하는 많은 부분들을 생략하거나 변형시켰다. 우리가 주고받는 말 속에서 고향에 흐르던 실개천은 강물이 되기도 하고, 미처 외우지 못한 8월이라는 단어는 3월로 대체되기도 했다. 내가 묘사한 나의 과거 역시 실제의 내 과거와 같지 않았다. 내가 그려내는 내 미래가 그러하듯이.

한국에서 학생이었어요? 아니요. 애인이 있어요? 없어요. 나는 내가 느끼는 미묘한 감정들을, 사소한 차이들을 결코 제대로 전달할 수 없으리라는 것을 알았다. 그러나 그것이 여기, 우리의 대화에서는 문제가 되지 않았다. 우리가 하는 말이 참인지 거짓인지는 더이상 중요하지 않았다. 이곳에 진실한 것이 하나라도 존재했다면 그것은 다만 우리가 끊임없이 서로에게 말을 건네고 있는 행위, 그것뿐이었을 것이다.

왠지 엄마 생각이 났다. 그러고 보면 기억할 수 없는 아주 먼 옛날, 거짓말을 내게 처음 가르쳐준 사람도 엄마였다. 날 때부터 곁에 없던 아버지에 대해 물을 때마다 엄마는 새로운 이야기를 지어 들려주었다. 이야기 속에서 아버지는 부잣집 막내아들이었다가 먼바다로 떠나는 선원이었다가 공장에 위장 취업했던 운동권 대학생이었다. 매번 바뀌는 엄마의 거짓말 때문에 나는 진짜 아버지가 누구인지 알 수 없었다. 그렇지만 그렇기 때문에 아버지는 누구라도 될 수 있었다. 나는 이야기 속 여러 남자들 중에서 먼 나라를 떠돌며 집을 지었다는 사내를 가장 좋아했다. 나는 사춘기를 지나는 동안 종종 이국의 뜨거운 햇볕에 그을린 젊고 탄탄한 사내의 팔뚝이 하얗고 가는 엄마의 허리를 끌어안는 상상을 했다. 네 아버지가 그날 밤 내게 그 먼 곳에서는 모래바람이 분다고 했단다. 그 바람의 이름은 할라스라더구나. 얼마나 아름다운 이름이니. 할라스. 나는 그날 밤, 아버지 옷 어딘가에, 혹은 머리카락 사이에 섞여 온 이국의 모래알로 만들어진 아이였던 게 아닐까. 그렇게 생각하자 왠지 기분이 좋아졌다. 그것은 분명 내 존재를 설명하는 가장 그럴듯한 핑계였다. 엄마는 이 세계가 그럴듯한 거짓말들에 의해서 견고히 다져질 수 있다는 것을 나에게 알려주려 했던 것이었는지도 몰랐다. 처음으로 엄마를 이해할 수 있을 것도 같았다. 어쩌면 거짓말이야말로 엄마가 나에게 가르쳐주려 했던 가장 건전한 소통 방식이었는지도.

파스타를 더 원하니?

스페인에서 온 아이가 내 빈 접시를 건너다보며 물었다. 나는 배가 터질 듯 불러왔지만 빈 접시를 내밀었다. 나는 불은 파스타 면을 입속으로 밀어넣으며 엄마에게 전화를 해야겠다고 생각했다. 그리고 내일은 르블랑 부인을 다시 찾아가봐야지.

누군가 틀어놓은 라디오를 타고 파업이 당분간 계속될 것이라는 뉴스가 흘러나왔다. 파업이 언제 끝날지는 알 수가 없다고, 라디오 진행자는 빠르고 단정적인 어조로 이야기했다. 그러나 그런 것과 상관없이 식당에 자리잡은 사람들은 높낮이가 각기 다른 억양과 발음으로 무엇인가를 끊임없이 이야기했다. 한발, 대화 밖으로 떨어져나와 그것을 듣다보니 그들의 대화는 성당에서 들었던 성가곡의 가락처럼 들렸다. 창밖은 완연한 여름이었다. 나는 눈을 감고, 그 곡조의 결을 가만가만 짚어보았다. 그리고 그 곡조가 익숙해졌을 때, 고요하게 울리는 그 합창곡에 끼어들기 위해서 나는 굳게 닫고 있던 입술을 살짝 떼었다.

폴링 인 폴

이것은 폴에 관한 이야기다. 더도 덜도 말고 딱, 내가 아는 만큼의 폴에 관한 이야기. 이것이 폴이라는 한 인간의 실체인가 하면 그럴 리는 없을 것이다. 그러나 때때로 우리는 타인과 조우하고, 그 사람을 다 안다고 착각하며, 그 착각이 주는 달콤함과 쌉쌀함 사이를 길 잃은 사람처럼 헤매면서 그렇게 살아가는 것이 아니던가. 나는 그것을 폴에게서 배웠다. 폴 자신은 내게 그런 것을 가르쳐준 일 없노라고 고개를 저을지도 모르지만. 그러므로 나는 폴에 대해 이야기하려 한다. 저멀리 바다 건너, 나는 한 번도 밟아보지 못한 대륙의 한복판에서 한 여자의 남편이 되겠다고 서약하고 있을 폴.

나는 도대체 어쩌다가 폴에게 빠져버린 것일까.

폴을 처음 만난 것은 내가 폴의 담임을 맡게 된 재작년 가을이었다. 처음 폴이 우리 반으로 배정되었을 때, 레벨 테스트를 담당했던 동료 강사 윤은 내게 메모를 남겼다. 회화는 그럭저럭 가능하나 한글은 하나도 쓸 줄 모르는, 전형적인 교포 레벨. 첫 수업시간에 나는 폴을 바로 알아볼 수 있었다. 중국인, 일본인, 독일인으로 구성된 우리 반에 '재미 교포 스타일'을 하고 있던 사람은 단 한 명밖에 없었으니까.

"안녕하세요. 폴이에요. 만나서 반가워요."

'~습니다'체를 미처 배우지 못해 말끝에 무조건 '요'를 붙이던 폴의 자기소개가 떠오른다. 확실히 기억나진 않지만, 그는 그날도 틀림없이 내가 좋아하는 보조개를 만들며 쑥스러운 듯 "요" 하고 발음했을 것이다. 그러나 그 무렵 나는 그의 보조개 따위에는 관심이 없었고, 다만 그가 재미 교포라는 사실에만 주목했다. 수많은 국가 출신의 사람들이 모여 있는 한국어 수업에서 가장 곤란한 부류는 역시 교포였다. 어느 정도 의사소통이 가능한 그들에게 기초부터 다시 한국어를 가르치는 것은 피차 상당히 지루하고 에너지가 많이 소모되는 일이었다. 회화가 가능한 교포들은 너무 적극적으로 수업에 참여해 한국어를 전혀 모르는 다른 초급자들에게 위화감을 주었고 학기 중반부를 넘어서면 수업에 싫증을 느낀 나머지 분위기를 망쳐놓기 일쑤였다. 나는 폴의 존재 때문에 수업 첫날부터 잔뜩 긴장하고 있었다.

아니나 다를까, 그는 재미 교포답게 싹싹했고, 유쾌했고, 수업에 적극적이었다. 나는 폴이 수업을 너무 쉽게 생각하지 않도록, 그리고 그와 동시에 다른 학생들이 폴 때문에 수업을 방해받는다고 느끼지 않도록, 그 균형을 맞추느라 매일 진땀을 뺐다. 그런 탓에 폴과 가까워지게 된 것은 수업시간이 아니라 개인 면담 때였다. 우후죽순처럼 생겨나는 다른 한국어 교육기관들과의 경쟁에서 살아남기 위해 내가 몸담고 있는 기관이 도입한 것은 '오피스 아워' 제도였다. 안 그래도 많은 수업과 수당에 포함되지 않는 과한 잡무에 치이던 우리 강사들에게는 고역이었지만, 오피스 아워의 취지는 분명했다. 학생들의 고충을 실시간으로 들어주고 수업의 효과를 극대화하는 것. 그나마 다행이었던 것은 학생의 대부분을 차지하는 아시아인들이 개인 면담을 부담스러워한다는 점이었다. 그러나 폴은 달랐다. 그는 오피스 아워이기만 하면 아무때나 나를 찾아왔고, 시시콜콜한 것들에 대해 심각한 얼굴로 물어보았으며, 그러고 나서는 일상생활의 고충이라든지, 한국에서 겪은 문화충격 같은 것들에 대해 한참을 토로했다. 그것도 알아듣기 곤혹스러울 정도로 지독한 영어식 발음으로 말이다.

덕분에 나는 폴에 대해서 많은 것을 알게 되었다. 이를테면 그는 시카고에서 왔고, 세탁소를 운영하는 부모님 밑에서 누나와 함께 자랐으며, 많은 교포들이 그러하듯 언어 장벽 때문에 사춘기 시절 부모와의 골이 깊어졌다. 또, 나는 그가 한때 영화감독을 꿈꾸었으나 이제는 포기했으며 어느 날 불현듯 한국에 대해 알고 싶어져 이곳을 찾아왔다는 것도 알게 되었다. 타지에서 외로웠던 탓일까, 자신의 이야기를 의무감으로라도 들어줄 사람이 필요하다고 생각했던 것일까. 어차피 판에 박힌 교포들의 사연이라 여기고 그가 떠드는 대부분의 시간 동안 머릿속으로 다음 수업 교안을 짜거나, 주말에 쇼핑해야 할 목록을 떠올리며 건성으로 들어주기 일쑤였는데도 폴은 참 열심히 나를 찾아왔다. 문득, 정신을 차리고 보니 내가 한 달 사이 가장 자주 만나는 사람이 폴이 되어 있었다. 처음에는 귀찮기만 하던 폴의 방문이 언젠가부터 아주 조금씩 기다려지기 시작했다. 그리고 보면 폴은 내가 규칙적으로 단둘이 만나는 첫번째 남자였다.

주변의 모두가 바닷물이 들고 나듯 연애와 실연을 반복하는 그 오랜 시간 동안, 나는 늘 혼자 있었다. 사람들은 내가 너무 벽을 치고 산다며 쉽게 진단을 내렸다. 좋게 말해주는 사람들은 타인에게 쉽게 기대려 하지 않아 그렇다는 식으로 에두르기도 했다. 나는 딱히 나 자신을 그런 인간이라고 생각해본 일이 없었다. 다만 주변의 권유로 소개팅이나 맞선 자리에 나가보아도 마음이 움직이는 경우가 별로 없었을 뿐이었다. 누군가 나에 대해 말해보라며 다가오면 두려워졌고, 반대로 자기를 이해해달라 덤비면 진력이 났다. 사람들이 적당한 거리를 지킬 줄을 몰라. 나는 늘 투덜댔다. 진씨는 눈이 높은가봐. 직장 동료들은 수군거렸다. 혼자 오래 지내다보니 이상형의 기준이 높아져가는 것도 사실이긴 했다.

물론 폴은 내 이상형의 조건 중 무엇에도 부합하지 않았다. 무엇보다 폴은 나보다 훨씬 어렸다. 나는 이제 삼십대 중반을 향해 있었고, 폴은 이십대 중반을 막 지난 나이였다. 연상 연하 커플이 더이상 낯선 시대는 아니라지만 그래도 여섯 살 차이는 조금 많게 느껴졌다. 나는 폴을 향한 나의 감정이 제자에 대한 스승의 사랑 혹은 나이를 초월한 우정, 뭐 그 비슷한 지점에 위치한다고 믿었다. 그러는 사이 초급 과정을 뗀 폴은 한국어 공부를 그만두고 한 학원에 나가 초등학생을 상대로 영어를 가르치기 시작했다. 그렇지만 우리는 일주일에 한두 번씩 만나 함께 술을 마시며 오피스 아워를 계속 이어갔다.

"선생님, 선생님은 정말 친누나 같아요."

폴이 유리코에 대해서 처음으로 내게 말을 꺼낸 것은 혀가 풀린 채로 내게 누나 같다는 말을 수차례 반복했던 날이었다.

그날따라 술이 엄청 썼다. 폴은 내가 허락만 하면 나를 누나라고 불러댈 기세였다. 분명 고마움의 표시랍시고 내뱉은 말이었겠지만 그 순간 나는 평생 맛보지 못했던 상실감을 느꼈다. 그리고 그와 동시에 내가 언젠가부터 폴과 만날 때면 어려 보이려고 포니테일을 하기 시작했다는 사실을 깨달았다. 당혹스러웠다.

사실 폴을 알게 되었을 즈음 나는 강사 일에 염증을 느끼고 있었다. 패턴화된 수업과 박봉에 비해 과한 업무량 탓이었다. 몇 년간의 강사생활 동안 내가 얻은 것이라고는 수업을 운영하는 데 도움이 되는 약간의 테크닉과 갈수록 견고해지는, 외국인에 대한 모종의 편견뿐이었다. 출신 국가에 따라 학생을 분류하여 그에 맞는 가장 능률적인 수업 방식을 찾으면 그걸로 족했다. 그런 편견에 따르면 폴의 붙임성 역시 미국인 특유의 것이었으리라. 그런데 나에게 친근한 게 꼭 그런 기질 때문만은 아니지 않을까 하는 마음이 도대체 어느 틈에 조금씩 자라고 있었던 것인지. 나는 낭패감을 느끼며 나에게 네번째로 누나 운운하는 폴 앞에서 묶었던 머리를 풀었다.

그러나 그날의 술자리에서 나를 참담하게 만든 것은 폴이 나를 누나로 생각하고 있었다는 사실이 아니라, 내가 폴을 좋아하고 있었다는 자각이 아니라, 폴이 내게 털어놓은 유리코를 향한 마음이었다. 초급반 수업을 들었던 작고, 귀엽게 생긴 유리코. 폴이 사랑하는 사람이 유리코라는 사실을 알게 되자 나는 나의 늙고, 커다란 몸뚱이를 감추고 어디론가 사라져버리고 싶었다. 서로 말도 통하지 않는데 어떻게 사랑을 해? 심술처럼 불쑥 그런 말이 입 밖으로 삐져나왔다. 그러나 그게 얼마나 부질없는 질문인지는 내가 더 잘 알았다. 그러므로 답 같은 것은 필요 없었다. 다행히 그는 내가 하는 말을 듣지 못했거나, 이해하지 못했다.

폴이 유리코를 얼마나 사랑했는지, 유리코의 무엇을 사랑했는지, 그 둘이 얼마나 애틋한 마음으로 서로를 아끼기 시작했는지는 그다지 기억나지 않는다. 나는 둘의 사랑이 커져가는 동안 내가 얼마나 고독했는지, 그리고 맞선을 보라고 종용하는 부모님의 성화에 얼마나 괴로웠는지만을 기억할 뿐이다. 폴이 내게 연락하는 횟수는 점점 줄어들기 시작했다. 폴과 연락이 잘 닿지 않는 사이에 계절이 두 번 바뀌었다. 그동안 나는 몇 차례 선을 보았고, 그중 번듯한 직업을 가진, 머리숱이 적고 배가 나온 남자와 시내의 호텔 라운지에서 몇 차례 칵테일을 마셨다. 어떤 계기로 한국어 강사가 되셨습니까? 한국어를 가르치다니 참 의미 있는 일이군요. 남자는 무척 예의바르고 선을 지킬 줄 아는 단정한 사람이었다. 그는 맞선에 익숙한지 내 부모의 직업과 나의 직업, 내가 사는 동네와 출신 학교

만으로 나를 이미 다 파악한 사람처럼 능숙하게 대했다. 집 앞까지 바래다주는 그의 차에서 내릴 때면, 나는 어쩌다 한국어 강사가 되었는가를 스스로에게 되물었다. 그럴 때마다 계기가 무엇이었든 참 멀리 온 듯한 기분이 들었고, 내가 원했던 것이 기계적으로 반복되는 수업은 아니지 않았을까 생각했다. 그러나 원했던 것이 무엇이었는지는 여전히 알 수 없었다. 다만 폴의 부자연스러운 한국어 발음이 수시로 떠올랐다. 표준어에서 한없이 멀리 위치해 있던 그의 엉망인 발음. 그리고 연필을 입에 물고 발음을 고치던 어린 나의 모습도 가끔씩 떠올랐다.

우리 가족은 군인이었던 아버지를 따라 전국 곳곳으로 이사를 다녀야 했다. 경상도에서 전라도로, 전라도에서 충청도로, 다시 충청도에서 강원도로 전학을 가야 할 때면 나는 언제나 내게 남아 있는 타지역의 발음을 고치는 데 열중했다. 이질적인 억양이 새로운 학교의 아이들로 하여금 나를 배척하게 할 충분한 동기가 된다는 것을 이미 여러 차례 체험했기 때문이었다. 전학할 때마다 나는 늘 무리 속에 자연스럽게 섞일 수 있는 사람이 되기를 소망했다.

한번 굳어진 발음과 억양을 고치는 것이 얼마나 어려운 일인지 잘 아는 까닭에 나는 기껏 고쳐놓은 폴의 발음이 만나지 못한 사이 망가지지는 않을까, 몹시 우려되었다. 살면서 누군가와 혀를 섞어본 일이 없었는데도, 폴의 발음에 대해 생각하다 잠이 드는 밤이면 나는 꿈속에서 내 혀에 감겨오는 낯선 혀의 감촉을 생생하게 느꼈다. 그러다 소스라쳐 잠에서 깨면 어쩌다 폴을 좋아하게 된 것인가 낭패스럽고 괴로웠다. 간혹 폴에게 먼저 연락을 해볼까 하는 생각도 들었지만 용기가 나지 않았다. 나는 그 대신 머리숱이 적은 남자를 몇 번 더 만났다. 그는 여전히 함부로 내 영역을 침범하지 않고 반듯한 선의 저 반대편에 서 있었다. 나는 폴이 몹시 그리웠다.

몇 달 만에 폴에게서 연락이 온 것은 비가 쏟아지던 어느 목요일이었다. 비가 옵니다. 그래서 우산을 씁니다. 비가 옵니다. 천둥도 칩니다. 수업시간에 판서했던 단정한 문장들의 세계를 흩어놓는 빗방울처럼 폴의 짧은 문자메시지가 후드득, 내 가슴에 꽂혔다. 비가 와요. 할 얘기 있고 만나고 싶어요. 그동안 연락도 없더니 뭐냐, 하는 서운한 마음과 빨리 만나보고 싶은 마음이 동시에 들었다. 나는 휴대전화의 메시지 창을 다시 열었다. 수십 번 지우고 다시 쓴 끝에 완성한 답장은 결국 이런 것이었다.

그래 만나자. 언제가 좋니?

우리가 즐겨 가던 파전집을 다시 찾은 것은 그로부터 사흘이 지난 일요일이었다. 제법 그럴듯하게 양반다리를 하고 앉아 있는 폴을 보자 우리가 만난 지도 꽤 오래되었음이 실감났다. 처음 이곳에 왔을 때만 해도 바닥에 앉는 것이 힘들어 몇 번이나 자세를 바꾸던 폴이었다. 그러면서도 한국적인 술을 먹겠다며 굳이 이 집을 찾았었다.

"너무 오랜만이죠?"

폴의 말에 나는 가만히 고개를 끄덕였다. 오랜만에 마주한 폴의 얼굴이 너무 생경해 나는 깜짝 놀랐다.

단어를 고르느라 때때로 끊기고, 간혹 영어를 섞어 이을 수밖에 없었던 폴의 말에 따르면 폴이 그동안 연락을 할 수 없을 정도로 바빴던 것은 그의 아버지가 한국에 다녀갔기 때문이었다.

아버지?

우리가 함께 보냈던 그 많은 오피스 아워 중에 폴이 아버지의 존재를 언급한 적은 그리 많지 않았다. 70년대 말에 미국으로 건너가 단 한 번도 한국에 들어온 일이 없었다는 폴의 아버지에 대해 내가 아는 것은 기껏해야 그가 세탁소를 운영한다는 것과 폴이 한국에 간다고 했을 때 반대를 했다는 것뿐이었다.

삼십여 년 만에 고국을 찾는 남자의 마음이 어떨지 나는 쉽게 상상할 수 없었다. 게다가 그 고국이 한국이라면 더욱더. 한 달 사이에도 수없이 모습이 바뀌는 이 나라가 삼십 년이 넘는 동안 얼마나 달라졌을지, 그리고 그게 얼마나 놀라웠을지

막연히 짐작만 해볼 수 있을 뿐이었다.

"Shock. Shock를 한국말로 뭐라고 하죠?"

"충격?"

"응, 충격. 아버지한테는 충격이었어요. Yeah, it was a huge shock to him."

인천공항에 발을 디디며 아버지가 처음 한 말은, 뭐야, 오헤어 공항하고 다를 게 없잖아, 였다고 했다. 대수롭지 않은 듯, 시시하다는 듯. 그러나 아버지는 한국에 있는 동안 술에만 취하면 이렇게 말했다. 한국이 미국이랑 똑같아졌다니.

"그 말을 하면서 어떨 때는 웃었고, 어떨 때는 울었어요."

폴은 막걸리를 입안에 털어넣었다.

"아버지는 어떤 일로?"

아버지가 다녀갔다면 얼마나 정신이 없었을까. 나는 그간 서운했던 감정이 흔적도 없이 사라지는 것을 느꼈다. 어쨌거나 아버지가 돌아가자마자 나에게 다시 연락을 해온 것이다. 역시 폴은 나에게 관심이 있는 게 틀림없어. 나는 유리코의 존재를 애써 무시하며 내 멋대로 생각했다. 그러나 나의 착각은 폴의 대답 한마디로 산산이 부서졌다.

"유리코를 만나러 왔어요."

폴의 태평한 목소리. 아버지가 유리코를 만나러 올 정도로 둘 사이가 깊었던 거구나. 눈앞에 앉아 있던 폴이 순식간에 닿을 수 없는 저 먼 곳으로 멀어져갔다. 나는 의연한 표정으로 폴의 말에 호응해주려고 최대한 노력했다. 누나의 역할까지 빼앗기면 폴을 다시는 볼 수 없으리라는 절박감이 그렇게 만들었을 것이다. 어차피 이루어질 수 있는 사랑이라고는 기대도 하지 않았잖아. 나는 스스로를 다독였다. 마침 술이 다 떨어졌고, 폴은 능숙하게 막걸리 한 병을 더 시켰다. 새로 온 술을 따르며 폴이 내게 전해준 이야기는 다음과 같았다.

사실, 연애를 시작하고 나서도 한동안 폴은 아버지, 어머니에게 유리코의 존재를 알리지 못했다. 보수적인 그들이 유리코와의 연애를 반길 리 없다는 것을 너무나 잘 알았기 때문이었다. 아니나 다를까, 폴이 한국에서 일본 여자아이와 연애중이라고 누나가 알려주었을 때 폴의 부모는 노발대발했다. 이렇게 누나를 통해 이야기가 흘러들어올 정도면 보통 심각한 사이가 아니겠냐며 결혼은 결코 안 된다는 극심한 반대 입장을 고수했던 것이다. 폴의 부모는 자기 자식이, 대다수의 재미교포 2세들이 그러듯 한인교회를 다니는 다른 재미 교포 2세와 호텔에서 결혼식을 올리기를 바랐다. 그런데 미국인도 아니고 갑자기 일본인이라니! 게다가 그 일본인은 교회에 다니지도 않았다. 한인교회의 권사로서 교포사회에서 어느 정도 위치에 있던 폴의 부모에게는 청천벽력이 아닐 수 없었다. 폴이 유리코에게 청혼한 뒤 미국에 그 소식을 알리려 전화를 걸었을 때, 폴의 아버지와 어머니는 여자를 직접 만나보고 나서 승낙 여부를 결정하겠노라 고집을 부렸다. 아버지와 그다지 사이가 좋지 않은 편인 폴은 내심 어머니만 한국에 들어오기를 바랐지만, 어머니는 누나가 낳은 아이들을 돌보느라 정신이 없었다. 아버지가 한국 땅을 밟게 된 것은 그런 연유에서였다.

결, 결혼을 한다고?

찌릿한 통증이 가슴을 스치고 지나갔다. 나는 더이상 태연한 표정을 지을 수 없어 애꿎은 김치만 젓가락으로 찢어댔다. 애초에 내 감정을 깨달았을 때부터 이미 결말을 알고 있었지만, 이것은 실로 너무 갑작스러운 실연이었다. 폴 때문에 행복했던 기억들이 갑자기 나를 덮쳤다. 한국말도 사랑에 빠지다, 이렇게 말하는 거라면서요. 영어도 fall in love인데. 선생님, 저 사랑에 빠진 것 같아요. 언젠가 유리코를 향한 그의 사랑을 알게 됐던 날 느꼈던 상실감이 다시 가슴을 차갑게 베고 지나갔다. 폴이 갑자기 더 낯설어졌다. 그런 나의 심정을 알 턱이 없는 폴은 이야기를 계속했다. 정신을 차려보니 어느새 이야기는 시간을 건너뛰어 폴이 아버지와 고향에 내려갔던 날의 시점으로 이동해 있었다.

"아버지와 같이 아버지의 고향에 갔었어요." 폴 아버지의 고향은 남쪽에 있는 정산이라는 작은 마을이라 했다. "선생님, 알아요?" 나는 고개를 저었다. 강원도 정선은 들어봤지만 정산이라니. "정산은 교보문고에서 산 지도에도 나와 있지 않아요." 사실 나는 더이상 아무 이야기도 듣고 싶지 않았다. 나는 혹여나 폴에게 내 마음을 들킬까 두려웠지만 그렇다고 아무렇지 않은 척하는 것도 어려웠다. 그냥 일이 있다고 둘러대고 일어서는 게 상책이라는 생각이 들었다. 그러나 나는 자리를 박차고 나오기는커녕 폴의 이야기에 연신 고개를 주억거렸다.

"그때까지만 해도 아버지와 사이는 엉망진창이었어요."

안 그래도 어색하던 아버지와 폴의 관계는 유리코로 인해 더 악화되었다. 폴의 아버지는 첫눈에도 일본인처럼 보이는 유리코를 본 순간 탐탁지 않다는 표정을 지으며 헛기침만 몇 번 내뱉었다. 일본에 대한 반감이 아버지를 구성하는 가장 원초적인 질료들 중 하나임을 폴도 어렴풋이 알고 있었다. 아버지는 미국에서 어려운 일을 겪을 때마다 그 모든 것이 한국의 일그러진 근대사에서 비롯된 필연적인 결과인 양 억울해했다. 일본놈들만 쳐들어오지 않았더라면, 6·25만 없었더라면. "전 어렸을 때부터 아버지가 그러는 게 정말 싫었어요. 솔직히, 미국을 선택한 것은 아버지잖아요. 오히려 나는 미국을 선택하지 않았지만요." 폴이 어깨를 으쓱하면서 말했다.

그렇지, 넌 미국을 선택하지 않았지. 나를 선택하지도 않았고. 무슨 이야기를 들어도 생각은 자꾸만 한쪽으로 흘렀다. 나는 생각을 털어버리기 위해 고개를 저었다. "왜요?" 폴이 물었다. "아, 아니야." 나는 당황해서 다시 고개를 저었다. 이럴 바에는 그냥 일어나자. 나는 몇 번이나 속으로 결심했지만, 갑자기 그랬다가는 내 감정을 들키고 말 거라는 생각이 들었다. 그렇게 되는 것만은 죽어도 싫었다. 무엇보다, 내 마음을 들켰다가는 두 번 다시 폴을 볼 수 없을지 모른다는 사실이 두려웠다. 어차피 혼자 앓다 정리하고 말았어야 할 짝사랑이었다. 오늘만 무사히 넘기자는 마음으로 나는 폴이 들려주는 아버지의 이야기에 집중하려고 노력했다. 그러자 왜소한 체구를 가진 한 동양 남자의 모습이 머릿속에 그려졌다. 역사와 시대를 탓하지 않고서는 삶에서 맞닥뜨리는 고비들을 지나올 수 없을 만큼 인생이 고단했던 한 남자. 그러나 나는 폴에게 아버지를 이해시키려고 하지는 않았다. 왠지 폴도 사실은 알고 있을지 모른다는 생각이 들었기 때문이었다. 아버지를 이해하지 못해서가 아니라, 폴 역시 아버지를 탓하지 않고는 견디기 힘든 순간들을 통과해온 나약한 인간에 불과했을 테니까. 나는 술을 한 모금 마셨다.

유리코를 만나기 위해 한국에 들어왔으면서도, 폴의 아버지는 유리코와 가까워지려는 어떠한 노력도 하지 않았다. 이를 테면 아버지는 유리코가 알아들을 수 없는 어려운 한국말을 툭 뱉어놓고, 유리코가 알아듣지 못하면 쯧쯧쯧, 혀를 차대는 식이었다. 그렇게 이틀이 지났다. 세탁소를 오래 비울 수 없어 일주일 기한으로 한국에 들어온 아버지는 떠나기 전에 고향에 가보고 싶다는 의사를 내비쳤다. 아버지와 단둘이 서울 집에 있는 것이 참기 힘들었던 폴에게는 차라리 반가운 말이었다. 폴은 유리코에게 동행을 제안했다. 아버지가 유리코와 친해졌으면 하는 바람에서였다. 아버지의 태도에 화가 치밀 대로 치밀었던 터라 폴은 이것을 끝으로 더이상 어떤 설득의 노력도 하지 않겠노라 다짐하고 있었다. 만약 이번에도 아버지가 계속 그토록 불쾌한 태도를 보인다면, 허락이고 뭐고 아버지의 의사 따위는 무시해버리겠다고 속으로 벼르고 있었던 것이다.

그러한 이유로, 웬만큼 자세한 지도에도 표시되어 있지 않은 그 고장을 찾아 폴과 유리코 그리고 아버지는 함께 달리는 기차에 탔다. 무심히 바뀌는 차창 밖 풍경을 바라보며 폴의 아버지는 침묵 속에 가라앉아 있었다.

"정산에 내린 아버지는 인천공항을 보았을 때보다 더 놀란 것 같았어요."

도로가 닦여 있었고, 학교는 재건되어 있었으며, 중앙로에는 다방이나 식당들이 들어서 있었기 때문이었다. 번화가가 다 되었구나! 아버지는 탄식조로 내뱉었는데, 그 다방과 식당이란 게 모두 다 합쳐봐야 다섯밖에 되지 않았다. 아버지는 상기된 표정으로 성큼성큼 걸었다. 걸을 때마다 낡은 코르덴 바지가 앙상한 다리에 휙휙 감겼다. 앞장서서 걷던 아버지가 우뚝 멈춘 곳은 시멘트로 된 이층집 앞이었다. 아버지는 감회에 젖은 눈으로 그 집을 한참 바라보다가 폴을 향해 중얼거렸다. 여기가 내가 옛날에 살던 집이 있던 자리다. 아버지와 열 명이나 되는 남매들이 함께 살던 작은 집은 더이상 남아 있지 않았다. 당연한 거지, 식구들이 뿔뿔이 흩어졌으니까. 한참 만에 아버지는 덧붙였다. 풀이 죽은 듯했던 아버지는 이내 다시 활기를 되찾은 목소리로 말하기 시작했다. 저기가 원래 부엌이었고, 저기가 안방이었어. 그리고 저 건넌방에는 술주정뱅이네 가족이 세 들어 살았었다. 술주정뱅이? 하고 폴이 묻자 아버지는 알콜릭, 알콜릭, 하고 얼른 서툰 영어로 대답했다. 기억들이 오랜 세월을 돌고 돌아 아버지를 찾아왔는지 아버지의 눈빛은 소년의 것처럼 빛났다. 형들이랑 나랑 나란히 서서 이 담벼락에 종종 오줌을 눴지. 아버지는 그렇게 말하며 킬킬킬 웃었다.

"유리코만 없었더라면 아버지는 거기에 당장 오줌이라도 누었을 거예요." 폴이 웃으며 말했다. 유리코 대신 내가 거기에 있었다면 얼마나 좋았을까 생각하던 나는 폴의 웃음소리에 화들짝 놀라 어색하게 따라 웃었다.

옛집 앞에서 잠깐 회상에 잠겼던 아버지는 폴과 유리코를 데리고 아버지의 아버지, 그러니까 폴의 할아버지에게 인사를 하러 가기 위해 발걸음을 재촉했다.

"할아버지가 정산에 계셔?"

"네, 산산에요."

"산산?"

"네, 가족들 죽으면 묻는 고향 산요."

"아, 선산이야, 선산. '어' 하고 발음했다가, '아' 발음으로, 선산."

"Seon san?"

"응, 선산."

폴과 유리코, 그리고 그 앞에 선 폴의 아버지는 말이 없었다. 굽이 높은 구두를 신은 유리코는 산길을 오르며 힘겨워했고, 폴은 유리코가 발목을 접질리지 않을까 걱정했다. 할아버지의 무덤은 산의 중턱에 있었다. 아버지는 언제 준비했는지 봉분 위에 북어를 올려놓고 소주병 뚜껑을 땄다. 아버지가 갑자기 울음을 터뜨린 것은 바로 그 순간이었다. 새들이 겨울하늘을 가로지르고, 유리코는 구두를 벗어 구두굽이 괜찮은지 확인하고, 폴이 그런 유리코의 발목을 들여다보던 순간. 울음소리가 점점 거세지더니 기어이 아버지의 무릎이 꺾였다.

"태어나서 처음이었어요. 아버지가 우는 모습을 본 건."

폴의 아버지는 언제나 투박했고, 옹고집이었고, 거칠었다.

폴의 눈에 아버지는 감정이 결여된 사람이었다. 아버지의 통곡에 폴이 놀란 것은 바로 그 때문이었다.

"네 할아버지가 돌아가신 것은, 내가 미국으로 이민을 떠나고 여섯 달 만이었다."

그것이 눈물을 거둔 아버지가 폴에게 건넨 첫마디였다.

"나는 아버지와 대화를 할 수가 없었어요. 아버지는 영어를 못했고, 나는 한국말을 몰랐어요. 집에서 통역사 역할을 한 것은 누나였어요. 고지서? 맞죠? 여러 가지 고지서 같은 거나, 음, 그런 거 내용을 번역하고 보험회사와 엄마 대신 싸우는 거는 전부 누나였어요."

폴은 누나만큼 한국말을 잘하지 못했다. 폴의 아버지는 폴이 한국말로 이야기하는 것을 들으면 오히려 불같이 화를 냈다. 미국에서 성공하려면 영어를 잘해야 한다는 것이 아버지의 주장이었다. 그들 사이에서 통역을 해야 했던, 그러니까 한국 문화와 미국 문화 사이의 다리가 되어야 했던 누나와 달리 폴은 철저히 미국인이 되기를 요구받았다. 폴이 아들이기 때문이었다.

"그러나 그런 것이 처음부터 가능했겠어요? 아버지는 내가 미국인이 되어야만 하는 이유가 우리 가족을 위해서라고 언제나 말했어요. 그건 너무나 한국적인 이유잖아요. 내가 미국인이 되어야만 하는 이유가 그렇게 한국적인 것이라니, 아버지가 내게 준 임무는 mission impossible이었던 거죠."

미션 임파서블. 폴은 그렇게 말하고 술잔을 비웠다. 폴의 얼굴에 어른거리고 있을 쓸쓸함 대신 나는 mission impossible, 이라고 발음하는 폴의 입 모양을 바라보았다. 영어의 세계에서 한국어의 세계로 넘어오는 혀가 움직이는 모습을 상상하면서. 귀찮았던 폴의 방문이 기다려지기 시작한 것이 언제부터였더라. 선생님, 선생님, 관광하다와 여행하다는 뭐가 다른 말이에요? 선생님, 선생님, 계란찜이랑 찐 계란은 왜 달라요? 나를 따라서 입 모양을 바꾸고 혀의 위치를 달리하던 폴.

폴의 듣기와 말하기 실력의 격차가 유난히 컸던 게 아버지 때문이었구나. 폴은 내가 하는 말을 곧잘 알아들으면서도 정작 자기가 하고 싶은 말을 표현하는 데는 서툴렀다. 소주나 막걸리와 함께했던 폴과의 보충수업 시간들. 'ㅂ'과 'ㅍ' 'ㅃ' 간의 차이를 알려주기 위해 폴의 입 앞에 내 손을 가져갔을 때 손바닥에 닿던 폴의 숨결. 술김에 달아오른 내 손바닥이 마치 그때처럼 간지러웠다. 딴 선생님들이 선생님 한국말 발음이 가장 좋댔어요. 내가 lucky guy래요. 그렇게 말하며 씩, 웃던 폴.

직업 탓이겠지만, 나는 한국사회에서 교포들이 맞닥뜨리는 애환을 너무 많이 알았다. 많은 교포들이 토로하던 흔한 고충,

내가 아는 한 그것은 대체로 그들이 가진 한국인의 외양과 한국어 실력의 간극에서 비롯했다. 폴 역시 마찬가지였다. 나는 누구보다 가장 완벽한 한국어 발음을 폴에게 선물해주고 싶었다. 그리고 그렇게 할 수 있는 사람은 나뿐이라고 믿었다, 우습게도. 거기까지 생각이 흘렀을 때, 술잔을 한참 만지작거리던 폴이 다시 입을 열었다. 나는 폴의 이야기에 귀를 기울였다.

아버지의 울음이 잦아든 것은, 해가 뉘엿뉘엿 산 너머로 지기 시작할 때였다. 한기가 몸속까지 파고들었다. 그러나 어느 누구도 그만 내려가자고 말할 수가 없었다. 아버지는 얼음이 녹듯 아주 천천히 허리를 펴고 일어섰다. 들썩이는 아버지의 어깨가 너무 앙상해 보였다. 그런 아버지를 위해 무엇을 어떻게 해야 할지 폴은 도통 알 수가 없었다. 폴은 미식축구를 가르쳐주거나 함께 캐치볼 따위를 해주던, 친구들의 건장하고 유쾌한 아버지를 늘 부러워했다. 아들에게 오십 개 주 이름의 스펠링을 알려주고, 메이플라워서약에 대해 설명해줄 수 있는 아버지. 어떤 행동을 취해야 할지 몰라 폴이 망설이는 사이 아버지는 자리에서 일어나 무릎에 붙은 풀을 털어냈다. 그리고 이제는 다 말라버린 눈물을 훔치려는 듯 소맷부리를 얼굴에 갖다대었다. 저…… 이것. 소리가 들려오는 쪽으로 폴은 고개를 돌렸다. 유리코가 아버지를 향해 손수건을 내밀고 있었다. 아버지와 여태껏 한 번도 말을 제대로 섞지 못했던 유리코. 일본인 특유의 발음이 차가운 산 공기를 진동시켰다. 아버지는 놀란 눈으로 그 손수건을 내려다보았다. 보라색 물방울무늬가 귀여운 손수건이었다. 보나마나 아버지가 유리코의 성의를 무시하고 말 거라는 생각에 폴은 짜증이 치밀었다. 뭐하러 쓸데없는 짓을 하느냐며 손수건을 가로채려는 찰나, 아버지가 손수건을 받아 쥐었다. 그리고 아무 말 없이 눈물과 콧물 자국을 닦았다.

"나는 결코 아버지를 이해하기 위해 한국에 온 것이 아니었어요. 내가 한국말을 배우겠다고 결심한 것도 아버지와 communicate를 하기 위해서가 아니었어요. 나는 나를 이해하고 싶었어요. 내가 벗어던지려 해도 절대, 절대 벗을 수 없는 내 피부색의 역사를 말이에요."

그렇게 말하는 폴의 머리 위로 주홍 불빛이 아늑하게 쏟아져내렸다. 어스름한 주점에 진동하는 식용유 냄새. 사람들의 웅성거림과 웃음소리가 아득하게 들렸다. 나는 폴이 파전을 입으로 가져가는 모습을 지켜보았다. 저마다 자신의 사연을 품은 온갖 말들이 부유하는 주점에 앉아 폴의 이야기를 듣다보니, 오래전 폴이 내게 했던 말이 떠올랐다. 아마도 왜 영화감독의 꿈을 접었느냐는 나의 질문에 대한 답이었을 것이다.

교포들의 역사는 narrative적으로 진부하죠. 모든 집의 역사가 다 다르지만 이야기로 만들고 나면 결국 모두 cliché예요. 처음에 영화를 만들고 싶었던 건 내 이야기 하고 싶어서였는데, 너무 뻔해. 그래서 관뒀어요. 폴은 그 말을 하며 어떤 표정을 지었더라. 기억이 나지 않았다. 따뜻한 정종과 어묵탕이 있던 일본 선술집에서였나. 기억에 남아 있는 것은, 영화에 대해서 아무것도 알지 못하고 교포의 삶은 더더욱 알지 못하던 내가 왠지 폴의 말이 맞을지도 모른다고 생각했다는 사실뿐이다. 누군가에게 가장 절실한 사연이 왜 타인 앞에서는 진부해지고 마는 걸까. 나는 지루하게 느껴졌던 우리의 첫 오피스 아워를 기억해냈다. 폴이 파전을 한 점 집었다. 주점 밖에서도 사람들은 토해내지 못하는 이야기들을 품고 비틀거리고 있을 것이었다. 나는 내가 폴을 누구보다 잘 이해할 수 있으리라고 생각했는지도 몰랐다. 폴을 잃고 있음이 점차 실감이 났다.

폴과 유리코는 산에서 내려온 뒤 아직까지 마을에 살고 있던, 아버지의 중학교 동창들을 만나 함께 술을 마셨다. 술기운까지 겹친 탓인지 폴은 아버지와 동창들이 사투리를 섞어가며 나누는 말을 도저히 알아들을 수가 없었다. "분명 알아듣지는 못했지만, 뭔가 굉장히 즐거워 보였어요." 미국에서 늘 이방인처럼 보이던 아버지는 동창들과 함께 있으니 오랫동안 거기에 섞여 살아온 사람처럼 자연스러웠다. 유리코는 그들의 대화에 참여해야 한다는 의무감에서였는지 아버지의 동창들에게 서툰 한국어로 자꾸 말을 붙였다. 일본 며느리가 싹싹하구먼! 아버지의 동창들은 그런 유리코에게 술을 연거푸 따라주었다. 싹싹허기는. 아버지는 유리코가 따라준 술을 받아 마셨다. 한국의 노년 남자들 틈에 혼자 얼굴이 새빨갛게 달아올라 비뚜름히 앉아 있는 일본 여자아이. 이방인 중에서도 가장 이방인처럼 보였을 그 아이의 모습이, 폴의 이야기를 듣는 동안 내 안에 환영처럼 떠올랐다가 사라졌다. 그사이 아버지는 폴에게 여러 차례 눈짓을 했다. 폴은 그것이 술값을 몰래 계산하라는 사인임을 이내 알아챘다. 멀리서 온 손님한테 우리가 대접했어야 하는데! 폴이 이미 계산을 마쳤음을 알게 된 아버지의 옛 친구들이 거나하게 취해 왁자지껄 큰 소리로 떠들었다. 미국 가서 돈도 벌고, 아들도 신수가 훤하고, 아주 성공했구먼! 아버지는 바로 그 말을 듣고 싶었을 것이다.

동창들과 헤어진 뒤 하룻밤을 묵기 위해 사촌형네 집으로 향하는 길, 아버지는 넘어지기라도 할 것처럼 비틀거렸다. 폴은 아버지의 야윈 허리를 부축했다. 아버지의 입에서는 소주와 골뱅이 냄새가 진동했다. 폴과 아버지, 그리고 그들 뒤를 따라오던 유리코는 다시 예전에 아버지가 살던 집 근처에 다다랐다. 아버지는 문득 발걸음을 멈추고, 이제는 남의 집이 된 그곳 마당을 들여다보았다. 아니, 마당 한복판에 서 있는 커다란 나무를. 봄이 오면 저기에 목련이 피었단다. 너 아냐, 목련? 아버지가 말했다.

아버지, 다시 한국에 돌아와 살고 싶어요? 폴이 물었다.

일찍, 80년대에 미국 시민권을 취득한 어머니와 달리 아버지는 2000년대 초반까지 그린카드 소지자로 머물러 있었다. 영어 실력이 도무지 늘지 않았기 때문이었다. 아버지는 달러를 벌어들이고 아들을 미국인으로 만들기 위해 고군분투하면서도 한국의 망령에 씐 사람처럼 한국어만을 쓰고, 청국장을 끓여먹고, 교회 사람들 몰래 제사를 지냈다. 폴은 그런 아버지를 이해할 수 없었고, 아주 자주 답답해했지만 그날 밤 처음으로 아버지의 진정한 바람은 보란듯이 성공해서 한국에 정착하는 것이었을지도 모르겠다는 생각을 했다. 어머니와 아버지 둘이서 다시 이 근처 어딘가에 터를 잡고, 집을 짓고, 동창들과 소주를 마시며, 천천히 늙어가도 좋지 않겠는가 하는 생각이 들었던 것이다.

그러나 아버지의 대답은 폴의 상상과는 다른, 영 엉뚱한 것이었다.

모든 게 참 달라졌구나.

달라졌다는 것이 아버지의 옛집인지, 정산인지, 아니면 한국인지 폴은 정확히 알 수 없었다. 그러나 분명한 것은 아버지의 얼굴이 더할 나위 없이 쓸쓸했다는 사실이었다. 한참 동안 담장 안 목련나무를 바라보던 아버지가 처음으로 유리코를 향해 몸을 돌리더니 물었다.

미쓰 유리코. 유 러브 마이 썬?

유리코가 수줍게 웃으며 한국말로 대답했다.

네, 사랑합니다.

그러자 아버지는 천천히 고개를 끄덕이더니 다시 앞장서서 걷기 시작했다. 비틀비틀. 그러나 한국인 특유의 팔자걸음으로.

나 대답 잘했어요? 유리코가 불안한 눈빛으로 폴에게 물었다.

"이상하죠? 아버지는 아무 말도 하지 않았는데 나는 알 수가 있었어요. 그 순간, 아버지가 유리코를 approve 했다는 것을요."

폴은 유리코에게 잠깐만 기다려달라고 부탁한 뒤, 아버지를 향해 뛰었다. 그리고 말했다.

아버지, 우리 여기다가 오줌 눠요.

아버지는 무슨 말인가 싶어 폴을 올려다보다가 이내 피식 웃으며 바지춤을 풀었다. 폴과 그의 아버지는 지도 어디에도 나와 있지 않은 정산의 어느 돌벽을 마주보고 나란히 서서 오

줌을 오래오래 누었다. 휘황하게 보름달이라도 떴으면 그들의
오줌 줄기가 곡선을 그리며 빛났을 텐데. 안타깝게도, 그날은
달이 보이지 않는 그믐이었다. 그렇지만 폴은 말했다.

"그렇게 시원하게 오줌을 눈 것은 처음이었던 것 같아요.
오줌은 멈추지 않을 것처럼 그렇게 오래오래 쏟아졌으니까
요."

끝이었다. 그것이 폴이 하고자 했던 이야기의.
그리고 며칠 후, 폴의 아버지는 다시 미국으로 돌아갔다. 봄
에 식을 올리는 것으로 알겠으니 날 풀리기 전에 유리코와 함
께 미국으로 들어오라는 말을 남긴 채.
"그래서, 저 잠깐 미국으로 돌아가려고요."
결혼 소식을 알리기 위해, 이 긴 이야기를 했던 것일까. 나
는 천천히 고개를 끄덕였다. 누군가 숟가락을 바닥에 떨어뜨
렸고, 한 무리의 사람들이 와아아, 웃음을 터뜨렸다. 우리는
술잔을 비우고 일어섰다. 술을 마시는 동안 비가 오기라도 했
는지 아스팔트가 젖어 있었다.
"선생님, 미국 다녀와서 나중에 유리코랑 함께 또 봐요. 그
동안 고마웠어요."
폴이 아주 예의바르게 내게 고개 숙여 인사했다. 나는 여러

계절 동안 나를 웃게도, 울게도 했던 나의 짝사랑이 저물어가는 모습을 말없이 바라보았다.

폴은 아버지와 온전히 화해한 것일까? 팔자걸음으로 내게서 멀어져가는 폴의 뒷모습을 보면서 그런 궁금증이 일었다. 아마 그렇지는 않을 것이다. 설혹 그림책의 한 장면처럼 달빛 아래 함께 오줌을 눌 수 있었다 해도 현실은 언제나 우리의 바람과 달리 아름다운 엔딩을 갖고 있지 않은 법이니까.

폴, 왜 나한테 이 이야기를 해준 거야? 술자리에서 일어서기 전 내가 물었던 질문에 대한 폴의 답이 그 순간 떠올랐다. 왠지 선생님만은 내 이야기를 끝까지 다 들어줄 것 같았어요. 도대체 그건 무슨 의미였을까? 알 수 없었다. 그런데 참 이상한 일이었다. 수많은 취객들 사이에 마주앉아, 폴이 들려준 이야기를 다 듣고 난 지금, 삶이란 신파와 진부, 통속과 전형의 위험에도 불구하고 말해질 수밖에 없는 것들에 의해 지속되는 것은 아닐까, 하는 생각이 들었으니 말이다. 그러자 내게 실연을 안겨준 그가 더이상 원망스럽지만은 않았다. 실연당한 여자의 자기 위안에 불과할지도 모르지만, 어쩐지 그가 해준 이야기가 내 초라한 사랑에 대한 그만의 응답처럼 느껴졌기 때문에.

"폴."

나는 폴이 사라져버리기 전에 그의 이름을 다급히 불렀다. 이렇게 헤어지고 나면 이제 두 번 다시 나는 이런 감정으로 그를 바라볼 수 없을 것이다. 한 번도 그럴듯하게 명명된 적이 없는 초라한 내 사랑. 이제 와 고백을 하고 말고 할 것도 없지만, 나는 그에게 제대로 된 작별인사만큼은 건네고 싶었다. 삼십대의 사랑은 그렇게 쉽게 시작되는 것이 아니니까. 그가 무슨 일이냐는 듯, 나를 돌아보았다. 나는 폴의 얼굴이 지닌 곡선들을 눈으로 더듬듯 천천히 바라보았다.

"폴, 아버지의 고향이 충청도지?"

갑작스러운 내 질문에 폴은 어떻게 알았냐는 듯한 표정을 짓더니 이내 고개를 끄덕였다. 지금은 많이 사라졌지만, 폴에게 한국어를 처음 가르쳐주었던 오래전, 폴의 어눌한 한국어에는 충청도식 억양이 상흔처럼 남아 있었다. 아무도 모르던 그 사실을 처음 알아채고 나서 나는 폴의 비밀을 공유하게 된 것만 같아 얼마나 행복했는지.

"폴."

나는 또 돌아서려는 폴을 붙잡았다. 그가 천천히 뒤돌았다.

"폴, 한국 이름은 뭐야?"

내 질문에 폴이 씩 웃더니 대답했다.

"Junchan."

준찬. 폴의 부모가 그에게 준 이름에는 외국인이 구분해 발음하기 힘든 음운인 'ㅈ'과 'ㅊ'이 함께 들어 있었다. 나는 'ㅈ'과 'ㅊ' 대신 원순성을 동반한 유성 파찰음 'j'와 무성 파찰음 'ch' 그리고 'ㅏ'와 'ㅐ'의 중간 발음인 'a'로 이루어진 폴의 이름을 입속으로 가만히 불러보았다. 내가 온전히 발음할 수 없고, 폴의 부모도 온전히 발음할 수 없을 그 이름, Junchan. 그라는 사람은 준찬과 Junchan 사이의 어딘가에 존재할 것이었다. 나는 이번엔 폴의 발음을 교정해주지 않았다. 비록 내가 그의 이름을 그가 발음하는 대로 부를 수 없더라도 이것이 내가 그를 사랑하는 방식이라고 나는 믿었으므로.

안녕.

나는 속으로 그를 향해 인사를 건넸다. 폴은 슬몃, 미소를 짓더니 다시 뒤돌아 뚜벅뚜벅 걸어나갔다. 처음 한국에 왔을 때 눈앞이 온통 아시아인들뿐이라 너무 놀랐어요. 폴의 목소리가 귓가에 들렸다. 나는 오랫동안 그가 사라진 방향을 바라보았다. 폴이 그를 닮은 듯 닮지 않은 사람들 틈에 섞여 더이상 구분이 되지 않을 때까지.

부드럽고 그윽하게

그이가 웃음 짓네

* Mild und leise wie er lächelt, 바그너의 오페라 〈트리스탄과 이졸데〉 3막 중에서.

"이젠 어디로 갈까?"

그가 저만치 앞에 서서 그녀에게 물었다. 며칠 만에 해가 나고 날이 뜨거웠다. 이렇게 더울 줄 모르고 긴소매를 입은 그는 땀을 흘리고 있었다. 선글라스를 미처 챙기지 못한 그녀는 손차양을 만들어 빛을 가렸다. 그는 빛의 한가운데에 거인처럼 서 있었다. 그의 몸피만큼 차지하는 시커먼 어둠. 그는 상점에서 집어온 지도를 펼치며 알지 못하는 언어로 쓰인 지명들을 애써 읽어보려 하고 있었다. 결국, 방향을 정해주어야 하는 것은 그녀임을 둘 다 모르지 않는데도. 그녀는 짧게 한숨을 쉬며 그에게 말했다.

"점심이나 먹을까?"

그는 처음부터 그의 의견 역시 그러했다는 듯, 지도를 접고 고개를 끄덕였다. 그리고 마치 결정을 내린 사람이 자신인 양 앞장서서 걷기 시작했다.

　그들은 오래전부터 그녀가 함께 와보고 싶다 했던 식당을 찾았다. 그녀는 식당의 주메뉴인 독일식 아침식사를 주문했다. 그가 그녀를 만나러 베를린에 온 지 나흘째다. 휴가가 길지 않은 그가 무리해서 일정을 잡은 것이라는 사실을 그녀는 잘 알았다. 내심 여름방학을 맞이하여 그녀가 귀국하기를 기대했으리라는 것도. 그녀 역시 여름을 한국에서 보낼 의향이 없었던 것은 아니다. 가족들도, 고국의 음식도 그리웠으니까. 그러나 학교 지원 준비와 그 밖의 여러 행정적인 이유로 인해 그녀는 귀국을 잠시 미뤄야만 했다.
　핑계다. 그녀는 그에게 이 도시를 보여주고 싶었던 것 같다.
　사흘 전, 테겔 공항에서 그와 가졌던 해후는 일 년 만의 것치고 조금 싱거웠다. 그는 주변의 다른 연인들이 그러하듯 그녀를 끌어안거나 입을 맞추지 않고 다만 어깨를 몇 번 부드럽게 두드렸다. 그녀가 살고 있는 아파트까지 가려면 짐을 끌고 버스와 지하철을 몇 번이나 환승해야만 했다. 비가 부슬부슬 내리는 날이었는데, 그 탓인지 그들에게는 그 길이 좀더 먼 듯이 느껴졌다. 그는 난생처음 해본 장시간의 비행으로 몹시 지쳐 있었다. 그를 위해 준비한 저녁식사를 먹지도 못한 채 그는 이내 곯아떨어졌다. 독일에 처음 도착했을 때 장시간의 비행과 시차로 인해 자신 역시 아무것도 먹지 못했다는 사실을 그녀는 지난 일 년 사이 까맣게 잊었다. 그녀는 깊이 잠들어버린 그를 잠시 바라보다가 차갑게 식어버린 음식들을 치워버렸다.

음식이 나왔다. 독일식 아침식사는 엄청난 양이었다. 커다란 스탠드 안에는 각종 햄과 과일, 치즈 등이 담겨 있고, 바구니 한가득 담긴 빵과 몇 가지 종류의 잼, 주스와 커피가 곁들여졌다. 독일에서 지내는 동안 그녀는 여러 명이 함께 카페에 둘러앉아 느긋하게 브런치를 먹는 모습을 종종 목격했다. 부러웠다. 결코 혼자서 다 먹을 수 없는 양의 브런치를 누군가와 함께 나눠 먹고 싶었다. 그녀는 그때마다 자연스럽게 그를 떠올렸다.

그녀가 그를 처음 만난 것은 꽤 오래전의 일이다. 고등학교 3학년 때 그를 만났고 대학교에 입학하고 나서 처음 입을 맞췄으니 그는 그녀의 첫사랑이라고 할 수 있을 것이다. 그는 그녀가 음대 입시를 준비하던 시절 과외 선생님으로 그녀의 집에 처음 발을 들였다. 명문대 대학원생이었던 그는 촌스러운 차림새에 더벅머리였다. 그 무렵, 그녀는 입시 대비 개인 레슨을 받지 않는 날이면 혼자 첼로 연습에 매진하면서 방과후 대부분의 시간을 보내고 있었다. 그는 밤 열시고 열한시고 간에 그녀에게 여유 시간이 생기면 달려가 전과목을 가르쳐주는 대기조 과외 선생으로 채용되어 있었다. 그것은 그녀나 그녀의 엄마가 부르면 달려와야 했다는 점에서 일종의 노예 계약이나 다름없었다. 그러나 그는 너무 가난한 석사과정생이었고, 그녀를 가르치는 일은 다른 과외에 비해 보수가 몇 배나 높았으므로 그는 그 일을 마다하지 않았다. 덕분에 그들은 일 년 동안 거의 매일같이 만났다. 대부분 깊은 밤이었다. 하루종일 계속되는 레슨 일정으로 이미 지칠 대로 지쳐 있었기 때문에 그녀가 그와의 수업에 집중을 한다는 것은 어차피 불가능했다. 수업시간은 대부분 인생 상담이나, 진로 상담 시간으로 변질되기 일쑤였다. 그는 국사 수업을 핑계삼아 그녀에게 정치며, 사회 전반에 관한 이야기를 많이 해주었다. 그녀는 그가 들려주는 이야기가 엄마 귀에 들어가서는 안 된다는 것을 본능적으로 알았다. 깊은 밤, 스탠드 불빛만을 밝혀놓고 마주앉아 그가 들려주는 이야기들을 듣다보면 그녀는 쉽게 수줍어졌다. 초등학교를 졸업한 이후, 남자와 단둘이 그토록 많은 이야기를 한 적은 처음이었다. 그녀는 그가 오기 전이면 엄마 몰래 향수를 뿌리고 립글로스를 발랐다. 그러는 사이 시간은 흘렀다. 그의 과외 덕이었을까? 그녀는 목표하던 대학에 무난한 성적으로 입학했다. 그는 더이상 그녀의 집을 찾지 않았다. 그

대신 그들은 밖에서 자주 만났다. 그와 그녀 사이에는 십 년의 나이 차가 있었지만 그것은 그녀에게 큰 문제가 되지 않았다. 신입생 환영회나 미팅 같은 데서 만나는 또래 남자아이들은 그에 비하면 너무 시시했다. 그는 술 마시는 법과 외박하는 법을 비롯해 그 밖의 많은 것들을 그녀에게 알려주었다.

"밥 먹고 다음에는 어디에 갈까?"

그는 커피를 소리 내서 들이켜며 물었다. 그가 그녀에게 건넬 수 있는 말은 어디로 가느냐는 물음밖에 남아 있지 않은 것 같았다. 난 가이드가 아니야, 라는 말이 목구멍까지 치밀었으나 그녀는 차마 내뱉지 못했다. 그는 고작 엿새 동안 이 도시에 머물 예정이었고, 그녀는 그와 싸우느라 시간을 허비하고 싶지 않았다. 아닌 게 아니라 그가 온 이래 비가 끊임없이 내려 그녀는 그와 이 도시에서 하고 싶었던 일들의 절반도 다 하지 못했다. 반은 무슨. 그가 시차 적응을 하느라 그냥 흘려보낸 시간들을 생각하면 사실상 그와 제대로 된 외출을 한 것은 오늘이 처음인 듯싶었다. 그와 일 년간 떨어져 지내며 머릿속으로 적어놓은 함께하고 싶었던 일의 목록이 길었던 만큼 아쉬움도 컸다. 그의 잘못은 아니겠지만, 서운한 마음이 드는 것은 어쩔 수 없었다. "브란덴부르크 토르에 갈까?" 그녀는 감정을 숨기고 최대한 자연스러운 말투로 말했다. 브란덴부르크 토르는 냉전 시절 동베를린과 서베를린의 사이에 있던 문으로, 체크포인트 찰리와 더불어 이 도시에 처음 온 사람들이면 누구나 들르는 장소였다. 그러나 그녀는 그곳이 필수 관광지여서가 아니라 그가 그런 장소를 좋아할 것이라 생각했기 때문에 그곳에 가고 싶었다. 그녀는 그에 대해 누구보다 잘 안다고 생각했고, 그는 뼛속까지 역사학도였으니까.

그렇지만 그녀는 이국의 카페에서 그와 마주앉은 채 당혹스러운 기분을 느꼈다. 그녀 앞에 앉아 있는 사람은 틀림없이 그였는데도 자꾸만 그가 낯선 타인처럼 느껴졌기 때문이다. 한때, 그녀의 영혼을 송두리째 흔들었던 남자의 흔적을 그에게서 찾기 위해 그녀는 노력했다. 그러나 지금 눈앞에 앉아 있는 그는 그저 나이 많고, 촌스럽고, 피로해 보이는 남자에 불과했다. 그는 햄을 집어다가 접시에 놓고 썰어 먹었다. 어디선가 자꾸 벌이 날아와 그들의 잼 그릇 위에 앉았다. 인기 있는 식당이라더니, 테라스는 사람들로 붐볐다. 변덕스러운 베를린 날씨답게 뜨겁던 햇살은 어느새 사라지고 하늘은 잔뜩 흐려졌다. 좀 서늘한 기분이 들어 그녀는 큰 컵에 가득 담긴 라테 마키아토를 마셨다. 커피는 이미 미지근하게 식어 있었다. 그녀는 학교 도서관 카페에서 파는 뜨겁고 진한 마키아토가 그리웠다. 그녀가 커피를 시키면 언제나 카운터 뒤에서 정갈한 커피잔 가득 우유와 커피를 부어주는…… 이름이 한스라고 했던가. 독일인답게 큰 키에 딱 벌어진 어깨, 흰 셔츠가 잘 어울리는 카페 주인. 눈앞의 그가 그녀에게 무어라 말을 하고 있었다. "뭐?" 그는 비가 온다고 말하고 있었다. 정말 빗줄기가 어느새 쏟아지고 있었다. 웨이터들이 서둘러 테라스 위로 차양을 내렸다. 사람들은 하나둘 우산을 폈다. 그는 허둥지둥 음식을 집어먹었다. "갑자기 왜 이렇게 서둘러?" 그녀가 물었다. "비가 오잖아, 일어나자." 그러나 다른 사람들은 모두 우산을 쓴 채로 평온히 식사를 하고 있었다. "이게 독일식이야. 그냥 여기서 먹자." 그는 황당하다는 얼굴이었다. 그들은 우산을 받친 채, 말없이 차가운 치즈와 과일을 마저 먹었다. 벌들이 비를 피해 차양 밑으로 자꾸만 모여들었다. 아무리 내쫓으려 해도 한 마리, 두 마리…… 열다섯 마리. 벌들이 새까맣게 꿀과 잼 위로 들러붙었다. 벌들은 주둥이를 바삐 움직이며 꿀이 담긴 그릇 안으로 빠져들었다. 꽁무니를 하늘로 향하고 주둥이를 그릇에 처박은 채 맹렬히 꿀을 빨아먹는 벌떼를 보자 구역질이 날 것만 같았다. 빗줄기는 점점 굵어지고 바람까지 거세졌다. 브란덴부르크 토르에 가는 것은 무리겠다는 생각이 들었다. 실내 관람이 가능한 곳을 찾아야 했지만 딱히 떠오르는 곳이 없었다. 며칠 전에는 비를 피해 미술관에 갔지만 그의 반응이 영 신통치 않았다. 어떻게 해야 하나, 난감해하며 여행 책자를 뒤적이는데 유대인 박물관이라는 단어가 그녀의 눈에 들어왔다. 그들은 서둘러 계산을 마치고 자리에서 일어섰다.

　베를린에 가게 되었어. 그녀가 사람들에게 말할 때마다 사람들은 베를린? 아 베를린, 뜨뜻미지근한 반응을 보였다. 그녀는 그들의 반응을 보며 베를린이 파리나 뉴욕처럼 이름만으로도 온갖 낭만을 불러일으키는 그런 지명은 아닌가보구나, 생각했다. 출발 직전까지 베를린에 대해 그녀가 아는 바는 적었다. 유학 결정은 다소 충동적이었다. 그녀의 모든 결심들이 그렇긴 했지만. 그녀가 첼로를 그만두고 음악사를 공부하겠다고 했을 때, 사람들은 그 이유가 무엇이냐고 물었다. 그냥 지겨워졌어. 그녀는 심상하게 말했지만, 사실은 그렇지 않았다. 그녀는 더이상 첼로를 연주할 수 없었다. 그러나 그 사실을 사람들에게 납득시키는 일은 어려웠다. 귀에서 자꾸 소리가 나. 그런 그녀의 말은 이비인후과 의사조차 믿어주지 않았다. 시시때때로 귓가에서 소리가 나서 악기를 연주할 수 없다니. 길게 늘어지는 날카로운 쇳소리예요. 들리지 않아요? 이비인후과 의사는 신경성일지도 모른다는 진단을 내렸다. 연주로 인한 과도한 스트레스로 그러는 것일지도 모릅니다. 정말 신경성일까? 대학에 입학한 이래 연주에 대한 자신을 점점 잃고 있었던 것이 사실이었다. 그녀는 부모의 권유에 따라 아주 어렸을 때 악기를 시작했고, 늘 성실히 연습했다. 결과적으로 고등학생 때까지 그녀의 실력은 언제나 수준급이었다. 그러나 대학에 와서 그녀는 진짜 천재들은 따로 있다는 사실을 알게 되었다. 그런 게 별것 아니라고 생각하면서도 절대음감을 가진 아이들이 부러웠고, 별다른 노력도 없이 독창적으로 곡을 해석하는 선배들을 보면 질투가 났다. 그러나 귓가에서 이상한 소리가 들려오기 시작한 것은 그것과 무관한 일이었다.

빗물이 자꾸만 다리에 튀었다. 독일에 온 이래 처음으로 장만한 스커트 밑단이 들이치는 빗방울에 젖어들었다. 비를 피하려는 그의 발걸음은 빨랐고, 그녀는 그를 따라가기가 벅찼다. 사실 비와 무관하게 그는 발걸음이 빠른 편이었다. 키도 그리 크지 않은 남자가 마치 쫓기는 사람처럼 어딘가로 바삐 걸어가는 모습을 보다보면 마음이 아플 때가 많았다. 분초를 아끼며 뛰어다녀도 언제나 시간이 모자란 삶. 그게 바로 그의 삶이었다.

그는 아르바이트를 하며 젊은 날들을 보냈다. 그녀가 기억하는 그의 모습은 책을 읽느라 골몰해 있거나, 아르바이트로 인해 피로해하거나 둘 중 하나였다. 등록금은 비쌌고, 조교를 해봤자 기껏 등록금의 일부만을 공제받을 뿐이었으므로 그는 수없이 많은 아르바이트를 해야만 생활을 유지할 수 있었다. 박사과정에 진학한 이후로 그는 줄곧 한 논술학원에서 강사직을 맡고 있었다. 그녀는 부모님에게 용돈을 받아 쓰는 학부생이었기 때문에, 그에 비해 시간이 많았고 경제적으로 여유가 있었다. 학원 수업은 때때로 정해진 시간보다 길어지기도 했다. 그럴 때면 그녀는 그가 만나러 올 때까지, 이십 분이고 삼십 분이고 카페에 앉아 그를 기다렸다. 그는 언제나 피로와 미안함이 뒤섞인 얼굴을 한 채 카페 문을 열고 들어왔다. 기다린 시간과 달리 함께 있는 시간은 무척 빨리 갔다. 주로 떠드는 것은 그녀였고 그는 웃거나 그녀의 말에 추임새를 넣을 뿐이었다. 그렇지만 그녀는 그와 함께 있는 것이 마냥 좋았다. 가끔 그는 그녀를 뚫어지게 쳐다보았다. 신나서 이야기를 펼쳐놓다가 그런 그와 눈이 마주칠 때면 그녀는 왠지 마음이 무거워져 얼른 눈길을 피했다. 그의 눈빛이 무엇을 의미하는지 알아차리기에 그때 그녀는 너무 어렸다. 그러나 그녀는 이제 그의 눈빛에 무엇이 섞여 있었는지 알았다. 그것은 말하자면 질투심이었을 것이다. 그가 한 번도 제대로 누려본 적 없는 젊음을 향한 질투. 그녀는 그 눈빛을 떠올릴 때마다 알 수 없는 죄책감을 느꼈다. 그가 그녀를 비난한 적은 한 번도 없었는데도 불구하고.

그들은 지하철역에 다다랐다. 우산이 없는 사람들이 쏟아지는 빗줄기를 망연히 바라보고만 있었다. 우산을 허공에 몇 차례 털고 그들은 계단을 따라 내려갔다. 열차가 들어오는 소리가 저 멀리서 들려왔다. "어느 쪽을 타야 해?" 그가 뛰듯 계단을 내려가며 소리쳤다. 가까스로 열차에 올라탄 그들의 등뒤에서 지하철 문이 닫혔다.

　지하철에 올라타 그들이 숨을 고르는 사이, 열차는 금세 할레슈스 역에 도착했다. 여행 책자에는 할레슈스 역에서부터 약 십 분 정도 걸으면 박물관이 나올 것이라고 쓰여 있었다. 그녀는 지도를 펼치고 그들이 가야 할 길을 머릿속으로 그려보았다. 그녀를 따라 지도를 들여다보는 듯했던 그는 이내 귀찮은지 주변을 두리번거리기 시작했다. 이렇게 가면 되는 거 맞지? 하고 그의 의견을 물으려던 그녀는 입을 꾹 다물었다. 그는 가슴골이 훤히 드러나는 옷차림의 여자를 신기한 듯 흘깃 쳐다보고 있었다. "그만 좀 훔쳐봐." 그녀는 그의 팔을 거칠게 잡아끌었다. 그의 몸은 뜨겁고, 끈끈했다.
　그가 독일에서 모든 것을 그녀에게 의존하는 것은 어떻게 보면 자연스러운 일이었다. 그는 독일어라고 해봐야 당케와 이히 리베 디히 정도밖에 알지 못하고, 그가 태어난 고장의 억양이 고스란히 배어 있는 영어는 문장을 이루지 못하고 자꾸 분절되었으니까. 그렇지만 그녀에게 전적으로 의존하는 그를 보는 것은 뭐랄까, 이질적인 느낌이었다. 그도 그럴 것이 그녀가 그를 만난 이후 지금까지 길을 찾는 것은 언제나 그의 몫이었기 때문이다. 그녀는 그의 뒤를 따르기만 하면 됐다. 그것이 그들이 관계를 맺는 방식이었다. 그녀는 그가 즐겨 찾는 술집과 밥집에 이끌려 다녔고, 그의 친구들을 만났으며, 그가 읽으라는 책을 읽었다. 그의 친구들이 전부 다 문과생이었기 때문에 그녀는 음대생이라는 데서 모종의 자격지심을 느꼈다. 그녀는 그들이 하는 말들을 때때로 이해하지 못했고, 그들이 언급하는 사상가나 이론들을 알지 못했다. 첼로를 연주하는 일이 시시해졌다. 어차피 부모가 시켜서 시작한 것에 불과하다는 생각이 들면 스스로가 한없이 초라했다. 운이 좋아야 겨우 시립 음악단에 들어갈 수 있을 것이었다. 매일매일 비슷한 레퍼토리를 연주하며 조금씩 늙어갈 것이었다. 물론 그들에게도 고민이나 괴로움은 있었겠지만 그녀는 그들의 삶이 부러웠다. 그들에게는 신념이 있었고 세상을 바꿀 수 있다는 확신이 있었다. 간혹 술에 취한 그를 바래다줄 때 보았던 자취방은 몹시 비좁았고, 책장이 모자라 아무렇게나 쌓여 있던 책들 탓에 미로 같았다. 그렇지만 그는 그 미로 속에서 길을 잃을까봐 단한 번도 두려워하지 않는 사람이었다. 서로의 몸을 더듬으면서도 위태롭게 쌓인 책들이 등뒤로 무너져내릴까 두려워하는 사람은 그녀였다. 적어도 그녀의 눈에 그는 매사에 망설임이 없었고, 유약하지 않은 사람이었다. 전심을 다해 이상을 추구하는 그의 모습은 언제나 형형히 빛나 보였다. 그는 무리의 리더였고 많은 후배들이 그를 따랐다. 그의 후배들은 형이 아르바이트만 안 했어도 벌써 교수가 되었을 텐데, 늘 입버릇처럼 말했다. 그녀는 그와 어울리는 사람이 되고 싶었다. 악기를 더이상 연주할 수 없게 되었을 때, 그녀가 음악사 쪽으로 방향을 선회한 것은 어쩌면 전적으로 그의 영향이었는지도 몰랐다.

어디로 가야 하는 것이지? 그녀는 속으로 중얼거렸다. 십분이면 충분할 것 같았는데. 비바람 탓이었을까, 가는 길이 너무 멀게만 느껴졌다. 방향을 잘못 잡은 것은 아닐까 초조해지기 시작했다. 지하철을 타기 전보다 바람이 더욱 거세게 불기 시작해 비가 우산 속으로 파고들었다. 그들은 근처 건물의 처마밑에 몸을 숨겼다. 몸이 으슬으슬했다. 여행 책자는 이미 비에 젖어 있었다. 그녀는 물기 탓에 눅눅해진 지도를 젖은 손으로 펼쳐보았다. 바람이 불어와 지도가 위태롭게 펄럭였다. 길이 틀린 것 같지는 않았다. 그냥 이대로 직진. 그녀는 짜증이났다. 비에도, 그에게도. 모든 것이 엉망진창이었다. 그가 미술관을 좋아하는 사람이기만 했더라면. 그랬다면 빗속에 한번도 가본 적 없는 박물관을 찾아 이러고 헤맬 일은 없었을 것이다. 화가 치밀었다. 그를 데리고 갔던 미술관에서 그는 여전히 쫓기는 사람처럼 그림 앞을 서둘러 지나갔고, 감상을 묻는 그녀의 질문에 한참을 망설이더니 나는 이런 거 잘 모르잖아,

라며 어색하게 대답했다. 모르는 게 어딨어, 그냥 느껴지는 대로 말하면 되잖아. 그녀가 서운한 듯 말하면 그는 더욱 난감해했다. 그런 그가 낯설어 그녀는 당황했다.

바람이 다시 세게 불어와 비가 처마밑까지 들이쳤다. 백팩을 멘 금발의 커플이 처마밑으로 뛰어들어왔다. "유대인 박물관 가려면 이쪽이 맞느냐고 좀 물어봐봐." 그녀가 지도를 건네며 그에게 말했다. "네가 그냥 독어로 물어봐." 시선을 회피하는 그는 어딘지 피로해 보였다. 그에게 건넸던 지도를 그녀는 거칠게 잡아챘다. 비에 젖어 나달나달해졌던 부분이 맥없이 찢어졌다. 자꾸만 치밀어오르는 화의 대상이 누구인지 그녀는 분명히 알 수가 없었다. 지도를 접어서 그의 배낭 속에 집어넣었다. 우산을 펼치고 다시 빗속으로 뛰어들었다. 그가 그녀의 뒤를 따랐다. 돌풍이 불어와 우산이 뒤집혔다.

유대계 해체주의 건축가 대니얼 리버스킨드에 의해 건축되었다는 박물관은 어마어마한 규모였다. "유대인의 찢어진 마음을 형상화했다더니, 정말 구조가 특이하네." 젖은 옷의 빗방울을 털어내며 그가 말했다. 건물은 지그재그 형태로 이루어져 있었다. 그녀는 젖은 다리를 휴지로 닦아내고 금속성의 차가워 보이는 건물 안으로 들어섰다. 박물관은 크게 유배의 축, 홀로코스트의 축 그리고 지속의 축이라고 이름 붙은 세 개의 길로 구성되어 있었다. 그들은 방향 표시를 따라 지하의 전시실로 내려갔다. 사실, 그녀는 전시고 뭐고 어디 들어가 앉아 조금 쉬고 싶었다. 그러나 그가 이곳에 체류할 날이 며칠 남지 않았다는 생각이 그녀를 독려했다. 그들은 사람들을 뒤쫓아 복도를 걸었다. 박물관은 수많은 외국인들로 북적였다. 전시실의 초입부터 복도 벽면을 따라 유리 진열장들이 길게 늘어서 있었다. 진열장 안에는 나치에게 체포된 유대인들의 소지품 같은 것들이 전시되어 있었다. 누군가의 반지, 지갑, 여권 같은 것들. 정말 살아 있었던 사람들의 물건이라는 실감이 나서였을까. 날카롭게 곤두섰던 그녀의 신경이 복도를 따라 걷는 사이 점차 가라앉았다. 단지 유대인이라는 이유만으로 삶이 송두리째 변했을 어떤 사람들의 절망감과 두려움이 서서히 그녀 안에서 출렁이기 시작했다. 평범한 사람들이 타인의 고통에 그토록 무감해지도록 그 사회를 도취시켰던 감정의 실체는 무엇이었을까. 그는 역사적 배경을 설명해주는 영상물 앞에서 집중하고 있었다. *쓸 수 있는 글자수가 제한되어 있어 편지를 길게 쓰지 못한다. 그렇지만 너희가 보내주는 편지가 나에게는 얼마나 큰 기쁨인지 몰라.* 그녀는 늘어서 있는 전시물들 아래 짧게 달려 있는 설명을 눈으로 따라 읽었다. 엠마 마리안이라는 한 유대계 여성이 쓴 편지의 푸른 잉크 자국과 붉은 도장이 세월에 바래 흐릿했다. 그녀의 귀에서 소리가 다시 들려오기 시작한 것은 흑백사진 속 유대인 여성과 눈이 마주쳤을 때였다. 부드럽고 그윽하게 미소짓는 새까만 눈동자. 너무도 평온하고 행복해 보이는 그 얼굴은 고통 따위는 예감하지 못한 듯 보였다. 그녀는 귀를 틀어막았다. 높고 날카로운 쇳소리. 그녀가 소리의 정체를 알게 된 것은 베를린에 정착하고 얼마 지나서였다. 그것은 현악기의 소리였다. 처음에는 단 한 음만 들려오던 것이 시간이 흐를수록 점차 여러 음들을 만나, 멜로디를 이루기 시작했다. 느리고 처연한 멜로디. 그 멜로디가 어떤 곡의 일부인지 알게 된 것은 또 한참의 시간이 흐른 후였다. 여기서는 안 돼. 그녀는 속으로 되뇌었다. 그녀의 귀에 낮이고, 밤이고 간에 시도 때도 없이 울려오는 그 곡은 바그너의 〈트리스탄과 이졸데〉 전주곡이었다. *알리스 외게오르그, 샬로텐부르크에서 고발. 에밀리아 레지나, 아우슈비츠에서 사망.*

유배의 축 끝에 다다르자 그들은 정원을 만났다. 정원에는 압도적으로 키가 큰 잿빛 사각 기둥들이 바둑판 배열로 늘어서 있었다. 유배의 정원이었다. 숲속을 거닐듯 비석처럼 보이는 기둥 사이를 걸었다. 총 마흔아홉 개. 사십구재를 알 리도 없는 유대계 건축가가 어떻게 마흔아홉 개의 기둥들을 세울 생각을 했을까. 귓가의 음악 소리는 다시 조금 잠잠해졌다. 그는 말이 없었다. 비는 어느새 그쳐 있었다. 그렇게 퍼부어대던

니. 하늘은 아직 어두웠다. 다리가 피로 탓에 무거웠다. 마흔
아홉 개의 기둥들 바깥으로는 정원이라는 이름과 걸맞게 나무
들이 빼곡했다. 비가 온 탓인지, 공기 중에는 나뭇잎 향이 짙
게 배어 있었다. 생명의 냄새. 기둥들이 너무 높아서, 기둥 사
이가 너무 좁아서 거니는 내내 사방이 막힌 어딘가에 갇혀 있
는 느낌이 들었다. 기둥 사이로 그의 모습이 언뜻 보였다가 사
라질 때마다, 부르기만 하면 만나질 거리에 있는 그가 너무 아
득히 있는 것 같다고 그녀는 느꼈다. 다시, 음악 소리가 귓가
에 울리기 시작했다. 그녀는 귀를 또 틀어막았다.

　이어지는 홀로코스트의 축 역시 비슷한 것들이 전시되어 있
었다. 그런데 그 끝에 이르자 그들의 눈앞에서 벽처럼 서 있던
문이 열렸다. 사람들을 따라서 그들도 문 안으로 들어섰다. 안
쪽으로는 아무것도 없었다. 이게 뭐지, 하는 사이 등뒤로 문이
닫혔다. 순간, 그들의 눈앞에는 캄캄한 어둠뿐이었다. 눈이 어
둠에 차차 익숙해지자 균질했던 어둠으로부터 윤곽들이 떠올
랐다. 그곳은 사면이 시멘트 벽으로 이루어진 잿빛 방이었다.
벽이 깎아지른 듯 너무 높았고, 시멘트에서 뿜어나오는 한기
가 너무 선득해 그들은 그곳이 수용소 체험장이라는 것을 본
능적으로 알 수 있었다.

　그녀는 주변을 둘러보았다. 부부인 듯 보이는 중년의 서양
인 두 쌍과 이십대 초반의 빼빼 마른 갈색 머리 여자아이, 중

국인 몇 명과 그리고 그와 그녀가 전부였다. 언제까지 갇혀 있어야 하는 걸까? 그녀는 그에게 묻고 싶었다. 그렇지만 말은 쉽게 입 밖으로 튀어나오지 않았다. 사람들은 제각각 다른 위치에 다른 자세로 서 있었다. 일행이 있는 사람들도 그와 그녀처럼 어느 정도 거리를 두고 서 있었다. 마치 죽음을 목전에 둔 사람들처럼. 마치 공포란 오로지 개인이 감당해야 하는 몫이라는 듯. 그녀는 눈을 감았다. 눈을 감자 다른 감각들이 더욱 예민하게 되살아났다. 피부 속까지 한기가 파고들었고, 멀리서 들려오는 웅성거림이 더욱 크게 들렸다. 마치 수용소의 밤과 낮이 번갈아 찾아오듯, 천장 위로 불빛이 일정한 주기로 언뜻 비쳤다가 사라졌다. 그것은 어쩌면 낮과 밤의 흐름을 뜻하는 햇빛이 아니라 수용소를 수색하기 위해 사방에서 비추는 불빛을 상징하는지도 몰랐다. 길어봐야 일이십 분 후면 그 방에서 나갈 수 있으리라는 것을 알았는데도 감은 눈 위로 불빛이 스치고 지나가는 것이 되풀이될 때마다 그녀는 그곳에 수십 년 동안 갇혀 있었던 듯한 착각이 들었다. 그녀는 바닥에 쪼그리고 앉았다. 그러자 그녀 안에서 다시금 낯익은 선율이 들려오기 시작했다. 느리고, 처연하게 시작하는 현악기 소리. 도대체 왜 하필 지금. 그녀는 견딜 수가 없었다. 바그너의 곡들은 그의 반유대적 행동들로 인해 오랫동안 이스라엘에서 연주가 금기시되어왔다. 그런데, 하필, 지금, 이 순간, 여기에서 이 음악이 울려오다니. 낭패스러운 일이 아닐 수 없었다. 그녀의 의지와 무관하게 음악은 꿈결을 거니는 듯한 현음을 지나 날카로운 목관악기 소리로 이어졌다.

베를린에 오겠다고 결심할 때까지만 해도 그녀에게는 뚜렷한 목표가 없었다. 그저 연주할 수 없는 상태가 싫었고, 그를 따라가기 위해 무엇인가를 공부해야 한다는 생각에만 사로잡혀 있었을 뿐이었다. 바그너를 공부하겠다고 결정한 것은 귓가에 들려오는 음악 소리가 무엇인지를 알게 된 후였다. 공부를 하다보면 언젠가 이 소리가 왜 자꾸만 들려오는지, 어떻게 하면 멈출 수 있는지를 알 수 있을 것만 같았다. 그녀가 바그너를 공부하겠다고 했을 때, 그는 처음에 마뜩잖은 표정을 지었다. 하필 그런 파쇼 음악가를. 그에게 바그너는 히틀러가 가장 사랑한 음악가 그 이상도 이하도 아니었다. 예술이란 이름으로 포장된 역사의 어두운 그늘을 조명해보는 것도 의미가 있겠지. 그는 어느 날, 그녀에게 말했다. 바그너의 극우적인 성향을 파고드는 것이 스스로 원하는 바인지 그녀는 알 수 없었다. 그러나 그것이 그에게 의미 있는 일일 것임은 알 수 있었다. 그는 사회에 만연한 폭력의 기원을 무엇보다 궁금해하는 사람이었으므로. 그는 논문에서 한국의 근대화 과정과 계급 간의 폭력 양상을 주제로 다뤘다. 그는 사회적 폭력의 뿌리를 근현대사에서 찾을 수 있으리라고 믿었다. 그에게서는 폭력에 폭력으로 맞설 수밖에 없더라도 쟁취해야 하는 정의에 대한 확신이 선명하게 빛났다. 그녀는 그것이 늘 부러웠다.

음악 소리는 점점 더 커져갔다. 그녀는 누군가 이 멜로디를 알아듣고, 지금 이런 곳에서 누가 바그너를 틀어놓았느냐고 화내지는 않을까 마음이 조마조마했다. 낭설인지 모르겠으나 그녀는 베를린이 함락되고 히틀러가 자살했던 날, 독일 방송이 모든 정규 프로그램 송출을 중단한 채 하루종일 〈신들의 황혼〉을 틀었다는 이야기를 들은 적이 있었다. 그게 사실이라면 홀로코스트 타워에서 바그너의 음악이 흘러나오는 것은 논란의 소지가 되고도 남을 일이었다. 그러나 다행히도 다른 사람들에게는 음악 소리가 들리지 않는 모양이었다. 사람들은 여전히 저마다 고립된 채 웅크리고 있거나 서 있었다. 어둠과 침묵 속에서. 그녀 역시 한기 탓에 몸을 두 팔로 감싸안았다. 나는 왜 그처럼 바그너에 대해 분명한 판단을 내릴 수가 없을까. 바그너의 반유대주의가 세상에 공개적으로 드러난 것은 그가 『음악신보』라는 잡지에 기고한 글 때문이었다. 그 글에서 그는 유대인들에게는 진정한 예술을 창조할 능력이 결여되어 있다고 주장했다. 바그너가 주로 공격하는 유대인은 마이어베어와 멘델스존이었는데 그 점이 그녀에게는 흥미롭게 다가왔다. 그들은 모두 바그너보다 먼저 성공한 유대인 음악가들이었고, 바그너는 그들로 인해 오랜 세월 동안 열등감에 시

달렸다. 게다가 바그너는 젊은 시절 여러 실패를 겪으며 편집 증을 앓기도 했다. 만약 정말 바그너가 파쇼의 아버지고 그의 반유대주의가 나치 사상에 영향을 주었다면, 수많은 죽음이, 엄청난 비극의 씨앗이 한 인간의 병든 마음을 토양 삼아 자라 났다는 말인가. 그것은 너무 아이러니한 일이었다. 도대체 인 간의 마음이라는 것은 무엇일까. 가슴이 먹먹했다. 그는 학원 에서 목에 핏대를 세워가며 학생들에게 말하고는 했다. 양시 론은 절대 안 돼. 한쪽의 입장을 택하면 다른 한쪽은 잘못됐다 는 것을 철저히 보여줘야 해. 이것도 좋고 저것도 좋은 점이 있다고 말하는 건 논술을 포기하겠다는 뜻이야. 알았지? 그는 때때로 그가 믿는 정의에 취한 사람처럼 보였다. 그의 눈 속에 서 빛나던 차가운 불꽃. 그렇지만 옳고 그름이란 도대체 무엇 일까. 비극적 사랑을 노래한 곡은 나치에 의해 희생당한 망자 들의 넋을 위로하듯 어둡고 차가운 타워에 앉아 있는 한 사람, 한 사람을 감돌며 사라졌다. 어떻게 파시스트의 곡이 이토록 슬프고 아름다울 수 있을까. 그녀는 낭패스러운 기분을 느꼈 다. 예술이 무엇인지 말해보세요. 면접 시험장에서 그녀가 미 처 답하지 못한 독일 교수의 질문이 떠올랐다. 문이 열렸다. 빛이 쏟아지듯 들어왔다. 타워에 들어오기 위해 줄 서 있는 타 워 바깥의 사람들이 그들을 호기심 어린 눈빛으로 쳐다보고 있었다. 그들은 구경거리가 된 수용자의 기분으로, 그러나 동

시에 연극이 끝났음에 감사해하며 서둘러 빛의 세계로 빠져나
갔다.

커피까지 마시고 박물관 밖으로 나오니 도시는 어느새 다
말라 있었다. 그녀는 잠시 날이 갠 틈을 타 베를린을 그에게
더 보여주고 싶은 마음에 슈타트미테로 다시 발길을 옮겼다.
그녀가 생각해둔 마지막 코스는 젠다르멘마르크트였다. 마주
선 쌍둥이처럼 생긴 프랑스식 대성당과 독일 돔 성당, 그리고
콘체르트하우스에 둘러싸여 있는 이 광장은 그녀가 베를린에
서 가장 좋아하는 곳이기도 했다. 붉은색과 청동색 지붕들이
만들어내는 따뜻한 빛깔과 빛바랜 상아색 벽들이 아름답게 어
우러져 있었다. "이건 무슨 건물이야? 아, 이게 콘서트홀이구
나! 그러면 이건 위그노들이 세웠다는 프랑스식 대성당이구
나. 이것은 독일인들이 모방해 만들었다는 독일식 교회고."
그는 여행 책자 속 사진들과 건물들을 대조해보며 말했다. 그
녀는 그에게 자신이 사랑하는 콘체르트하우스를 보여주고 싶
었다. 입장권이 없어서 그들은 공연장 안으로는 들어가지 못
하고, 그저 로비에 멀찌감치 서서 내부를 훔쳐볼 수밖에 없었
다. 공연을 기다리는 사람들이 정장 차림으로 길게 줄을 서 있
었고, 공연장 안은 조명들로 아름답게 빛났다. 아름답지? 그
녀는 그를 향해 묻고 싶었다. 그들의 눈이 마주치는 순간, 그

가 말했다. "나, 화장실 좀 다녀올게." 어디론가 바삐 사라지는 그를 두고, 그녀는 밖으로 나갔다.

그녀는 콘체르트하우스 계단 위에 털썩 주저앉았다. 오랫동안 서 있기만 해서 허리가 몹시 아팠다. 그녀는 이곳에 방문할 그를 위해 베를린에 관한 책을 많이 읽어두었다. 그가 물어보면 무엇이든 척척 대답해주기 위해서였다. 그러나 그는 아무것도 묻지 않았다. 화장실을 찾기는 찾았을까. 석양이 프랑스식 대성당의 지붕을 더욱 붉게 물들였다. 광장에서 관광객들이 콘체르트하우스나 교회를 배경으로 사진을 찍고 있었다. 그녀는 계단에 앉아 사람들이 모였다가 흩어지는 모습을 구경했다. 한 무리의 사람들이 곡예를 부리듯 자전거를 타며 어딘가로 사라졌다. 그 모습을 보며 그녀는 박물관을 빠져나오기 직전의 기억을 떠올렸다.

그녀가 기념품 가게를 구경하고 나왔을 때였다. 물품보관소에서 짐을 찾은 그는 로비에 서서 그녀를 기다리고 있었다. 빛을 등져 어렴풋이 보이는 실루엣 탓에, 그녀는 그의 나이가 자신보다 열 살이나 많다는 것을 새삼 깨달았다. 그의 시선이 닿는 곳에는 똑같은 안전모를 쓴 채 자전거를 타는 금발의 모녀가 있었다. 그는 그 둘이 사라지는 모습을 꽤 오랫동안 바라보고 있었다. 오래전부터 그녀는 그가 결혼을 원한다는 사실을 알았다. 그의 친구들 중에는 이미 돌 지난 아이를 둔 이들도 많았다. 만약 그가 경제력을 갖추었다면 그는 진작 그녀에게 청혼했을 것이다. 그에게는 사랑을 지켜내는 일도 신념을 추구하는 일과 별반 다르지 않았으므로. 사랑하기로 마음을 먹었기 때문에, 단 한 번도 그 감정에 의문을 제기하지 않는 사람. 상대와의 약속에 충실한 것이 옳은 일이라 믿기 때문에 결혼을 맹세하고도 남을 사람이 바로 그였다. 그런 자신을 알았던 까닭일까. 연애 초, 그는 관계가 깊어지기 전에 자꾸만 달아나려 했었다. 레퍼토리는 언제나 같았다. 그의 나이가 그녀보다 너무 많고, 그가 경제력을 갖추려면 아주 오랜 시간이 걸릴 텐데 그녀가 아직 어려서 그렇지 언젠가 철이 들고, 결혼을 생각하게 되면 그와 헤어지려 할 것이다, 라는 것이었다. 그러면 그때 나는 어떻게 되겠니. 그러나 그녀는 그런 것은 알고 싶지도 않았고, 그를 영원히 사랑할 수 있을 것 같았고, 이별은 상상조차 할 수 없었다. 그랬는데 도대체 어떻게 되어버린 것일까.

어디선가 바이올린 소리가 들려왔다. 피부색이 짙은 한 여자가 실러 동상 앞에서 까맣게 때에 찌든 바이올린을 연주하고 있었다. 〈오버 더 레인보우〉. 악기는 조율이 덜 된 탓인지 음정이 불안정했다. Somewhere over the rainbow way up high. 그녀는 가만히 눈을 감았다. 귓가에 지속적으로 울리던 바그너의 음률이 사그라졌다. 그녀는 반음씩 정음에서 어긋

나는 〈오버 더 레인보우〉에 귀를 기울이며 여행 책자를 뒤적였다.

책자에는 제이차세계대전 때 연합군이 두 번에 걸쳐 콘체르트하우스를 공습했다고 적혀 있었다. 그녀는 바그너의 〈방랑하는 네덜란드인〉이 공연되기도 했던 이 아름다운 건물이 한때 벽돌더미만 남긴 채 역사 속으로 사라졌었다는 사실을 믿을 수 없었다. 콘체르트하우스가 지금의 모습으로 복원된 것은 이차 공습 이후 약 삼십 년이 흐른 뒤였다. 콘체르트하우스가 부서져버린 계기가 음악과는 무관했듯 복원하게 된 계기 역시 음악과 무관했다는 점이 그녀의 눈길을 끌었다. 책자에 따르면 동독 정부가 베를린 콘체르트하우스를 재건하기로 한 명목상의 이유는 베를린시 탄생 750주년을 기념하기 위해서였다. 하지만 책의 저자는 어쩌면 사실 동베를린 정부가 서베를린이 지은 세계적인 콘서트홀, 베를린 필하모니에 자극을 받았던 것일 수도 있다는 문장을 덧붙이고 있었다.

극적인 효과를 내야 하는 부분이라 생각했는지, 악사는 변주되는 부분을 아주 천천히 늘여 연주하기 시작했다. Someday I'll wish upon a star and wake up where the clouds are far behind me. 조율이 잘못된 현악기 특유의 쇳소리가 심하게 섞였다. Where troubles melt like lemon drops away above the chimney tops, that's where you'll find me. 그녀는 깡마

른 체구에 까무잡잡한 피부를 가진 여자 악사를 쳐다보았다. 광폭한 시간의 물결 속에서 가까스로 살아남은 누군가의 아이. 여자는 아무도 돈을 주지 않는데도 상관없다는 듯 음악에 심취한 얼굴로 연주를 하고 있었다. 연주는 기술적으로 봤을 때 형편없는 아마추어 수준에 불과했다. 그런데 이상하게도 음악이 고조될수록 그녀는 점시 여자의 연주에 빠져들었다. 불현듯 언젠가는 음악을 순수한 마음으로 사랑할 날이 올 것 같다는 생각이 들었다. 그녀는 바지를 털며 자리에서 일어났다. 젠다르멘마르크트를 덮고 있는 둥근 하늘은 음악 소리로 가득 차올랐다. 동독과 서독의 자유 왕래가 허용된 것은 1989년 11월 9일. 그리고 그해 크리스마스에 베를린 콘체르트하우스에서는 독일의 합창단과 제이차세계대전 참전국 연합 오케스트라가 참여하는 축하 공연이 열렸다. 그 공연의 지휘를 맡은 이는 번스타인이었다. 번스타인은 베토벤 교향곡 제9번 〈합창〉 4악장의 합창 부분 중 '환희Freude'라는 단어를 '자유Freiheit'로 바꿔 부르도록 지시했다. 번스타인이 죽기 불과 몇 개월 전의 일이었다. 그녀는 거리의 악사 바로 앞에서 발걸음을 멈추었다. 지갑에서 가지고 있던 동전을 모두 꺼내어 바이올린 케이스 안으로 던져 넣었다. 악사와 그녀의 눈이 한순간 마주쳤다. 미소를 짓는 것일까. 그녀는 여자의 얼굴을 어디선가 본 적 있는 것만 같은 기분이 들었다. 여자는 〈오버 더 레인보우〉의 마지막 부분을 연주하고 있었다. Why, oh why can't I? 멀리서 그가 콘체르트하우스의 계단을 밟고 그녀를 향해 걸어내려왔다.

광장을 벗어나 조금 걷다보니 개천이 나왔다. 고스족 풍으로 입은 한 무리의 젊은이들이 개천가에서 왁자지껄 떠들고 있었다. 창백한 얼굴에 새까만 옷을 입고, 여기저기에 피어싱을 한 십대 아이들을 그는 신기한 듯 쳐다보았다. 그녀와 그는 무리에게서 멀찌감치 떨어져 앉았다. 그를 흘깃 보았다. 걷어올린 소매 아래 그의 팔뚝 살은 만져보지 않아도 연하고 물컹거릴 것이었다. 또다시 바그너의 음악 소리가 귓가에 들려왔다. 당신도 들려? 그렇지만, 그는 그저 물병을 가방에서 꺼내들고 물을 벌컥벌컥 마실 뿐이었다. 땀냄새가 훅, 끼쳤다. 그녀는 고개를 돌려 눈앞의 하늘을 바라보았다. 저멀리, 교회의 첨탑이 보였다. 노을이 지는 하늘 위, 한 무리의 작고 검은 새떼들이 오른쪽에서 왼쪽으로 바삐 날아가고 있었다. 저것은 무슨 새일까. 현악기의 소리는 점점 더 클라이맥스를 향해 고조되었다. 그와 처음 입을 맞추었던 날을 그녀는 기억해내려 애썼다. 그녀로서는 첫 키스였고, 그를 위해 죽을 수도 있다고 생각했던 열아홉 살이었다. 그때 한 무리의 또다른 아이들이 그들이 있는 곳 가까이 다가왔다. 이번에는 평범한 옷차림의 독일 아이들이었다. 아직 환한 낮인데도 그들 손에는 맥주병이 들려 있었고, 그들은 취해 있었다. 취기 섞인 아이들의 말은 욕설과 웃음소리에 섞여 정확히 알아듣기 힘들었지만, 그녀는 정황상 그중 한 남자아이가 다리 위로 올라가 다이빙을 하겠다고 계속 우기고 있다는 것을 알아챘다. 물에 빠진다고 죽을 정도로 깊은 하천도 높은 다리도 아니었지만, 개천은 더러워 보였다. 도대체 저 아이는 왜 물속으로 뛰어들고 싶은 것일까.

문득, 그가 독일에 처음 도착했던 날의 기억이 떠올랐다. 집에 거의 도착할 즈음 비가 멎었다. 집이 낡은 아파트의 사층에 있고 엘리베이터가 없어서 그는 무거운 캐리어를 들고 오르느라 조금 힘들어했다. 그녀가 사는 아파트는 네 채의 건물이 작은 안뜰을 공유하는 형태로 이루어져 있었는데, 마당에는 아주 커다란 나무 한 그루가 심어져 있었다. 나무가 건물보다도 높네. 그는 창문을 활짝 열고, 마당을 내려다보며 신기한 듯 말했다. 그녀가 부엌에 서서, 그에게 주려고 잔뜩 준비해놓은 재료들로 음식을 만드는 사이 그는 짐을 풀었다. 올리브유를 두른 팬 위에서 감자 익는 냄새가 그녀의 작은 아파트를 가득 메웠을 때, 갑자기 창밖에서 날카로운 여자의 비명소리가 들렸다. 그들은 놀라서 하던 일을 멈추고 귀를 기울였다. 그러나 그것은 비명이 아니었고, 그들은 그것이 교성이라는 것을 이

내 알아챘다. 날이 더워서 그런 것일까. 누군가 창문을 열어놓고 하기를 즐기는 건지, 여름으로 접어든 이래 벌써 몇번째, 영화에서나 들었을 법한 교성이 마당을 타고 들려왔었다. 그는 설마, 하는 눈으로 그녀를 쳐다보았다. 그들은 이내 웃음을 터뜨렸고, 그는 외국에 온 것이 실감난다며 농담을 던졌다. 교성이 점점 가팔라지는 사이, 감자는 타닥, 타닥 소리를 내며 다 익었고, 그는 짐을 계속 풀었다. 그와의 재회가 너무 오랜만이라 그런 것일까. 그녀는 스무 살이 아닌데도, 왠지 너무 수줍어졌다. 자신이 어떤 속옷을 입고 있는지 걱정이 되었다. 그녀는 두근거리는 마음으로 식탁을 차리고 차갑게 식혀둔 병맥주를 꺼낸 뒤, 그를 불렀다. 대답이 없었다. 그는 옷도 갈아입지 않은 채 이미 곯아떨어져 있었다. 그녀는 음식이 다 식어버릴 때까지 그가 깨기를 기다리다가, 식탁을 치워버렸다.

와아아, 갑작스러운 함성 소리가 개천 쪽에서 들려왔다. 아까 그 남자아이가 옷을 벗기 시작했다. 그녀는 설마 정말 물속에 뛰어들지는 않겠지, 불안한 마음으로 남자아이를 바라보았다. 아직, 삶의 입술밖에는 맛보지 못했을 어린 십대 아이들이 소년을 향해 환호성을 보냈다. 아이들은 모두 취해 있었다. 그가 자리에서 일어섰다. 붉은 첨탑 위로 새들이 자꾸만 무리를 지어 그녀는 알 수 없는 어딘가를 향해 날아갔다. 그가 무엇인가 중얼거렸는데, 바이올린 소리가 너무 커서 그녀는 그의 말을 미처 듣지 못했다. 그가 저만치 걸어가기 시작했다. "이제 우리 어디로 갈까?" 그가 큰 소리로 그녀를 향해 말했다. 그녀는 그를 돌아보지 않았다. 그는 아마도 울 거야. 그렇게 생각하자 가슴이 아려왔다. 그녀는 술에 취해 하천으로 뛰어드는 사람의 마음을 결코 이해하지 못할 것이었다. 그러나 비단, 이해할 수 없는 것이 그것 하나뿐일까. "이제 그만 돌아가자." 그가 조금 더 멀리 떨어진 곳에서 그녀를 향해 소리쳤다. 그때, 풍덩, 무엇인가 육중한 것이 물에 빠지는 소리가 났다. 환호성과 광기 어린 웃음소리가 폭죽처럼 터졌다. 그녀는 자리에서 일어나지 않았다. 그는 저만치 떨어진 곳에 서서 그녀를 기다리고 있었다. 그녀는 자신이 그 자리에서 오랫동안 움직이지 못하리라는 것을 알 수 있었다.

감자의 실종

감자가 사라졌다.

그때, 식구들은 평소에 잘 들춰보지도 않던 사진첩을 한 장씩 넘겨보고 있었다. 모두 언니의 약혼자 때문이었다. 이 년간의 연애 끝에 언니와 결혼을 약속한 그가 집에 놀러올 때마다 엄마와 아버지는 사소한 점까지 각별히 신경을 썼다. 이를테면, 세련됐지만 편해 보이는 실내복으로 갈아입고 아끼는 찻잔에 커피를 따르는 식이었다. 함께 식사를 마친 뒤 사진첩을 꺼내 보자고 제안한 것은 언니였다. 웨딩 촬영 이야기를 하던 끝이었다. 엄마가 손수 먼지 쌓인 사진첩들을 꺼내왔다. 사진첩 속에는 갓 태어난 언니와 나, 백일을 맞은 언니와 나, 유치원에 입학한 언니와 나의 모습이 담겨 있었다.

유년의 언니를 사랑스레 바라보는 예비 형부. 언니는 그 옆에 바싹 붙어앉아 미래의 동반자에게 과거의 세세한 부분까지 이야기해주고 있었다. 언니의 환한 얼굴. 그런 언니와 예비 형부를 바라보는 부모님 눈가에 어린 흡족함. 나는 언니 앞에 펼쳐질 행복한 미래를 축복하는 마음이었다. 그것이 머지않아 내 손에도 닿을 행복이라는 사실이 나를 더욱 너그럽게 만들었을 것이다. 내게도 몇 년째 만나온 애인이 있었고 우리는 나이가 찬 연인들답게 수줍게, 하지만 현실적으로 결혼 이야기를 주고받아왔다. 두 살 터울인 언니의 결혼식만 치르고 나면 내 결혼 준비도 곧 시작될 터였다. 그런 생각에 흠뻑 빠져 있던 내가 어느 틈에 내 어린 시절의 모습을 눈여겨보기 시작했는지 정말 알 수가 없었다. 옛 사진 속 어느 곳에도 '감자'가 없다는 사실을 깨닫게 된 것은 그즈음이었다.

"이상하네, 감자랑 찍은 사진은 왜 하나도 없지?"

내 혼잣말이 갑작스러웠던지 식구들과 예비 형부의 시선이 일제히 내게로 꽂혔다.

"아, 아니, 앨범 어디에도 감자가 없어서……"

"갑자기 그게 무슨 소리니. 감자를 사진 찍어놓는 사람도 다 있다니?"

엄마가 황당하다는 표정으로 나에게 물었다.

"아니, 할머니네 집에서 찍은 사진 중에 한 장 정도는 있을 법도 한데……"

내가 웅얼거리며 대답하자 예비 형부는 재미있다는 듯, "예전에 시골에서 감자를 키우셨어요?" 하고 아버지를 향해 물었다.

"감자를 키우긴. 할머니가 감자를 즐겨 드셨나?"

아버지 대신 언니가 답했다. 식구들은 실없는 웃음을 지으며 사진첩으로 다시 눈길을 돌렸다. 내가 다급하게 물었다.

"감자를 즐겨 드셨냐니. 무슨 말을 하는 거야? 할머니가 그 감자를 먹었어? 왜?"

내 말에 가족들이 다시 고개를 들었다. 엄마가 무슨 말도 안 되는 소리를 하냐는 듯이 나를 쳐다보았다.

"감자를 왜 먹냐니. 배고프면 삶고, 볶고, 쪄서 그냥 먹는 거지. 갑자기 웬 감자 타령이니. 그런 소리 그만하고 너도 이것 좀 봐라."

"감자를…… 삶아먹고, 볶아먹고, 쪄먹는다고? 엄마는 무슨 그런 끔찍한 농담을 해?"

나는 나도 모르게 소리를 질렀다. 식구들과 예비 형부는 도대체 무슨 장난이냐는 듯 혹은 이제 그만 좀 하라는 듯한 눈빛으로 나를 보았다. 격앙된 나와는 정반대로 그들은 너무나도 태연했다. 그런 그들의 태연함은 엽기 영화에 나오는 인물들을 연상시켰다.

예비 형부를 배웅하고 나서 엄마는 아까의 그 감자 타령은 뭐였느냐며 나를 추궁했다. 평소 엄마가 나를 다그치면 말리던 언니도 "야, 아까 왜 그런 거였어?" 하며 따라와 한마디를 보탰다. 아버지는 심기가 불편한 표정으로 소파에 앉아 텔레비전 채널을 돌렸다. 어쩌면 그것은 그저 무심한 표정이었는지도 모른다. 나는 무슨 말인지 모르겠다는 얼굴로 되물었다.

"아니, 엄마는 그게 농담이야? 감자를 삶아먹고, 볶아먹고, 쪄먹는다니?"

엄마는 다시 한번 한숨을 쉬었다. 언니는 "그러면 감자를 어떻게 먹냐?" 하며 오히려 나에게 반문했다. 나는 대체 왜 이러느냐고 묻고 싶었다. 그렇지만 좋았던 분위기를 내가 망쳐버린 것 같아 약간 미안한 마음도 들어 더이상은 아무런 말도 하지 않았다.

"넌 아까 같은 상황에서 무슨 짓이니? 창피하게."

"창피하다고?"

창피하다는 엄마의 말에 나는 다시 발끈했다. 내가 언성을 높이자 엄마도 이제 더는 못 참겠다는 듯이 맞받아 소리를 질렀다.

"기억도 안 나는 그놈의 감자 타령 좀 그만하라니까! 니 형부 될 사람 앞에서 그딴 소리나 하고는 아직까지 이래?"

"할머니가 감자를 잡아먹었다며! 내가 얼마나 애지중지했는데!"

엄마와 언니는 끝까지 영문을 모르겠다는 표정이었다. 나는 방으로 들어가 문을 쾅 닫았다. 그래도 분이 풀리지 않았다.

*

그다음날이 되자 나는 감자에 대한 일을 까맣게 잊어버렸다. 주말의 여파인지 나는 평소보다 오 분 늦게 일어났고, 그래서 늘 타던 버스를 놓쳤다. 버스를 놓치는 바람에 지하철역에는 여느 날보다 십오 분가량 늦게 도착했고, 겨우 방송국 로비에 당도해 놓치기 직전 잡아 세운 엘리베이터 안에는 사람이 너무 많았다. 그렇게 정신없이 한 주를 시작한 탓에 감자에 신경을 쏟을 여유가 없었다. 오랜 고배 끝에 성우 공채 시험에 합격한 것은 작년의 일이었다. 곧 프리랜서로 전향해야 할지도 모른다는 두려움이 없지는 않았지만 준비생이었던 때를 생각하면 그 정도쯤은 아무것도 아니었다. 나는 미래를 계획할 수 있을 정도로 삶이 안정적인 궤도에 접어들었다는 사실에 만족하고 있었다.

평탄한 듯했던 일상에 다시 균열이 생겨나기 시작한 것은 바로 점심시간 때였다. 동료들과 함께 밥을 먹으러 가기 위해 상가 입구에서 메뉴를 고르던 중이었다. 한쪽에서는 예능 프로그램의 오프닝 멘트를 녹음하다가 실수한 누군가에 대해 이야기를 나누고 있었다.

"칼칼하게 감자탕 어때?"

여러 메뉴가 거론된 뒤에 누군가가 감자탕을 제안했다. 뭘 고르면 좋을지 몰라 고심하던 동료들이 모두 좋다고 맞장구를 쳤다. 감자탕이라는 말에 당황한 나는 쭈뼛거리며 입을 열었다.

"죄송해요. 저는 따로 먹을게요. 제가 그런 음식을 못 먹어요. 어릴 때 감자를 키워서……"

나의 말에 동료들은 일제히 폭소했다. 감자를 키웠다고 감자를 안 먹는 사람도 있냐, 여태껏 감자 안 먹는 줄은 미처 몰랐다, 따위의 말들이 오갔다. 분식집에서 김밥 한 줄을 홀로 사먹으며 나는 '감자탕'이라는 노골적인 표현이 주는 불편함에 대해 생각했다. 아니, 요새는 그런 식으로 대놓고 말하기도 하나? 평소에 가지고 있던 선입견대로라면 그런 음식에는 입도 대지 않을 것 같던 선배들까지 모두 선뜻 먹으러 갔다는 사실이 정말 의외였다.

"미안해서 어떻게 하지? 감자 키운 사람이 있는데 감자탕을 먹으러 가서."

평소에 썰렁한 농담을 즐겨 하는 남자 선배가 식당 쪽으로 향하며 던진 말이 떠올랐다. 선배의 농담에 사람들은 웬일로 와아아, 웃음을 터뜨렸다. 대체 어디가 웃음 포인트인지 파악이 되지 않았다. 난감한 표정을 감추기 위해 나는 또 어색하게 따라 웃는 시늉을 할 수밖에 없었다.

저녁에 열린 동창 모임에서도 기이한 일은 계속되었다. 오랜만에 모인 친구들은 결혼생활이나 육아 이야기로 정신이 없었다. 임신중에 찐 살 빼는 데에는 필라테스만한 것이 없다더라, 연예인들은 다 지방 흡입을 한다더라, 나는 애를 낳고 나니 눈가에 자꾸 기미가 생겨 큰일이다. 한창 이야기하던 친구들 중 하나가 말했다.

"그래도 화이트닝엔 역시 감자를 갈아 팩 하는 게 최고야."

한구석에서 조용히 술잔만 비우던 나는 너무 놀라 들고 있던 잔을 바닥에 떨어뜨렸다. 친구들은 모두 아무렇지도 않은 표정으로 고개를 끄덕이거나 "아냐, 요새 텔레비전에서 계속 광고하는 아세롤라가 든 화이트닝 세럼이 좋다던데"라고 받아쳤다. 친구들의 태연한 표정을 보며 나는 놀란 가슴을 진정시키려고 애를 썼다. 소의 태반으로 만든 에센스나 웅지熊脂를 원료로 하는 페이셜 오일 같은 것은 들어봤지만 감자를 갈아서 하는 팩이라니. 상상만 해도 욕지기가 치미는 것은 어쩔 수 없었다.

"야, 너네는 이제 하다 하다 감자팩까지 하냐? 야만적인 것들."

구역질을 참으며 겨우 뱉은 내 말에 친구들은 무슨 소리를 하냐는 듯 나를 쳐다보았다. 그 눈빛이 너무나 낯이 익어 나는 무엇인가가 잘못되어가고 있다는 사실을 받아들일 수밖에 없었다.

*

감자와 관련해서 자꾸만 사람들과 부딪치고 나자 어딘가 미심쩍은 기분이 들었다. 집에 돌아오자마자 컴퓨터를 켰다. 인터넷 검색창에 '감자'를 입력하고 엔터를 눌렀다. 감자 농장, 감자 직배송 따위의 글자들이 화면 가득 떠올랐다. 또, 백과사전 항목 밑에는 흙이 잔뜩 묻은 '신념'의 사진이 그에 대한 설명과 함께 화면 한쪽을 차지하고 있었다. 나는 이게 무슨 일인지 알 수가 없어 멍하니 모니터만 들여다보았다.

오작동하는 컴퓨터처럼 멈췄던 내 머리가 다시 움직이기 시작한 것은 한참 후였다. 머릿속에서는 최근에 겪은 일련의 사건들로부터 취합한 정보가 빠르게 분류되고 재배치되었다. 결국 약간의 시간이 흐른 뒤, 사람들은 내가 신념이라고 알고 있는 줄기식물을 감자라고 부르고, 내가 감자라고 부르는 동물을 개라고 부르고 있는 것 같다는 당황스러운 결론을 도출해

낼 수 있었다. 그러나 아무리 머리를 굴려보아도 사람들이 갑자기 왜 그러는지는 알아낼 수 없었다. 점점 더 당혹스러워졌다. 사람들이 몇몇 단어들을 바꿔 사용하기로 협약을 맺었는데 나만 모르는 것은 아닐까? 사실을 확인하기 위해 열심히 검색해보았지만 허사였다. 나를 제외한 모든 사람들은 너무도 평화롭게 감자조림이나 감자전 레시피를 공유하고 있을 뿐이었다.

다른 사람들이 사용하는 말과 내가 사용하는 말 사이에 틈이 생겨났다는 사실을 받아들이기는 쉽지 않았다. 황당한 일을 겪은 모든 사람들이 그러듯 나는 현실을 부정하려 애썼다. 하룻밤 자고 나면 다 괜찮아질 거야. 그러나 아침이 밝아도 모든 것은 그대로였다. 검색창에 다시 '감자'라는 단어를 입력해보았으나 결과는 전날과 별반 다를 바가 없었다. 이것을 현실로 받아들일 수밖에 없다고 생각하자 겁이 났다. 밤새 웹서핑을 하느라 퀭해진 눈을 하고 아침상 앞에 앉으며 나는 이 엄청난 사건에 대해 식구들과 의논해봐야겠다고 생각했다. 그러나 그 순간, 밥상 위로 국그릇을 내려놓으며 엄마가 말했다. "감잣국이 맛있게 됐다." 그래서 나는 입을 뗄 수가 없었다.

어떻게 된 영문인지 도무지 알 수가 없었다. 간혹 바쁠 때면 이 일은 잊히기도 했다. 일상은 감자와 무관하게 흘러갔다. 나는 여전히 더빙실에서 두세 시간씩 고함을 질렀다가 눈물을 흘렸고, 언니를 따라다니며 웨딩드레스를 골랐다. 그러나 잠깐이라도 짬이 나면 다시 불안한 기분에 사로잡혔다. 이 모든 게 꿈이 아닐까. 그렇지만 방송국 내 매점만 하더라도 감자칩, 감자깡 따위의 이름을 단 감자 스낵들이 버젓이 진열되어 있었다. 감자가 개가 되고, 신념이 감자가 되었으니 세상에서 통용되는 신념은 무엇을 가리킬지도 알 수 없었다. 내가 써왔던 개라는 단어가 신념과 대응될 수도 있지만 전혀 다른 무엇을 가리킬 수도 있는 노릇이었다. 그렇게 되면 결국 꼬리에 꼬리를 무는 단어들 중 내가 뜻을 제대로 알고 있는 단어는 하나도 남지 않게 될 것이었다. 인터넷 검색창에 신념을 입력해볼까 생각해보기도 했지만 좀처럼 용기가 나지 않았다. 대신 나는 틈틈이 인터넷에 접속해서 감자를 개라고 부르는 이유가 무엇인지 알아내고자 애썼다. 그렇지만 번번이 아무것도 검색되지 않았다. 사용하고 있던 단어의 뜻이 갑자기 뒤바뀌어버리는 경험을 해본 사람은 없느냐는 질문을 게시해보기도 했다. 왜 이런 일이 내게 생겨난 것일까. 알고 싶었다. 그러나 그 질문에는 초딩은 학교나 가라, 무슨 헛소리냐, 잘하는 정신과 알고 있다, 따위의 답만이 달렸다.

시간이 갈수록 정말 정신과에 가야 하는 것은 아닐까 겁이 났다. 모든 사람들이 동시에 말을 바꿔 사용하기로 약속을 하는 일이 불가능하다는 결론에 도달했기 때문이었다. 정말 내가 미치기라도 한 것은 아닐까. 뇌에 이상이 생겼거나. 그러나 그런 가정을 사실로 받아들이기가 두려웠다. 혹시나 이것이 일종의 정신병일 경우, 의도치 않은 말실수로 그 사실이 들통 나면 어쩌나 하는 점이 무엇보다 걱정되었다. 나는 말수를 줄였다. 아니, 의도적으로 그럴 생각은 아니었는데 말수가 자연스럽게 줄었다. 말을 할 수가 없었다.

"요새 왜 이렇게 말이 없어?"

모처럼 방송국 앞으로 데리러 온 애인이 차를 길 한쪽에 세우더니 물었다. 나는 흠칫 놀라 그를 바라보았다. "나한테 뭐…… 서운한 거라도 있니?" 아무 대답을 않자 그가 다시 입을 열었다. 오해를 풀어야 한다고는 생각했지만 딱히 설명할 방법을 찾을 수 없었다. 그가 차창을 내리더니 넥타이를 느슨하게 풀었다. 마음이 멀어지고 있는 것일까봐 걱정이라도 했나. 안쓰러운 마음이 들었다. 그러고 보니 그의 얼굴이 까칠해 보였다. 잦은 야근 탓일 수도 있지만 어쩌면 나와의 관계를 걱정하느라 수척해진 것일지도 몰랐다. 나는 손을 뻗어 파리해 보이는 그의 얼굴을 쓰다듬어주고 싶었다. 아니야, 그런 게 아니야. 하지만 그 이후에는 무슨 말을 더 할 수 있을까.

핸드백에서 수첩과 볼펜을 꺼냈다. 애인은 무엇을 하는 거냐는 듯이 나를 바라보았다. 나는 아랑곳하지 않고 수첩 한 귀통이에 그림을 그렸다. 내가 할 수 있는 한 가장 사실적으로, 가장 명확하게. "이게 뭔지 알아?" 아주 오랜만에 입을 열었다. 가슴은 진작부터 빨리 뛰기 시작했다. 수첩을 잡은 손가락에 힘이 들어갔다. 그는 내가 건네는 수첩 속의 그림을 흘깃 보더니 황당하다는 표정을 지으며 대답했다. "개잖아."

나는 아무 말도 하지 않고 수첩을 덮었다. 다시 핸드백 속으로 수첩과 볼펜을 밀어넣었다. 그가 그렇게 대답하리라고 예상하지 못했던 것은 아니었다. 하지만 막상 직접 듣고 나니 내게 일어난 변화를 설명하는 일이 더욱 막막하게 느껴졌다. 그에게 이야기를 해야 할까. 그가 이해할 수 있을 거라는 확신은 서지 않았다. 정신이 이상해진 거라고 생각하지는 않을까. 당연히 내 몫이라 여겨왔던 그와의 미래가 갑자기 멀어지고 있는 듯해서 불안해졌다. 그렇지만 진실을 말하고 나면 그가 말해줄지도 몰랐다. 누구에게나 그런 일들은 벌어질 수 있다고, 그러니 괜찮다고.

"있지…… 사람들이 모두 개라는데, 나는 이게 감자 같아."

한참 만에 마음을 가다듬고 조심스레 말문을 떼었다. 그는 내 말에 어이없다는 표정을 지었다. "뭐라고?" 나는 했던 말을 반복했다. 그가 갑자기 웃기 시작했다. 웃음을 그친 뒤에는 자동차에 시동을 걸었다.

"나중에 다시 얘기하자. 뭔가…… 권태기라고 느끼나 걱정했는데, 장난치는 거 보면 심각하진 않나보네. 아니면 됐어. 바래다줄게."

그가 깜빡이를 켜고는 사이드미러를 보기 위해 고개를 왼쪽으로 돌렸다. 그의 얼굴이 어둠 속에 잠겼다. 나는 어두워 분간할 수 없는 그의 옆얼굴을 잠시 바라보다 반대편으로 고개를 돌렸다.

게다가, 왜 하필 감자일까. 답을 찾기 위해서, 잊고 살았던 감자에 대한 기억을 되짚어보는 날이 많아졌다. 식구들과 떨어져 잠시 할머니 집에서 살았던 날들의 기억 같은 것들. 이름도 없이 그저 '감자'라고 불렸던 감자를 키우던 장소는 바로 그곳이었다. 배꽃이 피던 할머니네 집 마당. 두 앞발을 모으고 바닥에 엎드린 감자와 그 앞에 배를 깔고 엎드려 감자와 눈을 마주치고 있던 나에 대한 기억. 삼촌은 감자의 맞은편에 감자와 똑같은 포즈로 엎드려 있는 나의 둥근 엉덩이를 언제나 발로 툭툭, 치며 지나갔다. 그렇게 내가 감자인지 감자가 나인지 모를 정도로 오랜 시간 감자의 눈을 가만히 응시하고 있노라면 그 눈 속에 비가 오고 바람이 불고, 수없이 많은 노을이 졌다. 배꽃 향기. 마당의 흙냄새. 내 코를 핥는 감자 혀의 축축함. 하루는 너무 길고, 시간은 너무 더디구나. 그럴 때마다 나는 언젠가 어른이 되긴 될까, 의심스러웠다. 외로웠던 어떤 날에는 감자를 품에 안고 감자의 털을 오래오래 쓸었다. 그러면 이상하게 한없이 슬펐다. 누군가가 그것은 감자가 원래 슬픈 동물이기 때문이라고 내게 말해주었다. 그러나 그 기억 속 어디에도 감자가 왜 개로 불리게 되었는지에 대한 답은 없었다.

이런 일이 왜 내게 일어난 것일까. 나는 지극히 평범한 아이였다. 부모의 계획하에 잉태된 나는 3.2킬로그램의 표준 체중으로 열 달 만에 세상에 태어났다. 학창 시절 내내 성적은 중상위권이었고, 친구 관계 또한 원만했다. 사고를 친 적도 없었고, 사춘기를 심하게 앓지도 않았다. 주변에 따라 피부색을 바꾸는 도마뱀처럼 나는 대부분의 사람들과 비슷해지기 위해 노력했다. 남들과 닮기 위해 노력하는 행위가 결국 나를 보호해주리라는 것을 아주 이른 나이에 깨우친 편이었다. 나는 결코 남과 다른 사람이 되고 싶지 않았다. 개와 감자와 신념 사이에 틈이 생겼다는 사실보다 나를 더욱 두렵게 만들었던 것은 내가 더이상 남들처럼 살 수 없을지도 모른다는 예감이었다. 소스라치게 놀라 잠에서 깨어나는 밤이 늘어났다. 내게 아무런 일도 일어나지 않았던 것처럼, 모든 것을 원상태로 돌려놓을 수만 있다면. 가장 큰 문제는 무엇인가 말을 하려고 할 때마다, 내 의도와 전혀 다른 의미로 전달되면 어쩌나, 하는 우려가 먼저 고개를 든다는 점이었다.

말수가 급격히 줄어드는 동안에도 더빙 작업은 계속 진행되었다. 주말마다 방영하는 미국 수사물의 형사와 수많은 단역들의 목소리를 대신하는 것이 나의 역할이었다. 나는 대본이 주어진 더빙실에서만 입을 열 수 있었다. 일상적인 말을 하도 하지 않다보니 역할과 상황에 따라 톤과 음색이 바뀌는 내 목소리가 나조차도 낯설 지경이었다. 원래 내 목소리가 어땠는지 더이상 기억나지 않았다.

내 말수가 줄어들었다는 사실을 눈치챈 사람은 점점 늘어났다. 입사 후 매달 투자해온 펀드가 반 토막 났지만 여유 자금이 없어 해약해야만 했다는 동료의 이야기나, 예단 비용 때문에 애인과 다투고 돌아와 울먹이는 언니의 이야기를 들을 때면 나는 무엇인가 말해주고 싶었다. 그러나 그럴 때마다 식탁 위에는 감자전이나 감자볶음이 놓여 있었고 나는 흠칫 놀라서 하려던 말을 도로 삼켰다. 내가 침묵으로 일관해도 그런가보다 하던 동료들과 언니는 언젠가부터 나를 보면서 너무하다고 했다. 그렇지만 나는 입을 열 수가 없었다. 내가 발설하는 문장들이 투명하게 전달되리라는 믿음은 더이상 남아 있지 않았다. 나는 입을 열어야만 한다는 것을 알았다. 내가 알고 있는 가장 확실하고 견고한 단어들을 골라 말을 해야 한다고 생각했다. 그러나 막상 말을 고르고 골라 입을 떼려고 결심하면 사람들은 어느새 하던 이야기를 마치고 서운한 얼굴로 자리를 떠났다. 그래서 나의 말들은 미처 발화되지 못한 채 허공으로 덧없이 사라졌다.

일상을 지켜내야만 했으므로 나는 남들이 하는 이야기를 주의깊게 듣기 시작했다. 다른 사람들이 사용하는 단어의 의미가 내가 아는 것과 일치한다는 확신이 생길 때에만 비로소 그 단어를 넣어 문장을 만들었다. 퇴근하고 집에 돌아오면 오랫동안 읽지 않았던 책들을 꺼내 쌓아놓고 그 속의 단어들을 국어사전에서 찾아 단어장을 만들기도 했다. 가끔은 단어를 정의하는 데에 사용된 단어들의 뜻조차 신뢰할 수가 없었다. 그러면 나는 설명을 이해할 수 있게 될 때까지 사전을 몇 번이나 다시 찾아야 했다. 그 작업은 길고 더뎠다. 며칠씩 밤을 새우기도 했다. 때로는 대본 속의 대사들을 일상 속에 부려놓기도 했다. 허구의 인물처럼 나는 주어진 문장들 속에 내 진심을 숨겼다. 그렇게 말들을 고르고 고르면서 나는 타인의 말을 빌릴 때에만 내가 안전할 수 있음을 깨달았다.

그러나 나는 여전히 쉽게 잠들지 못했다. 아무 일도 없던 그때로 되돌아간 것은 아니었으므로. 잠든 언니의 머리맡에 앉아서 땀에 젖은 언니의 잔머리를 한없이 들여다보아야 하는 밤이 많아졌다. 온종일 종로 금은방이나 남대문 그릇 상가를 헤매고 다닌 언니는 내 기척에도 쉽게 잠에서 깨지 않았다. 나는 언니에게 내가 한동안 말을 하지 않고 있다는 사실을, 왜 말하지 않는지를, 그리고 무엇이 나를 무섭게 하는지를 이야기하고 싶었다. 그러나 그것은 너무도 사소한 일이었고, 그래서 나는 언니를 깨울 수가 없었다. 어쩌면 누구나 저마다 이런 일들을 참고 살아가는지도 몰라. 그렇게 생각할 때마다 외로웠다. 그러나 이 감정을 외로움이라고 불러도 되는지조차 알 수 없었다.

*

내가 말을 하지 않은 지 스무 날 정도가 되었을 때, 담당 피디가 나를 불렀다. 한 차례의 녹음을 끝낸 늦은 오후였다. 담배를 피우고 돌아왔는지 담당 피디의 옷에는 매캐한 냄새가 묻어 있었다. 간이 좋지 않은 듯 안색이 어두운 피디는 곤란한 표정을 지으며 나에게 물었다.

"혹시 무슨 일이 있는 거야? 갑자기 왜 이렇게 연기가 안 돼?"

올 것이 왔구나. 눈앞이 캄캄해졌다. 얼마 전 녹음을 망친 이후, 며칠째 사람들의 주목을 받고 있다는 사실을 모르지 않았다. 겨우겨우 마치긴 했지만 오늘 녹음 역시 아주 형편없는 수준이었다. 어떻게든 해명을 하지 않으면 안 된다고 생각했지만 내 머릿속에는 녹음이 끝나 텅 빈 더빙실 부스만 떠오를 뿐이었다. 온갖 효과음과 높낮이가 다른 목소리들이 사라진 녹음실 부스는 소리가 제거된 액션영화처럼 낯설어 쓸쓸한 느낌을 주었다.

"주변 사람들이 다 불편해하고 있어. 요새 말도 안 한다며. 게다가 지난번에 망친 녹음이 얼마나 중요한 에피소드였는지 알지?"

알고 있었다. 내가 맡은 조연급의 인물이 모처럼 극의 중심을 이루는 중요한 에피소드였다. 게다가 나는 그 에피소드에서 두 명의 목소리를 담당하고 있었다. 범죄가 들끓는 뉴욕의 한복판, 나는 범인의 뒤를 쫓는 형사였다. 온갖 사건을 일으키고도 흔적을 남기지 않던 범인. 형사는 몇 편의 에피소드에 걸쳐 그 범인을 집요하게 추적하고 있었다. 드디어, 그녀는 어렵게 찾아낸 범인의 은신처로 숨어들었다. 어둠 속을 더듬던 형사가 거울 앞에 섰을 때, 등뒤로 누군가가 총구를 갖다대었다. 헉. 형사인 나는 숨을 들이쉬었다. 이어서 나는 총을 들고 있는 범인이 되어 입을 열었다. 겁도 없이 여기까지 왔군. 내가 누군지 궁금했어? 거울 속에는 똑같은 얼굴이 둘 들어 있다. 천재적인 범죄자가 그 존재조차 알려지지 않았던, 형사의 쌍둥이 자매였다는 사실이 밝혀지는 대목이었다. 나는 네가 끝끝내 이해할 수 없을 너야. 지문은 음침한 어조로, 라고 지시하고 있었다. 내가 얼어버린 것은 바로 그 순간이었다. 나는

118

네가 끝끝내 이해할 수 없을 너야. 범인은 미소를 지으며 자기와 똑같은 얼굴의 귓가에 입을 바싹 붙이고 벙긋거렸다. 그날, 나는 더이상 한 줄의 대사도 읽을 수 없었다. 엔지! 유리 너머에서는 피디가 얼굴을 찡그리고 있었다. 그러나 나는 입만 달싹거릴 뿐 아무런 말도 하지 못했다. 안전하다고 생각했던 대사들마저 나를 배신하기 시작했다. 대본에 적힌 말을, 감정을 해독할 수 없었다.

나는 변명이라도 해야만 한다고 생각했다. 그렇지만 오랫동안 제 구실을 하지 않았던 혀는 언어를 만들어내지 못했다. 끝끝내 입을 열지 않자, 피디의 목소리는 점점 높아졌다.

"무슨 일인지 모르지만 필요하면 며칠만 쉬었다 나와. 성우가 말을 못한다는 게 말이나 돼?"

나는 고개를 떨어뜨렸다. 방송국 복도의 통유리창을 타고 스며든 석양빛이 침묵에 부딪혀 분분히 떨어져내렸다. 허공에 떠도는 커피 냄새. 부유하는 먼지 조각. 나는 며칠만 쉬었다 나오라는 말이 정말 며칠간 휴식을 취하고 돌아오라는 권유인지, 더이상은 이 녹음을 같이 할 수 없다는 의미의 완곡한 통보인지 분명하게 알 수가 없었다. 더이상 녹음을 같이 하지 않겠다는 뜻일 경우, 버티고 모른 척 나오면 무마될 정도의 상황인지, 아니면 버텼다가는 앞으로의 직장생활에 불이익이 생길수도 있는 상황인지 그조차도 판단할 수 없었다. 그래서 나는 감자와 신념과 개를 생각했다.

짐을 챙기기 위해 성우실로 들어서자 사태를 예감하고 있었는지, 잡담하던 동료들이 공모의 현장을 들킨 사람들마냥 일제히 입을 다물었다. 공채 시험에 함께 합격했던 유일한 동기가 음료수 캔을 하나 건네며 머쓱한 표정을 지었다. 나는 음료수를 받아서 가방 속에 집어넣었다.

퇴근 시간이라 버스 정류장에는 사람이 많았다. 벤치 한구석에 앉아 버스를 기다리며 나는 휴대전화를 꺼내 만지작거렸다. 애인에게 전화를 걸어 이 일에 대해 의논해봐야 하지 않을까 하는 생각이 잠시 스쳤다. 차라리 인근 신경정신과를 찾아가봐야 하는 걸까.

나는 망설이다가 휴대전화를 가방 속에 다시 집어넣었다. 그리고 어딘가에 전화를 거는 대신 동기가 준 음료수 캔을 꺼내어 뚜껑을 땄다. 달콤하고 미지근한 액체가 식도를 따라 넘어갔다. 그 짧은 순간, 어렸을 적의 기억이 떠올랐다. 아직 할머니네서 살았던 즈음, 내가 즐겨 하던 놀이는 수화기를 들고 누군가에게 전화 거는 시늉을 하는 것이었다. 여보세요, 여보세요? 할머니가 잠시라도 집을 비우면 나는 요구르트를 빨대로 쪽쪽 빨아 마시며 수화기 저쪽에서 누군가가 전화 받기를 숨죽이고 기다렸다. 그것은 목구멍을 타고 넘어가는 요구르트처럼 미지근하지만 달달한 기다림이었다. 시끄러운 뚜뚜뚜 소리가 이어지고, 기다림에 지쳐 수화기를 내려놓아야 하나 싶을 때쯤 누군가의 목소리가 흘러나왔다. 다이얼링 이즈 딜레이드, 플리즈 콜 어게인. 나는 먼 나라의 언어로 이루어진 그 짧은 문장이 나를 새로운 세계로 이끌어줄 마법의 주문은 아닐까 상상하고는 했다. 가끔씩은 수화기 저편의 여자가 하는 말을 따라 하려고 애써보기도 했다. 내 입에서는 전혀 다른 발음이 흘러나왔다. 그렇지만 나는 자꾸만 수화기를 들었다. 세계를 향한 최초의 발신. 알아들을 수 없는 말이 알아들을 수 있는 말보다 더 큰 위로가 될 수 있음을 알아차린 것은 어쩌면 그 무렵인지도 몰랐다.

나는 남은 음료수를 입속에 마저 털어넣으며 처음 만나기 시작했을 무렵의 애인을 떠올렸다. 한때는 쌓인 눈을 발로 쓸어 내 앞길을 터주던 사람. 이대로 가다가는 그마저 "너랑은 더이상 대화가 불가능해"라는 말을 남기고 나의 인생에서 총총히 사라질지도 몰랐다. 그러나 그를 불러세울 수 있는 말이 무엇인지는 떠오르지 않았다. 한 가지 분명한 사실은 나의 삶이 변화하고 있다면 그건 모두 감자와 개와 신념 따위의 사소한 것들 때문이라는 것뿐이었다.

정류장의 사람들은 모두 버스가 달려오는 쪽을 향해 몸을 비틀고 있었다. 초여름의 더운 바람이 간간이 불어왔다. 버스가 왔는지 벤치에 앉아 있던 사람들이 일제히 일어섰다. 나도 따라 일어섰다. 다 마신 음료수 캔을 한 손으로 구겼다. 내가 타야 할 버스가 아니었다. 나는 서둘러서 버스에 올라타는 사람들의 행렬을 바라보며 다시 자리에 앉았다. 사람들이 모두 가버려 사방에는 텅 빈 공간만이 덩그러니 남았다. 주변에 아무도 없다는 사실을 깨닫자 너무도 오랜만에 말을 하고 싶은 충동이 일었다. "아―" 간만에 입 밖으로 흘러나오는 내 목소리가 낯설고 기이했다. 손을 둥글게 모아 입가에 가져다대었다. 다시 "아―" 소리를 내어보니, 손바닥 안에서 소리가 울려 더 크고 굵게 들렸다. 성대가 울려서인지 귓속이 간질간질 진동했다. 손바닥 안으로는 훅, 더운 김이 고였다. 나뭇잎이 우수수, 바람에 흔들려 부딪는 소리가 들렸다. 누군가에게 이야기를 하고 싶어졌다. 나는 이번에는 "오―" 소리를 내어보았다. 내가 탈 버스가 코너를 돌아 미끄러지듯 들어오고 있었다.

*

질문자님과 비슷한 일을 겪은 사람들의 모임이 있습니다. 혼란을 토로하는 질문자님의 글을 보니 남의 이야기 같지 않아서 몇 자 적습니다. 광고 글 절대 아니니 속는 셈 치고 한번 이 카페에 들어가보세요.

깊은 밤, 혹시나 하는 마음으로 인터넷에 접속해보니 내가 지난번에 게시해둔 질문 아래 새로운 답이 달려 있었다. '질문 자님과 비슷한 일을 겪은 사람들의 모임'이라는 글귀가 무엇보다 먼저 눈에 띄었다. 정말 속는 셈 치자는 마음으로 답변자가 걸어놓은 링크를 클릭하자 한 인터넷 카페로 화면이 바뀌었다. 그 카페의 사람들이 나와 어떤 비슷한 일을 겪었다는 것인지는 몇 개의 게시물만 읽어도 쉽게 파악할 수 있었다. 놀랍게도 그곳은 나처럼 어떤 말을 잃어버린 사람들의 모임이었다. 그 말이라는 것이 나에게는 '감자'였지만, 다른 누군가에게는 '우체국'이었고, '피아노'였고, '증오하다'이거나 '느긋하게'였다. 몇몇은 나처럼 하루아침에, 또다른 몇몇은 아주 서서히 잃어버렸다는 차이만 있을 뿐 이 카페의 가입자들은 모두 비슷한 일들을 겪고 있었다. 그들 중 누군가는 '우체국'이 도대체 무슨 뜻이냐고, 내가 알고 있는 '우체국'이란 짠물이 넘실거리는, 끝도 없이 넓고 푸른 물웅덩이 같은 것인데 아니냐고, 그렇게 알고 있는 사람은 이제 지구상에 아무도 없느냐고 물었다. 그런가 하면 어떤 사람은 '증오하다'라는 말이 만나면 가슴이 설레고 목숨도 다 바칠 수 있을 것 같은 사람에게 하는 말이 아니냐고, 용기를 그러모아 난생처음 어떤 여자에게 이 말을 했다가 따귀를 맞아 괴롭다고 썼다.

이처럼 카페의 게시판에는 저마다의 사연과 단어가 적혀 있었다. 그리고 그들은 자기와 같은 뜻으로 그 단어를 사용하는 사람을 애타게 찾고 있었다. 각각의 글에는 평균적으로 네다섯 개의 댓글이 달려 있었다. 힘내세요, 따위의 짧은 문구들이 대부분이었지만 더러는 자기도 그 단어를 그 뜻으로 알고 있는데 너무 반갑다는 내용의 글이 적혀 있을 때도 있었다. 어떤 사람은 뜻을 알 수 없게 된 단어가 점점 더 늘어나고 있다며 삶이 악몽 같다고 쓰기도 했다. 그 사람은 처음에는 '밥상'에서 시작된 혼란이 '민주주의'로, '덥다'로, '아름답다'로 번져나가기 시작했다고 쓰고 있었다.

글을 읽어나갈수록 나와 똑같은 일을 겪는 사람들이 이렇게 많다는 사실에 놀라지 않을 수 없었다. 이중 누군가는 '감자'를 나와 똑같은 의미로 알고 있지 않을까. 떨리는 마음으로 게시판 검색창에 '감자'라고 입력해보았다. 제목에 '감자'가 포함된 게시물은 단 하나가 검색되었다. 그렇지만 게시자 'ㄴㄷ'은 '감자'라는 단어가 연필로 쓴 글씨를 지울 때 사용하는 물건을 의미하지 않느냐고 묻고 있었다.

나는 하는 수 없이 글쓰기 버튼을 클릭했다. 새하얀 창이 떴다. 식구들은 이미 모두 잠들어 있고 전화벨도 울리지 않는 깊고 깊은 밤이었다. 층간 소음이 완벽히 차단된 나의 작은 방은 바다, 아니 게시자 '우체국?'의 '우체국' 가장 깊은 밑바닥처럼 고요하고 또 고요했다.

나는 용기를 내어 차례대로 글자를 적어나간다. 아주 천천히, 한 글자 한 글자 신중하게. '감자를 잃어버렸습니다'라고. 그렇게 쓰다가 나는 잃어버렸다는 표현이 맞는지 몰라 잠시 머뭇거린다. 애초부터 없었을지도 모르는데 '잃어버렸다'고 쓰는 것이 옳은가, 나는 묻는다. 아니, 이것이 옳고 그르다 할 수 있는 문제인가 나는 다시 망설인다. '정확하다'가 적절하지 않을까, 생각한다. 애초부터 없었을지도 모르는데 잃어버렸다고 쓰는 것이 정확한 표현인가, 나는 자문한다. 설혹 정확한 표현이어도 내가 생각하는 '잃어버렸다'와 글을 읽은 사람의 '잃어버렸다'는 같은 뜻일 수 있을까, 무서워진다. 이런 식으로 가다가는 한 글자도 쓸 수 없겠다는 공포가 밀려온다. 하얀 화면 속에서 커서는 어서 말하라고 재촉하는 누군가의 눈처럼 규칙적으로 깜박인다. 그렇지만 나는 백지를 노려보는 것 외에는 달리 어쩔 도리가 없다.

키보드 위에 두 손을 가만히 올려놓아본다. 나의 왼손가락들과 오른손가락들의 움직임에 따라 화면 위에 차례로 떠오르는 글자들을 물끄러미 본다. ㅈ캐ㅔ 라ㅏ리 ㅁ벼ㅁ 삼 ㅁㅁ 츰ㅁ메ㅔ 시키와치니빕니이베ㅠ세ㅈ솃ㅋㅌ 트ㅡㅊㅂ 그것들을 다시 차례대로 하나씩 지운다. 나는 하나, 라고 적어본다. '연필'이라고도 적어본다. '희망'이라고도, '안녕'이라고도, '외로움'이라고도, 아니 '두려움'이라고도. 다시 모든 글자들을 차례로 지운다. 키보드에서 손을 떼고 잠깐 두 손을 움켜쥐어본다. 손끝의 차가움이 느껴지고 나는 내가 손을 마는 만큼, 딱 그만한 크기로 생긴 어둠을 느낀다. 다시 키보드 위에 손을 얹는다. 나는 하는 수 없이 내가 생각하는 한 가장 오해의 소지가 적은 단어들을 골라서 사건의 경위를 적는다. 그러다보니 한 뼘 정도만 쓰면 충분할 듯했던 글이 점점 더 길어진다. 길어질수록 마음은 더욱 불안해진다.

글을 다 마치고 나자 나는 이 글이 나 아닌 누군가에게 완전히 오독되지 않을까 하는 공포감에 다시 한번 휩싸인다. 이 글을 왜 쓰고 있는 것일까, 하는 물음이 자꾸만 불쑥불쑥 의식 위로 떠오른다. 그때마다 나는 내가 잃어버린 것을 생각한다. 문득, '바나나'의 뜻이 무엇이냐고 묻는 'ㄱ'씨나, '사랑'의 뜻이 변해버렸다고 말하는 '사랑?'씨도 이런 두려움 속에서 글을 쓰지 않았을까 하는 생각이 저 깊은 곳에서 고개를 든다. 위안이 된다. 그러니까 어쩌면. 애인은 지금 곤히 자고 있을 것이다. 언니의 결혼식은 성공리에 끝날 것이다. 나의 삶은 더이상 계획대로 흘러가지 않을지도 모른다. 그렇지만 나는 누구에게도 정확한 이유를 설명할 수 없을 것이다. 확인 버튼을 클릭한다. 글이 전송되었습니다. 바뀐 화면 위로 다시 커서가 반짝거린다.

창밖은 어두웠다. 집안은 죽은듯이 고요했다. 그 어두움과 고요의 시간에, 절망에 대한 두려움과 희망에 대한 기대가 의좋은 남매처럼 손을 맞잡고 기지개를 켤 때, 누군가에게 보내는 마지막 점멸 신호처럼 커서는 뚜―뚜―뚜―, 일정한 간격으로 깜박거린다. 그리고 그 순간, 바로 그 순간에 나의 말들이 빛보다도 더 빠른 속도로 당신들에게 날아갔다. 아니, 날아가고 있다.

자
전
거　도둑

모든 것은 자전거 때문이었다. 집에 자전거가 생긴 이래로 되는 일이 도통 없었다. 내가 연재하는 웹툰의 조회수가 줄어들기 시작한 것도 자전거를 집에 들인 직후였다. 일 년 가까이 해오던 아르바이트에서 잘린 것 역시 자전거 때문이 틀림없었다. 반면, 자전거가 생긴 이후 나와 함께 사는 안나에게는 좋은 일만 계속 일어났다. 가장 커다란 사건은 안나의 밴드가 시내의 한 클럽에서 고정 출연을 하게 된 일이었다. 안나는 자전거가 행운을 가져다주었다며 애지중지했다. 사실 애지중지할 만큼 예쁜 자전거이기는 했다. 26인치 클래식 자전거. 유선형의 몸체에 투톤 체인 가드가 귀엽기 그지없는 모델이었다. 미끈하게 떨어지는 주홍색 보디라인, 앙증맞고 품격 있어 보이는 가죽 안장, 옷자락이 바퀴에 말려드는 걸 방지해주는 드레스 가드까지. 핸들바가 비교적 높은 위치에 있어 자전거를 타는 사람의 엉덩이는 더욱 탄력적으로 보였다. 자전거를 사온 사람은 바로 P였다. 곧 있을 공연 준비로 매일 바쁜 안나를 위한 깜짝 선물이었다. 공연을 한 번 보고 안나에게 반한 P는 손님으로 가장해 안나가 아르바이트를 하는 빵집에 들락거렸다. 언제나 소보로빵, 야채빵 같은 것만 사가던 P는 어느 날, 3호짜리 포레누아 케이크를 사서 안나에게 건넸다. "케이크는 지나치게 달고 크림 때문에 느끼했지만 부드러웠어." 케이크를 한 조각도 남겨오지 않은 안나가 가뜩이나 작은 눈을 초승달 모양으로 만들며 말했다. 그때부터 P는 툭하면 우리집을 드나들기 시작했다.

대나무 바구니까지 달린 클래식 자전거. "어때, 예쁘지?" 자전거가 처음 집에 도착했던 날, 안나는 나와 우리의 또다른 룸메이트인 제이를 집밖으로 불러내었다. "응, 예쁘네." 우리는 흥이 오른 안나에게 맞장구를 쳐주었다. "자전거가 진짜 우아하게 생겼네. 장 볼 때 타고 다니면 되겠다." 그렇게 말하며 자전거 안장에 걸터앉아보았는데 안나가 웃으며 나를 일으켜세웠다. "안 돼, 이건 P가 나만 타랬다고." 안나는 자물쇠를 채웠다. 딸깍. 그 소리가 시 음(音)을 치는 실로폰 소리처럼 청아하게 들렸다. "사진이라도 한 장 찍어둬야 하는 거 아냐?" 안

나는 그녀의 애마에 올라타서, 사진기를 앞에 둔 사람처럼 손가락으로 브이 자를 만들기까지 했다. 석양을 받은 자전거가 유난히 빛났다. 안나도 자전거 광고 모델처럼 빛이 났다. 그 순간, 주홍색 자전거가 찌르릉, 찌르릉 벨소리를 울리며 내 가슴으로 미끄러져들어왔다. 나는 나도 모르게 가슴께를 움켜쥐었다. 내 안에 들어온 자전거는 경쾌한 리듬으로 원을 그렸다.

안나는 그후로 매일 아침 자전거를 타고 아르바이트를 하러 나간다. 머리를 질끈 동여매고. 페달을 밟는 안나의 매끄러운 종아리가 눈부시다. 나는 배웅을 핑계로 현관에 서서 안나가 자전거에 올라타는 모습을 훔쳐본다. 아침 공기를 가로지르며, 빛살 한가운데로 전진, 전진. 아아, 안나. 이 모든 것은 다 저 자전거 때문이다.

안나와 제이가 모두 아르바이트를 하러 나간 아침, 할일이 없어진 나는 식탁 위에 노트북을 가져다놓고 전원을 켰다. 내가 여섯 컷짜리 만화를 연재하는 사이트에 접속해보기 위해서였다. 조회수가 형편없는 탓에 내 웹툰의 표지는 어김없이 뒤쪽으로 밀려 있었다. 한숨이 절로 나왔다. 맥이 빠져버린 나는 노트북을 덮을까 하다가 인터넷 주소창에 안나의 개인 홈페이지 주소를 입력했다. 바뀐 화면 속에서 안나의 일상과 안나가

속한 밴드의 공연 소식이 튀어나왔다. 나는 안나의 홈페이지에 적힌 일상을 빠르게 눈으로 훑었다. 어디에도 P의 이야기는 없었다. 올라와 있는 것들은 대체로 공개 가능한 범주의 내용이었다. 안나의 내면 깊은 곳을 알기 위해서는 그보다 더 은밀하고 사적인 접근이 필요했다. 시계를 보았다. 안나도, 제이도, 누구도 집에 들어올 리가 없는 시간이었다. 나는 잠시 주저하다가 노트북을 덮고 안나의 방 쪽으로 걸어갔다. 문고리를 돌렸다.

안나와 제이 그리고 나. 서로 취향도, 하는 일도 다른 우리 셋이 같이 살게 된 데는 다 이유가 있었다. 시나리오 작가 지망생 제이, 아무도 모르는 밴드의 보컬인 안나, 그리고 무명의 웹툰 작가인 나는 주거비용을 줄이기 위해 함께 살기 시작했다. 보증금 오백에 월세 육십짜리 투룸. 처음 이곳을 보았을 때, 비록 볕이 들지 않는 반지하이긴 하지만 번화가에서 그리 멀지 않고, 비교적 공간이 넓어서 나는 이곳이 무척 마음에 들었다. 가진 것 없이 집을 탐내던 내게 고등학교 동창인 한 친구가 안나를 소개해주었다. 안나 역시 원래 살던 집에서 방값을 올려달라던 터라 싼 거주 공간을 찾고 있었다. 그때까지만 해도 우리는 금세 성공해서 돈 걱정 없이 먹고살 수 있게 될 줄 알았다. 그러나 세월은 덧없이만 흘렀다. 어느덧 한 달에 삼십씩 분담하던 월세조차 부담스러워지기 시작했다. 우리는 제이를 찾아냈다. 제이는 거실을 커튼으로 나눈 뒤 침대를 가져다놓았다. 월세는 이십으로 줄었다. 우리는 무척 다른 사람들이었다. 하루를 보내는 생활 패턴은 물론 각자 살아온 환경이나 집을 떠나 혼자 살게 된 이유마저도 서로 달랐다. 그렇지만 우리는 급속도로 친밀해졌다. 우리를 하나로 묶어주는 규칙이 있었기 때문이다. 바로 공동 분배였다. 우리는 모든 것을 나눠 썼다. 이를테면 음식이나 두루마리 화장지, 샴푸 같은 것들을. 쓰던 물건이 떨어지면 누구라도 사왔고, 누가 무엇인가를 사오면 모두가 같이 썼다. 생활비는 언제나 빠듯했고, 돌아가면서 한 명씩은 매달 적자였고, 우리는 서로의 처지를 너무 잘 알았다. 잘나가는 친구들에게 손 벌리기 민망할 때, 우리는 서로의 주머니를 털었다. 세상으로부터 미끄러진다는 느낌을 더이상 받지 않기 위해 서로에게 뿌리를 내렸다. 어둠을 움켜쥐고 자라는 음지식물처럼. '우리'라는 견고한 껍질 안에서 우리는 그 누구보다 안전했다. 우리에게는 비밀이 없었고 모든 것은 공유되었다. 가족보다도 가깝고 서로를 분신처럼 아꼈던 우리. 우리의 공동생활은 삼 년 팔 개월 동안 아무 탈 없이 지속되었다.

안나의 방 안에는 남자의 체취가 고여 있었다. 여자들만 사는 집에서는 결코 맡을 수 없는 미묘한 냄새. 지난밤 P가 머물고 간 흔적이었다. 나는 숨을 들이켰다. 쾨쾨하고 쿰쿰한 그 냄새가 내 폐에 가득 담겼다. 나는 어슬렁거리며 안나의 방을 살폈다. 안나의 방은 비교적 정돈이 잘되어 있는 편이었다. 커다란 매트리스와 그 옆의 서랍장. 서랍장 바로 옆에는, 안나의 애장품인 수많은 시디들이 철제 시디꽂이 두 개에 음악가별로 정리되어 있었다. 나는 습관처럼 책상 서랍 첫번째 칸을 열었다. 첫번째 칸에는 언제나 안나의 가계부가 들어 있었다. 아날로그 취향인 안나는 여전히 손으로 가계부를 썼다. 가계부를 집어들자 미처 정리해두지 못한 영수증 뭉치들이 떨어져내렸다. 나는 내가 마지막으로 읽었던 날 이후의 지출 내역을 살폈다. 8월 17일 안경점 78,000원, 8월 18일 치즈김밥 2,500원 따위의 영수증이 눈에 띄었다. 안나는 클럽에 갈 때면 일회용 렌즈를 착용했다. 17일에 안나는 틀림없이 일회용 콘택트렌즈를 두 팩 구입한 것이리라. 나는 영수증들을 더 열심히 살폈다. 약국에서 산 진통제 영수증과 생리대 영수증 같은 것은 관심 밖이었다. 8월 19일 일요일 15시 28분 카페라테 4,100원, 아메리카노 3,700원, 티라미수 4,500원. 19일 20시 영화관 2인 17,000원. 나는 내가 찾던 영수증을 발견하고 짜릿한 기분을 느꼈다. 안나는 어제 프랜차이즈 카페와 멀티플렉스 영화관에 P와 함께 간 것이 틀림없었다. 카페라테는 안나가 좋아하는 것이므로 P는 아메리카노를 마셨을 것이다. 둘은 어제 여덟 시, 시내에서 요즘 흥행률 1위를 달리는 SF영화를 보았다. 다 열 25, 26번 좌석에 앉아서. 팝콘이나 음료수를 먹은 흔적은 없으니, 손이라도 맞잡고 영화를 보았는지도 모르겠다. 나는 만족스러운 마음으로 가계부를 덮었다.

P가 우리의 삶에 들어온 이후, 우리의 완벽했던 공동생활에 는 조금씩 금이 갔다. 안나는 언젠가부터 비밀이 많아졌다. 어 제 뭐했어? 같은 사소한 질문에도 안나는 종종 대답을 회피했 다. 그녀가 비밀을 간직하려 하면 할수록 궁금증은 더 커져갔 다. 처음부터 안나의 가계부를 훔쳐봤던 것은 아니었다. 어느 날, 나는 안나가 장을 봐온 물품들을 같이 정리하다가 문득 영 수증을 보게 되었다. 텅 빈 비닐봉지 속에 들어 있는 두 개의 영수증. 하나는 우리 공동체를 위한 생필품을 산 식료품점의 영수증이었지만 또하나는 호프집 영수증이었다. 맥주 오백 시 시 두 잔과 치킨 반반. 나는 마치 무엇인가를 훔치기라도 하는 사람처럼 다급하게, 안나의 눈을 피해 영수증을 주머니에 넣었 다. 말해주지 않았는데도 안나가 어디에서 맥주를 마시고 왔는 지 알아냈다고 생각하자 묘한 희열이 느껴졌다. 어느 밤 냉장 고 문을 열고 생수 한 병을 꺼내어 벌컥벌컥 마시던 P. 나는 P 가 어두컴컴한 치킨집에서 맥주를 들이켜는 모습을 상상했다. 영수증을 찾아 안나의 방을 기웃거리기 시작한 것은 그때부터

였다.

　나, 연습 갔다 올게.

　안나가 나간다. 안나는 또다시 자전거에 올라탄다. 안나의 미끈한 종아리에 근육이 옅게 도드라진다. 나는 현관에 서서 안나에게 인사를 건넨다. 쉼없이 페달을 밟는 안나의 건강한 다리. 오직 안나의 노동에 의해 앞으로 굴러가는 자전거의 바퀴. 자전거를 따라 바람이 빠져나가기라도 한 것처럼, 가슴이 텅 빈다.

　나는 모두가 사라진 집, 작은 식탁 앞에 앉아 종이 위에 자전거를 하나 그렸다. 내가 그리는 자전거는 곡선이 실제보다 더 둥그렇게 왜곡되어, 명랑만화에 나올 법한 모습을 띠고 있었다. 안나는 평소보다 늦게 집에서 나갔다. 아르바이트를 하루 쉰다고 했다. 고정 출연 계약을 맺은 후 맡은 첫 공연이 열흘 뒤로 다가왔다. 그 때문에 안나는 생활 리듬이 흐트러질 정도로 예민해져 있었다. 방문을 닫은 채 무엇인가를 한참 하고 나서야 집을 나설 채비를 했다. 안나가 완전히 사라진 것을 확인하고 나는 천천히 안나의 방으로 향했다. 안나가 혹여나 다시 들어오지는 않을까 가슴이 조마조마했다. 방에는 여전히 시큼한 술냄새가 가시지 않은 채였다. P가 벗어놓은 셔츠도 책상 의자 등받이에 걸려 있었다. 잔뜩 구겨진 P의 셔츠를 보자 간밤의 일이 선명하게 떠올랐다. 술에 취했던 안나. 안나는 쓰러질 듯, 쓰러지지 않았다. P가 그런 안나를 붙잡았다. 나와 제이가 안나를 부축하려 하자 P는 그럴 필요 없다는 듯 팔을 내저었다. 안나가 P의 목을 끌어안았다. "내 애인, 완전 멋있지?" P의 목을 휘감은 두 팔이 완강해 보였다. 안나의 입술이 P의 목덜미에 가서 닿았다. 술기운에 붉었던 P의 목덜미. 둘은 무너지듯, 안나의 매트리스 위로 쓰러졌다. 제이가 그 방문을 닫았다. 문틈 사이로 둘의 뒤엉킨 몸이 언뜻 보인 것도 같았다. 나는 P의 셔츠에 코를 묻었다. P는 105 사이즈의 셔츠를 입었다.

나는 집밖에 어떤 기척이 있는지 다시 한번 숨을 죽이고 살폈다. 밖은 고요했다. 마른침을 한 번 꿀꺽 삼키고 다시 책상 서랍을 열었다. 가계부를 찾았다. 새로운 영수증이 꽂혀 있었다. 가슴이 뛰었다. 그러나 영수증 어디에도 P와 관련되어 보이는 내역은 없었다. 영수증으로 P와의 데이트 흔적을 더듬는 일이 갈수록 어려워졌다. 마음이 다급해졌다. 무엇인가 하나라도 있겠지. 그러나 로션이나 생수 한 병 따위의 영수증만이 나올 뿐이었다. 그러고 보니, 둘의 데이트 내용을 알기 위해서 필요한 것은 안나의 영수증이 아니라 P의 영수증인지도 모르겠다는 생각이 들었다. 언젠가 P가 데이트 비용의 대부분을 부담한다는 이야기를 안나가 자랑스럽게 말했던 것도 같았다. 낭패라는 생각이 들자 빠르게 뛰던 심장박동이 천천히 느려지면서 내가 뭐하고 있는 것이지, 하는 자괴감이 밀려왔다.

P는 마치 네번째 룸메이트라도 되는 양 드나들었다. 다른 룸메이트와 다른 점은, 그가 언제나 안나의 방에만 머물다 사라진다는 것이었다. 가끔 화장실 앞에서 마주치기도 했지만, 그럴 때마저도 많지는 않았다. 우리의 일상 리듬이 달랐기 때문이었다. P는 밤이면 안나와 함께 집에 들어왔다가 아침 일찍 셔츠를 챙겨입고 출근했다. 어쩌다가 일찍 잠이 깨버려 P가 출근하는 모습을 목격할 때도 더러 있기는 했다. 그럴 때면 안나는 현관 앞에서 P가 나가는 뒷모습을 지켜보고 있었다. 잘 다려놓은 셔츠를 챙겨입고 출근하는 P의 말끔한 모습이 졸린 내 눈에도 설핏 비쳤다. 나는 혹시라도 내가 그들의 눈에 띨까 봐 허둥지둥 몸을 숨겼다.

P는 여태껏 내가 사귀어온 남자들과 달랐다. 이름을 알 만한 방역업체의 정규직 사원인 P는 성실하고 경제력을 갖춘 남자였다. 내가 처음 사귀었던, 열 살 연상의 영화감독 지망생도 무척 성실하기는 했었다. 그 성실함이, 그가 외우고 있는 수백편의 에로 비디오 제목으로 증명되는, 그런 종류의 성실함이었다는 점이 유감이었지만. 그는 아직 비디오 대여점이 남아

있던 시절, 그곳에서 아르바이트를 했던 경험을 무용담인 양 들려주곤 했다. "에로 비디오를 추천해달라는 고객들에게 답해주기 위해 내가 수백 편을 일일이 다 감상했잖냐." 그는 내 앞에서 자랑스러운 듯 떠들었다. "결국 플롯은 뻔하고, 핵심은 테크닉이야." 엄청난 비밀을 알려주려는 사람처럼 그는 내게 말했지만, 그건 굳이 에로 비디오를 수백 편 보지 않더라도 알 수 있는 사실에 불과했다.

다시 거실로 돌아와 노트북을 켰다. 구직 사이트에 접속해보았으나 마땅한 아르바이트 자리는 눈에 띄지 않았다. 아르바이트직은 대부분 나이 제한이 있었다. 대학이라도 제대로 졸업했으면 화실 보조교사라도 할 수 있었을 텐데. 전문대 시각디자인학과를 일 년 다니다 중퇴한 나로서는 전공을 살리기도 쉽지 않았다. 그래도 한때는 행운이 따라 신생 디자인 에이전시에서 계약직 디자이너로 일하기도 했었다. 비록 꿈꿨던 것처럼 대단한 창작물을 만들어 제품화하지는 못했지만, 내가 디자인에 참여했던 화장품 패키지를 로드샵에서 이따금 보기도 했었다. 그러나 계약은 연장되지 않았다. 아르바이트 삼아 각종 전단지를 만들며 근근이 생계를 이어나가던 내가 웹툰 작가가 된 것은 정말 우연한 계기에서였다. 심심풀이로 인터넷에 올린 웹툰의 반응이 꽤 괜찮았던 것이다. 어렸을 때 만화가가 되고 싶었던 적도 있다며, 나는 나의 비루한 꿈을 기억 속 어디선가 찾아내었다. 조회수가 기하급수적으로 올라가기 시작했을 때는 곧 연재 계약을 맺을 수 있으리란 기대로 한껏 고무되었다. 그러나 조회수는 높이 치솟던 속도만큼 빨리 바닥을 향해 곤두박질쳤다.

나는 노트북을 끄고 방으로 들어갔다. 오랫동안 열어보지 않았던 스케치북을 책상 서랍 가장 안쪽에서 꺼냈다. 디자인 업계에 종사했을 때부터, 아이디어가 떠오르지 않거나 슬럼프에 빠질 때면 틈틈이 여러 표정을 연습 삼아 그려온 스케치북이었다. 처음 내 웹툰이 인기를 끌기 시작했을 무렵, 독자들은 내 인물들 각각이 갖는 고유한 표정이 마음에 든다고 말했다. 만화 속 인물들은 실제의 사람들과 달리 과장되거나 생략된 특징들을 지녔다. 하지만 과장과 생략의 사이, 각 표정들의 미묘한 변별점을 찾아내는 것이야말로 내가 그림을 그릴 때 가장 중요시하는 점이기도 했다. 나는 스케치북 위에 얼굴을 또 하나 그려보았다. 역시, 마찬가지였다. 언제부터인가 내가 그리는 인물들은 모두 같은 표정을 짓기 시작했다. 아무리 다르게 그리려고 해도 결국은 똑같은 얼굴이 되어버렸다. 일그러진 얼굴. 이것도 다 자전거 때문이야. 입버릇처럼 중얼거리며 나는 스케치북을 덮었다.

해가 질 무렵, 제이가 삼겹살과 소주를 사서 집에 들어왔다. 나는 그것이 어떤 의미인지 잘 알고 있었다. 우리는 아르바이트에서 잘리거나, 공모전에 낙선하거나, 공연장의 관객들이 모두 자리를 박차고 나가는 우울한 날이면 삼겹살에 소주를 먹었다. 그것은 우리들의 오랜 묵계나 다름없었다. 나는 안나에게 문자메시지 한 통을 보냈다. 제이가 삼겹살에 소주를 사 왔음. 연습 마치는 대로 빨리 합류하라. 제이는 치통이라도 앓는 사람처럼 부은 얼굴로 얼음을 찾아 물었다. 나는 집안의 창문을 모두 열어젖혔다. 창문으로 습하고 더운 바람이 불어왔다. 또 실연을 당한 걸까. 어처구니 없는 이유지만, 제이는 남들보다 통통한 몸매 탓에 번번이 연애에 실패했다. 어쩌면 시나리오 공모전에 또 낙선한 것일지도 몰랐다. 제이가 말해주지 않더라도 상관없었다. 우리는 이미 서로를 잘 알았으니까. 제이가 말없이 상추를 물에 씻는 동안 나는 소주병들을 식탁 위에 일렬로 세워놓았다.

문밖에서 자전거 소리가 찌릉, 찌릉 들린 것은 우리가 삼겹살을 반 이상 먹어치운 후였다. "안나인가보다!" 약간 취한 제이가 평소보다 높은 톤으로 외치며 자리에서 일어났다. 이윽고 현관문이 열리고 안나가 들어섰다. 그리고 뒤이어 P가 따라 들어왔다. 안나를 반기기 위해 두 팔을 벌리고 있던 나는 머쓱해 팔을 내려뜨렸다. 제이도 자리에 다시 주저앉았다.

"쏘주 더 사왔어!" 안나가 신이 난 목소리로 말했다. P의 손에 들린 비닐봉지 사이로 초록색 소주병들이 언뜻 비쳤다. 안나가 프라이팬 위에 삼겹살을 새로 올리는 동안 P가 우리의 잔에 소주를 따랐다. 삼겹살 굽는 냄새가 다시 온 거실에 진동했지만 더이상 식욕이 돋지는 않았다. 이미 삼겹살을 많이 먹은 탓만은 아니었다. 안나의 하이 톤 목소리며, 지글거리며 삼겹살이 구워지는 소리마저 아주 먼 데서 들려오는 소음처럼 한데 뭉뚱그려져 귓가에 울렸다. P를 데려오다니. 나는 내 술잔에 잔을 부딪치고 고개를 뒤로 젖혀 소주를 입안에 털어넣는 P를 보았다. 소주가 넘어가는 동안 그의 목울대가 위아래로 움직였다. 오늘 같은 날, P를 데려오다니. "공연 연습이 너무 잘되고 있어! 우리 팬 사이트에 가봤는데, 사람들 기대도 장난 아니야!" 안나가 신이 난 듯 소리를 질렀다. P는 제이가 사온 삼겹살을 허락도 없이 집어먹었다. P의 입가는 기름이 묻어 번들거렸다. 안나는 P의 옆에 앉아 그의 허리를 끌어안았다. 안나가 끌어안는 대로 구겨지는 새하얀 와이셔츠는 땀에 젖어 있었다. 안나가 언제부터 저렇게 예뻤지? 사실 우리 셋 중에 제일 못생긴 게 안나였는데. 나는 안나와 처음 만났던 날을 기억했다. 보컬 지망생이라고 사전에 소개를 받은 탓에 나는 늘씬하고 스타일이 좋은 미모의 인물을 막연히 상상하고 있었다. 그 무렵은 내가 사소한 것에도 쉽게 주눅들고, 위축되던 시기였다. 직장생활을 번듯하게 유지하는 친구들이 저마다 자신에게 어울리는 옷차림과 화장법을 발견해나가던 시기이 기도 했다. "혹시, 룸메이트 구한다는 분?" 안나가 처음 내 앞에 나타났을 때, 제일 먼저 내 시선이 머문 곳은 그녀의 눈이었다. 내가 살아오면서 본 것 중 가장 작은 눈. 안나가 살아온 시간 동안 끊임없이 놀림거리가 되었을 그 눈. 안나는 나의 시선을 의식한 듯 눈길을 피했다. 그리고 그때 나는 내가 안나와 사이좋게 지낼 수 있으리라는 것을 예감했다.

그런데 사랑에 빠진 안나는 초라한 우리집에 어울리지 않을 정도로 예뻐 보였다. 요즘 들어 붉은 립스틱을 바르고 다니는 안나의 입술이 관능적으로 보였다. 단 한 번도 주목해본 일이 없던 안나의 입술은 도톰하고 끝이 살짝 올라가 있었다. P가 안나의 뺨을 어루만졌다. 안나는 수줍은 듯 P의 어깨에 얼굴을 묻었다. 나는 소주를 연거푸 마셨다.

"P를 데리고 오냐." 안나와 P가 자리를 비운 사이, 내가 제이를 향해 작게 속삭였다. "뭐, 어때." 제이가 대답하며 소주잔을 털었다. 그런 제이를 보자, 역시 돌아갈 곳이 있는 사람은 다르군, 왠지 배신감이 들었다. 번듯한 대학을 나왔을 뿐만 아니라 중산층 출신인 제이는 취직하지 않고 시나리오를 쓰겠다는 명목으로 집을 나왔다. 중산층 출신이든 아니든, 대학이 어떻든 상관 않고 제이의 번뇌를, 좌절을 온전히 공유했던 그 옛날과 달리 새삼스럽게 제이의 그 모든 태도가 하나의 포즈처럼 여겨지면서 기분이 나빠졌다. 돌아갈 곳이 없는 나와 너는 질적으로 다르지. 그러니까 너는 고고한 척 안나의 변절에 쿨할 수 있는 거야. 그렇게 생각하자 취기가 갑자기 빠르게 올랐다. 불쾌한 감정이 고기 누린내처럼 집안 곳곳에 스며들었다. 그날 밤, 꿈에서 나는 P와 다양한 체위로 잠자리를 가졌다. 모두 나의 첫 남자친구가 추천한 에로 비디오 속에서 본 듯한 체위들이었다. 목이 타서 잠에서 깨었을 때는 이미 정오가 지난 시각이었다.

안나가 자전거 위로 미끄러지듯 올라탄다. 척추를 꼿꼿이 세우고 다리로 자전거를 감싼다. 자전거와 안나는 애초에 한 몸이었던 것처럼 절묘하게 어우러진다. 안나가 페달을 밟는 대로 자전거는 앞으로 나아간다. 비틀거림도 망설임도 없다. 페달을 밟으며 안나는 신이 난 듯 환호성을 지른다. 자전거는 자꾸만 빛 속으로, 빛 속으로, 표백된 햇살 속으로 안나를 이끌고 간다. 너무 눈이 부셔서 나는 그곳을 똑바로 쳐다볼 수조차 없는데.

며칠 사이에 조회수는 현저하게 떨어졌다. 내 만화에 어떤 문제가 있느냐는 물음에 언젠가 제이가 했던 답이 떠올랐다.

"세련된 유머가 부족해." 유머라. "요즘은 페이소스가 있는 웃음이 대세거든." 놀고 있네. 유머가 무엇인지 나는 알지 못했다. 기분전환을 위해 노트북을 덮고 집밖으로 나섰다. 오랜만에 밖으로 나오니 세상이 너무 밝아 눈이 시렸다. 어디로 가야 하지? 테이크아웃 커피 한 잔을 사들고, 짧은 스커트나 사러 가면 좋을 것 같은 날씨였다. 나가 놀기 위해서라도 돈은 꼭 필요한 것이었다. 나는 얼른 주머니 사정을 헤아려 보았다. 동네나 한 바퀴 돌아야겠다고 혼자 결론을 내리고 있는데 현관 입구에 세워둔 안나의 자전거가 눈에 띄었다. 그러고 보니 공연 의상을 사러 돌아다닐 거라 자전거를 두고 나가야 한다고 안나가 아침에 말한 것도 같았다. 내게도 이런 자전거가 한 대 있으면 얼마나 좋을까. 내가 내는 세 달 치 월세만큼이나 비싼 자전거. P가 일시불로 구입했다는 안나의 자전거. 그냥 딱 한 번 앉아나 보자. 나는 천천히 자전거 쪽으로 향했다. 비스듬히 기울어져 있는 자전거를 세우려고 움직이는데 자전거 자물쇠가 풀려 바닥으로 떨어졌다. 자물쇠 채우는 것을 깜박했나? 이름 붙일 수 없는 감정들이 내 안 깊은 곳에서 빠져나올 때처럼 스르륵, 자전거 바퀴가 움직였다. 나는 다급하게 주변을 살폈다. 군살 없이 잘빠진 자전거의 몸체를 손바닥으로 쓸어보았다. 너무 매끄러웠다. 그러자 앉아보기만 해도 좋을 것 같던 마음은 딱 한 번만 타보고 싶다는 것으로 금세 대체되었다. 다시 한번 주위를 살폈다. 자전거 위에 올라탔다. 자전거의 가죽 안장이 내 몸에 밀착해왔다. 오랫동안 볕을 받아 달구어진 안장은 뜨겁고 단단했다. 짜릿했다. 자전거의 페달을 밟았다. 나 역시 안나처럼 자전거와 한몸으로 보이지 않을까. 앞을 보고, 페달만 잘 밟아봐! 집 앞의 손바닥만한 공터에서 안나에게 자전거를 가르쳐준 사람 역시 P였다. 절대 놓으면 안 돼! 허공을 가르던 안나의 비음. 혹시라도 넘어질라 안나의 뒤꽁무니를 쫓으며 P가 달렸다. 붉게 달아올랐던 안나의 두 뺨. 바람이 불어와 기분이 상쾌했다. 누군가의 눈에 띄지는 않을까 조마조마했지만, 그래서 더욱 멈출 수가 없었다. 멈춰야 한다고 생각할수록 나 자신을 통제할 수가 없었다. 더욱더 페달을 밟았다. 숨이 가빠왔다. 몸이 리드미컬하게 움직였다. 뜨거웠다. 나는 안나처럼 허리를 곧추세웠다. 그래, 그래! 바로 그거야! P의 목소리가 들리는 듯했다. 숨이 너무 차서 더이상 참을 수 없게 되었을 때, 나는 속도에 몸을 맡긴 채 두 다리를 크게 벌렸다.

자전거를 제자리에 두고 아이스크림을 하나 사러 집 앞 편의점에 다녀왔는데도 집은 조용했다. 현관에 벗어져 있는 신발도 없었다. 아직 아무도 안 왔구나, 하고 안도하며 나는 습관적으로 안나의 방으로 향했다. 문고리를 돌리려는데 방문이 벌컥 열렸다. 제이였다. "너 왜 거기서 나와?" 심장이 벌렁거렸다. 너무 놀라, 먹고 있던 아이스크림 막대를 바닥에 떨어뜨리고 말았다. "아, 이거 좀 가지러." 제이가 가위를 흔들어 보였다. "너 언제 들어왔어?" 제이는 다시 나가는 길이라며 허둥지둥 짐을 챙겼다. 한번 놀란 가슴이 세차게 뛰었다. 떨어뜨린 막대를 주워 쓰레기통에 버리는 동안에도 내내. 그러나 다급한 제이의 발소리가 멀어지자 내 시선은 저절로 살짝 열린 안나의 방 문틈으로 향했다. 이러면 안 돼. 간 떨어질 뻔하고도 혼이 덜 난 거야? 나는 안나의 방에 들어가고 싶은 욕구를 자제하려고 애써보았다. 그러나 충동은 의지보다 언제나 강했다. 문고리를 조용히 비틀었다.

가계부는 보이지 않았다. 눈치라도 챘는지 안나는 얼마 전부터 가계부를 더이상 서랍에 보관하지 않았다. 서랍을 하나씩 전부 열어보았지만 허사였다. 일기나 편지 같은 사적인 기록은 서랍 어디에서도 발견되지 않았다. 나는 방을 나서려다가 되돌아서 안나의 옷장을 열었다. 역시 아무것도 없었다. 도대체 나는 왜 이렇게 안나와 P의 관계에 집착하는 것일까. 나자신을 이해할 수가 없었다. 자포자기하는 심정으로 천천히 화장대로 향했다. 화장대 위에는 안나의 붉은색 립스틱이 놓여 있었다. DESIRE 17호. 나는 뚜껑을 열고 립스틱을 천천히 내 입술에 발랐다. 맨얼굴에 입술만 붉게 칠한 내 모습. 나는 거울에 비친 내 표정을 물끄러미 응시했다. 나는 이 얼굴을 기억해두어야겠다고 생각했다. 그것은 내가 스케치북에 그려둔 수많은 얼굴 표정 중 어느 것과도 닮지 않았다. 나는 꿈속에서처럼 P의 입술이 내 입술을 지그시 누르는 상상을 했다. 현실에서 내 입술 위에 눌리는 것은 P의 입술이 아니라 DESIRE 17호, 붉은 립스틱이었다. 나는 립스틱을 쥔 손에 조금씩 힘을 주었다. 거울 속에서 립스틱이 천천히 내 붉은 입술 위로 뭉개졌다.

토요일 오후였다. 아니면 일요일. P의 등장으로 생긴 또다른 변화는 우리집에 시간 개념이 도입되었다는 점이었다. 이를테면 아침이고 밤이고 간에 노상 어두울 뿐만 아니라, 구성원들의 취침과 기상 시간이 제각각이라 존재하지 않던 '아침'이 생긴 것이었다. P가 일어나 출근 준비로 부산을 떨 때마다 그 시간은 너무도 명료한 아침이 되었다. 또, 평일과 주말의 구분 역시 생겨났는데, 주말은 P가 대낮부터 하루종일 우리집에 머물다 가는 날을 의미했다. 그뿐 아니라, 우리는 어느덧 P의 월급날을 기준으로 한 달을 인식하기 시작했다. P의 월급날이면 안나는 더욱 해사해졌다. 규칙과 반복이 가져다주는 건강한 삶. 출근하기 위해 현관을 나서는 P의 발소리가 어렴풋이 들리는 아침이면 나는 이불 아래서 축축한 이끼로 퇴화하는 꿈을 꾸었다. 음습한 꿈속에서 뿌리내릴 곳을 찾듯이 허공에 대고 발을 휘젓다가 침대 아래로 굴러떨어졌다. 그때마다 자전거의 경적 소리가 울리는 듯한 환청을 들었다.

P가 와 있는 주말의 오후, 나는 식탁 앞에 앉아 이번달 생활비 잔고를 확인했다. 수도세와 전기세가 평소보다 많이 나왔다. 아르바이트에서 잘린 탓에 공과금조차 부담스러웠다. 이렇게 만날 와 있을 거면 P 역시 공과금 내는 데 동참해야 하는 것 아닌가, 하는 생각이 들었다. 게다가 안나는 P 덕택에 이전보다 생활비 지출이 줄어들었다. 그러면 공과금 정도쯤은, 마땅한 수입이 없는 룸메이트를 위해 더 보태줘도 되는 게 아닌가. 괜히 기분이 상했다. 예전 같으면 이런 치사한 마음이 들기도 전에 얼마간 돈을 보태주었을 안나였다. 그러나 이제 안나는 예전의 안나가 아니었다. 요염한 안나의 입술, 자전거에 올라타면 두드러지는 안나의 잘록한 허리선. 나는 현관에 들어와 있는 안나의 자전거를 흘깃 훔쳐보았다. 누군가가 몰래 탔는지 자전거에 흠이 생겼다며 안나는 자전거를 집안에 들여놓기 시작했다. 그것도 자물쇠를 채운 채로. 행복이 마취제와 같다는 사실을 모르고 있지는 않았다. 행복에 겨운 사람은 타인의 불행 앞에서 무감해지는 법이었다. P의 품에 얼굴을 묻는 안나. 행복한 안나. 나는 꼭 닫힌 안나의 방 문을 쳐다보았다. 집안에서 유일하게 닫혀 있는 안나의 방 문.

집은 싼 만큼 여름엔 너무 덥고 겨울엔 지나치게 추웠다. 에어컨을 켤 수 없는 우리로서는 이렇듯 습한 날이면 숨을 쉬기 위해서 모든 문을 열어놓지 않을 수가 없었다. 그런데도 안나는 이번 여름, 방문을 꼭 끌어 닫았다. 단둘이서만 공유해야 하는 무엇이 생겨버린 까닭이었다. 안나와 P가 방문을 걸어 잠그고 들어가면, 나는 방문 너머에서 들리는 미세한 소리들을 듣기 위해 어느새 귀를 기울였다. 부스럭거리는 소리, 틀어막은 손 사이로 새어나오는 웃음 같은 것들이 들릴 때마다 나는 마치 내 것을 빼앗기기라도 한 사람처럼 견딜 수 없이 괴로웠다. 나는 물컹해진 복숭아 껍질을 손톱으로 벗겨내며 왜 우리는 더이상 모든 것을 공유할 수 없는가, 에 대해 생각했다. 우리는 사이좋은 샴쌍둥이처럼 모든 것을 공유했었는데. 손톱에 복숭아 과육이 끼었다. 달큼하고 끈적거리는 과즙이 손목을 타고 흘러내렸다. 복숭아는 조금만 힘을 줘도 뭉개질 것만 같았다. 모든 것이 공유되었던 그 행복한 시절로 되돌아갈 수만 있다면. 한번 생긴 감정은 도무지 사그라지지 않았다. 나도 갖고 싶다, 고 생각하는 순간, 욕망은 걷잡을 수 없이 커졌다. 나는 손목을 입에 대고, 흘러내린 과즙을 빨아먹었다.

안나와 처음으로 이 집에 이사를 오던 날이 생각났다. 가구가 빠지고 나니 싱크대 뒤쪽으로 물이 새 있어 안나의 방 벽은 온통 시꺼먼 곰팡이로 가득했었다. 그 벽은 마치 커다란 구멍이 뚫린 것처럼 보였다. 그것이 만약 구멍이었다면, 우리를 다른 세계로 이동시켜줄 비밀의 문이었다면. 그렇지만 그것은 그저 징그럽도록 무수한 곰팡이에 불과했다. 유머 따위가 비집고 들어올 틈이 없는 빼곡하고 축축한 곰팡이. 우리는 '초강력'이라고 푸른 글씨로 쓰인 락스를 사다가 수세미로 하염없이 벽을 닦았다. 닦아도, 닦아도 자국이 남아 있었다. 안나는 알레르기 때문에 계속 재채기를 해댔다. 열이 오르고 목이 따끔거린다고도 했다. 만약 그것이 비밀의 통로였다면, 그 안으로 비집고 들어가는 순간 다른 세계로 우리를 인도해주는 그런 출입구였더라면. 그러나 그것은 그저 곰팡이였고, 안나는 며칠을 앓았고, 벽에는 희미하게 얼룩이 남았다. 알레르기가 있는 안나를 위해 내가 방을 바꿔주기까지 했었는데. 그런데 안나는 지금 내 방이었던 그 방의 문을 걸어 잠그고 있었다.

억울하게도 내가 빼앗겼던 모든 것들이 일제히 의식 위로 떠올랐다. 갖고 싶었으나 내 차지가 되지 못했던 많은 것들. 내 몫이 될 수 있었으나 아쉽게 놓쳐버린 더 많은 것들. 이런 감정은 지극히 자연스러운 거야. 나는 스스로를 납득시키기 위해 노력했다. 그러나 제이는 나의 괴로움과 상관없이, 침대 위에 가부좌를 틀고 앉아 잡지만 읽고 있었다. 그 무엇에도 연연하지 않을 듯 초탈한 얼굴. 제이 때문에, 이렇게 마음 부대껴하는 나 자신이 더 비참하게 여겨졌다. 나는 무심해 보이는 얼굴 바로 아래 늘어져 있는 제이의 턱살을 훔쳐보았다. 턱살이 접힌 자리에 흥건하게 고여 있던 땀이 뚝, 뚝 떨어져내렸다. 땀 탓에 제이가 입은 민소매 티셔츠는 군데군데 색이 짙어져 있었다. 육중한 가슴과 뱃살에 파묻힌 티셔츠는 금방이라도 터질 것만 같았다. 땀을 닦기 위해 제이가 팔을 들 때마다 팔뚝 살이 덜렁거렸다. 보살 나셨네, 보살 나셨어. P와 안나를 관통한 분노의 화살은 애꿎은 제이의 육체에 겨누어졌다. 그리고 그와 동시에 나는, 도대체, 왜 이 모양인가, 자책감이 밀려왔다.

금요일 밤이었고, 시내는 인파로 북적였다. 한차례 소나기가 쏟아졌던 도심의 아스팔트 위로 빗물이 고여 웅덩이가 여럿 생겼다. 우리는 하이힐을 신고 웅덩이를 피해 간신히 걸었다. 지하의 클럽은 어두웠고, 담배 때문에 공기가 매캐했다. 사람들은 무대를 향해 서서 몸을 흔들고 있었다. 무대 정중앙에서는 안나가 점프를 하며 노래를 불렀다. 안나의 손짓에 따라 사람들은 작은 클럽이 떠나가라 환호를 보냈다. 나 역시 다른 이들처럼 맥주 한 병을 들고, 안나가 부르는 노래에 맞춰 몸을 흔들어보았다. 그러나 도통 예전처럼 신이 나지가 않았다. 붉고 푸른 조명 속에 서 있는 안나. 푸른색 아이라인을 짙게 그린 안나가 헤드뱅잉을 할 때마다 머리가 횃불처럼 휘날렸다. 푸른 스모키 화장 때문이었을까. 안나의 눈매는 전에 없이 매력적이었다. 말랐지만 육감적인 안나의 몸매. P가 반할 만도 하구나. 내 몸뚱이가 거추장스럽게 느껴졌다. 무대의 이쪽과 저쪽을 오가며 가볍게 날아다니는 안나와 달리, 그녀의 지시에 따라 광신도 중 한 명처럼 무대 아래서 뒤뚱뒤뚱 몸을 흔드는 나 자신이 서글펐다. 안나. P는 그런 안나에게 반해 안나의 밴드를 검색해보았다지. 그리고 안나를 찾아내었다 했다. 수많은 동명이인들의 홈페이지를 하나, 하나 다 눌러서. 문득, 아무에게도 호명되지 않는 내 이름이 초라하게 느껴졌다. 아아, 안나. 너는 왜 이렇게 빛나는 것일까. 나는 너를 미워하고 싶지 않은데. 불현듯, 이 모든 것이 그놈의 자전거 때문이라는 데 생각이 다시 미쳤다. 자전거. 자전거만 안나에게서 빼앗아버린다면. 그렇게만 하면 원인을 알 수 없는 이 부당한 억울함도 사라지고 말 것만 같았다. 한번 떠오른 생각은 걷잡을 수 없이 커졌다. 내가 출구 쪽으로 향하자 어디를 가느냐는 눈빛으로 제이가 나를 보았다. 그러나 뭐라고 핑계를 대기도 전에 제이는 이내 고개를 돌려 인파 속으로 섞여들어갔다.

나는 안나가 자전거를 세워둔 장소를 알고 있었다. 사방에서 빠른 비트의 음악 소리가 쿵, 쿵, 쿵 울려왔다. 한 무리의 젊은이들이 취기에 욕설을 주고받으며 지나갔다. 안나의 자전거는 클럽 뒤편 주차장의 전신주에 묶여 있었다. 끌어내려 했지만 자전거는 자물쇠 달린 체인에 걸려 꼼짝도 하지 않았다. 내게 자물쇠의 열쇠가 있을 리 만무했다. 술이 들어간 탓이겠지만 어떻게 해서든 체인을 끊어버려야 한다는 생각이 머릿속에서 떠나지 않았다. 자물쇠를 움켜쥐었다. 있는 힘을 다해 자물쇠를 잡아당겼다. 내가 잡아당길 때마다 철컹거리는 소리가 빈 주차장에 울렸다. 온 힘을 다해 잡아 흔드는 대로 자전거의 몸체가 덜컹거렸다. 이러다 자전거가 고장나는 것 아닐까. 그런 생각이 들자 차라리 자전거를 부숴버릴까 하는 충동이 일었다. "아가씨 뭐하는 거야?" 어떻게 해야 자전거를 부술 수 있을까 고민하고 있는데, 건물 관리인인 듯 보이는 한 노년 남자가 다가와 나를 위아래로 훑었다. "아, 아무것도 아니에요." 나는 자전거에서 물러나며 말했다. "자전거 주인인데 열쇠를 잃어버렸어요." 남자는 의혹의 눈초리로 나를 계속 쳐다보았다. "내 거라고요. 26인치짜리 클래식 자전거예요." 당황해서 나는 쓸데없는 말까지 중얼거렸다. 기분 탓인지도 모르겠지만 왠지 계속 의심을 받는 것만 같았다. "열쇠 더 찾아보고 다시 올게요." 나는 비틀거리며 주차장을 도망치듯 빠져나왔다. 사실, 자전거를 훔친들 어떻게 할 수 있는 것도 아니었다. 버젓이 타고 다닐 수도 없잖아. 클럽 입구에 처량맞게 쭈그리고 앉으며 나는 생각했다. 게다가 부숴버리기엔 정말 아까운 자전거야. 내가 앉은 자리 옆에 누군가의 토사물이 하트 모양으로 퍼져 있었다. 어쩐지 서글픈 기분이었다.

안나의 밴드 공연은 대성공이었다. "첫 공연의 성공을 축하해!" 인근 바에 마련된 뒤풀이 자리 역시 사람들로 북적였다. 모두들 녹초였지만 흥분이 가시지 않은 듯 들뜬 목소리로 소리를 지르며 대화를 나눴다. 술이 다 깬 나만 노곤해서 소파에 몸을 기댔다. 제이는 어쩐지 보이지 않았다. 오늘의 주인공인 안나는 신이 나서 혼자 몇 곡의 노래를 더 흥얼거렸다. 그저 멍하니 앉아 있던 나는 한참 후에야 그중 낯익은 한 소절을 어디서 들었는지 기억해냈다. 그것은 제이가 우리집을 보러 왔던 날 안나가 불렀던 노래였다. 비가 몹시 퍼붓던 여름이었고, 한낮이었다. 데면데면했던 첫 만남. 우리는 어색함을 극복하기 위해 대낮부터 술을 마셨다. 집이 어두워 꼭 한밤중인 것만 같았다. 우리는 도원결의라도 하듯, 자못 비장하게 서로의 잔에 술을 붓고 셋이 동거하는 데 필요한 규칙의 세목들을 정했다. 술을 많이 마신 탓이었는지 우리 중 누군가가 '그 게임'을 제안했다. '그 게임'이란 일종의 진실 게임이었다. 그저 그런 진실 게임이 아니라, 자기의 가장 수치스러웠던 기억을 털어놓는 진실 게임. "친해지는 데는 서로 부끄러운 기억을 공유하는 것만큼 효과적인 게 없어." 그렇게 말했던 것은 제이였거나, 안나였다. 어쩌면 나였는지도 몰랐다. "볼 것 못 볼 것 다 보여주고 나면, 우리는 완벽한 공동체로 거듭나는 거야." 누군가가 마치 사이비 종교의 교주처럼 말했다. 수치스러운 기억을 고백하지 못하거나 다른 두 사람이 판단하기에 털어놓은 기억이 그다지 수치스럽지 않을 경우, 벌칙으로는 옷을 벗어야 한다는 세부 규칙을 또다른 누군가가 즉흥적으로 덧붙였다.

그날, 아무에게도 말할 수 없었던 모멸의 순간을, 수치의 기억을 우리는 그렇게 꺼내놓았다. 그저 웃고 넘길 만한 창피한 기억들, 이를테면 치맛자락이 스타킹 밴드에 낀 줄도 모르고 화장실을 나와 거리를 돌아다닌 이야기 같은 것들을 털어놓던 우리는 점점 수위를 높여 더 은밀한 이야기를 꺼내놓았다. 네가 못생겨서 바람피운 거야, 라고 뻔뻔하게 말하던 전 애인과 그가 내뿜던 참을 수 없던 구취에 대해서. 무료한 눈으로 생고기를 찔러보듯 했던 남자 산부인과 의사 앞에서 처음으로 다리를 벌려야 했던 날의 기억 같은 것에 대해서. "여자들끼리 있는데 뭐 재미있다고 옷을 벗냐." 누군가 농담처럼 툴툴대기는 했지만 술에 취한 탓인지 그래도 우리는 옷을 하나씩 벗었다. 취중이었지만 옷을 벗는 순간은 무척 치욕스러웠다. 그러나 그런 감정은 누군가의 숨기고 싶은 과거를 알게 될 때마다, 상대의 맨몸이 드러날 때마다 묽어졌다. 누군가의 빈약한 가슴과, 누군가의 삼중으로 접힌 뱃살 층을 보며 그가 나보다 더 잘난 것이 없음을, 아니 어쩌면 나보다 더 모자람을 깨닫게 되는 순간 나는 위안을 느꼈다. 우습게도 상대가 나보다 더 하찮은 존재라는 것을 확인하면 할수록 나는 상대에게 더욱 관대해졌다. 나는 그런 나 자신이 부끄러웠다. 몇 바퀴를 돌아 다시 내 차례가 되었다. 안나와 제이의 풀린 눈이 내 얼굴에 와서 박혔다. 나는 반라의 몸으로, 천천히 입을 떼었다. "내 인생에 가장 수치스러운 순간은 바로 지금이야." 겨우겨우 팽팽하게 이어져오던 아슬아슬한 공기가 순식간에 깨졌다. 우리는 옷을 주섬주섬 찾아 입었다. 갑자기 안나가 울음을 터뜨렸다. 내 탓인 것 같아 어쩐지 미안한 마음이 들었다. 내가 안절부절못하고 있는데 한참을 울던 안나가 입을 열었다. "그 빌어먹을 놈이 학교 선생 하는 여자랑 결혼한대."

그리고 얼마나 시간이 흘렀을까. 술이 깨기 시작한 것은 비가 그쳐갈 무렵이었다. 술병들이 어지럽게 늘어져 있지만 않았다면 모든 것이 한바탕 꿈이었다고 해도 믿을 수 있을 만큼 아득한 기분이 들었다. 우리는 약속이라도 한 것처럼 진실 게임에 대해, 그 모욕의 순간에 대해 두 번 다시 이야기하지 않았다. 여전한 취기 속에서 아무렇게나 버려져 있는 병들을 일렬로 세웠다. 하나만 넘어뜨리면 우르르 쓰러질 도미노 조각들처럼, 혹은 스트라이크를 맞으면 통쾌하게 무너져내릴 볼링핀처럼. 병들을 줄 세우고 있는데 노랫소리가 들려왔다. 가수라더니 역시 진동이 다르구나, 하는 제이의 말에 그제야 나는 노래를 부르는 사람이 안나라는 것을 알 수 있었다. 나는 제이를 따라 벽에 귀를 대보았다. 정말, 안나가 목청껏 노래를 부르는 소리에 맞춰 보증금 오백에 월세 육십짜리 초라한 투룸의 벽이 웅웅, 울고 있었다. "이사오겠다는 마음은 변함없지?" 내가 묻자 제이는 고개를 끄덕였다. 진짜 월 이십이면 되지? 하고 덧붙이면서. 그날, 안나는 집을 무너뜨리고 말겠다는 듯한 기세로 노래를 불렀다. 이웃집 사람들의 항의로 멈춰야 했을 때까지.

어딘가로 사라졌던 제이가 돌아왔다. 나는 제이의 어깨에 살며시 머리를 기댔다. 제이는 금세 잔을 비웠다. P는 여전히 흥분이 가시지 않은 듯한 기색이었다. 무엇이든, 나는 P에게 말을 걸어보고 싶었다. 말을 걸까 말까 망설이며 P를 훔쳐보고 있는데 P가 시선을 눈치챘는지 내 쪽을 돌아보았다. 뭐 할 말 있느냐는 표정이었다. "저, 그 자전거 정말 육십만원이에요?" 생각지도 않은 말이 입 밖으로 불쑥 튀어나왔다. P는 황당하다는 눈빛으로 나를 보더니, "아, 네" 짧게 대답했다. 그때, 언제 나갔다 왔는지 안나가 술집으로 들어서며 P를 향해 소리를 질렀다.

"자전거 영수증 아직 갖고 있어?"

P가 갑자기 그것은 왜 묻느냐는 듯이 안나를 바라보았다.

"누가 내 자전거에 또 체인을 걸어놨어." 안나가 말했다.

"뭐?"

"내 자물쇠를 풀었는데도 자물쇠가 또하나 묶여 있잖아. 그걸 빼려고 낑낑대는데 웬 아저씨가 아까부터 왜 자꾸 그러냐고, 수상쩍다며 날 도둑 취급하는 거야. 내 거래도 안 믿어. 아까도 내가 자전거를 훔치려 했다며 난리야."

안나가 분하다는 말투로 P를 향해 계속 소리를 질렀다.

이게 무슨 일이지? 제이를 향해 고개를 돌리는 순간, 제이의 얼굴 위로 미소가 빠르게 스치고 지나갔다. 어? 그러나 그것이 미소였다는 확신이 서기도 전에 제이는 다시 원래의 무심해 보이는 얼굴로 되돌아와 있었다.

"내 자전거잖아."

"그래그래. 니 거지."

"내 거라고."

"그래, 틀림없이 니 거야."

P는 안나를 달래느라 애를 먹었다. 제이는 그런 P와 안나를 바라보고 있었다. 제이가 정말 미소를 지었던 것일까? 자꾸만 의구심이 들어 나는 계속 제이를 빤히 쳐다보았다. 제이의 얼굴을 들여다보면 볼수록 왠지 묘한 기분에 사로잡혔다. 제이의 표정이 어딘가 낯이 익다는 인상을 받았던 것이다. 어디서 봤지? 나는 기억을 더듬었다. 틀림없이 내가 알고 있는 표정

이었다. 불현듯, 나는 그것이 언젠가 안나의 방 거울 속에서 보았던 나의 얼굴을 닮았다는 사실을 깨달았다. 안나의 DESIRE 17호를 바른 채, 거울 속의 나를 바라보던 일그러진 내 얼굴. 그러자 갑자기 피식 웃음이 새어나왔다. 언제나 초연한 듯 보였던 제이. 그제야 나는 우리가 여전히 같은 자리에 있음을 깨달았다. 모든 것을 공동으로 소유하던 그때처럼. 문득 나도 내일 자전거 자물쇠를 하나 사러 가야겠다는 생각이 들었다.

문밖에서는 여전히 흥겨운 펑크 음악이 쿵, 쿵, 쿵 흘러넘쳤다. 서로 난생처음 보는 외국인들과 도시의 젊은이들이 술에 취해 어깨동무를 하며 골목을 누볐다. 길거리 음식을 파는 가판대들이 환하게 불을 밝힌 채 욕망의 충족을 꿈꾸는 영혼이 찾아오기를 기다리고 있었다. 빗물이 고인 웅덩이 위로 누군가의 차에서 흘러나온 휘발유가 무지개를 그렸다. P는 여전히 안나의 기분을 풀어주기 위해 쩔쩔매고 있었다. 나는 그런 그들을 바라보며 내 앞에 놓인 맥주를 한 모금 마셨다. 안나의 얼굴은 더이상 내 얼굴보다 더 예뻐 보이지 않았다. 지금껏 보지 못했던 P의 불룩 튀어나온 뱃살이 안나를 달랠 때마다 출렁거렸다. 곧 세 개의 자물쇠가 채워질 자전거를 상상하자 자꾸만 웃음이 터졌다. 흘깃 보니 이번에는 제이가 술잔을 입가로 가져가고 있었다. 나는 손가락 끝에 술을 묻혀 빈 테이블

위에 얼굴을 하나 그려보았다. 그 얼굴이 어딘가 마음에 들었
다. 왠지 나는 이제 유머가 무엇인지 알 것만 같았다.

밤의 수족관

우리는 아쿠아리움의 수족관 사이를 거닐며 시간을 때우고 있어. 약속 시간은 훨씬 전에 지났지만 당신의 전화가 오기를 기다리면서. 이곳에 들어온 것은 할일이 없어서였어. 당신과 만나기로 한 장소는 아쿠아리움 건너편 호텔의 프라이빗 레스토랑이었지. 그곳은 우리의 첫번째 데이트 장소이기도 했어. 미리 예약만 하면 은밀한 데이트를 할 수 있다는 점에서 당신과의 데이트 장소로는 안성맞춤이었지. 당신은 연락도 없이 약속 시간에 나타나지 않았어. 집으로 돌아가야 하는 것인지 아닌지 잠깐 갈등을 하다가 조금만 더 기다려보기로 마음을 먹었어. 귀국 이래 처음으로 당신과 밖에서 만나기로 한 터라 화장을 하고 옷도 차려입으니, 연애하던 때의 기분이 들어 하루종일 설렜거든. 그 탓일까. 오늘은 무리해서라도 당신과 꼭 외식을 하고 싶었어. 그래서 영화 제작자와의 미팅에 붙잡혀 있는 것이리라 추측을 하면서도 당신을 기다려보기로 한 거야. 당신이 예약해놓은 테이블에 먼저 가서 앉아 있어도 상관 없었겠지만 왠지 초라한 기분이 들 것 같았어. 바람맞은, 스타의 여자라니. 자칫 쓸데없는 루머의 씨앗이 될지도 모르잖아. 거리에는 금요일 저녁답게 사람이 너무 많았어. 사람들이 많은 곳에서 당신을 기다리고 싶지는 않았지. 오래전, 처음 당신의 연인이 된 그 순간부터 나는 사람들이 많은 곳은 피해야 한다는 것을 몸으로 익혔어. 난감해하며 주변을 두리번거리고 있던 차에 아쿠아리움 간판이 눈에 들어왔던 거야. 아쿠아리움을 찾은 것은 거의 십수 년 만인 것 같아. 오랜만에 찾은 아쿠아리움은 참 아름답네.

우리는 지하에 위치한 제2전시실에 막 들어왔어. 입구에서 가까운 제1전시실보다 더 깊숙한 곳에 있어 이곳은 정말 심해 밑바닥만큼 적요해. 예상했던 대로 어둡고 한적해서 당신을 기다리기에는 딱 적당한 장소야. 몇몇의 연인들이 수족관 사이를 거닐고 있지만 그중 누구도 내 모습에 관심을 갖지 않아. 저들끼리 은밀한 이야기를 속삭이느라 여념이 없는 거겠지. 푸른빛을 발하는 대형 수족관 사이를 천천히 걸으며 그 안에서 헤엄치는 물고기들을 나는 가만히 응시해. 화가 나면 몸을 풍선처럼 부풀리고 온몸의 가시들을 세워 스스로 방어한다는 벌룬피시나 머리에 솟은 뿔로 자기 몸을 지킨다는 샛노란 롱혼카우피시 같은 것들을. 물고기들은 우주를 유영하는 별무리처럼 떼를 지어 다니고 있어. 적당한 어둠과 벽면의 해초 그림 탓일까. 얇은 유리벽 건너편의 물고기들은 마치 지금 내 주변을 떠다니는 것만 같고, 나는 정말 깊은 바닷속을 거닐고 있는 듯한 착각에 빠져. 신혼여행을 갔던 이국의 바다에서 스노클링을 했을 때처럼 말이야. 나는 곧이라도 물고기들을 움켜쥘 수 있을 것만 같은 기분에 사로잡혀 허공으로 손을 뻗어봐. 그렇지만 막상 손에 닿는 것은 차가운 유리벽이지. 나는 그 사실에 소스라치게 놀라. 내 손가락이 유리벽에 닿으면 먹이인 줄 알고 달려드는 물고기들. 물고기떼는 그것이 수족관 밖의 내가 찍고 있는 지문에 불과한 줄도 모르고, 끊임없이 유리벽을 향해 몸을 부딪지. 차가운 표면에 화석처럼 새겨지는 내 지문들. 수족관 위로 수초처럼 어른거리는 내 그림자. 불똥처럼 어둠 속을 향해 돌진하는 여린 살의 물고기들.

있잖아, 당신도 들었지? 물고기들은 기억력이 삼 초밖에 안 된다잖아. 아닌가? 금붕어만 그런 거던가? 갑자기 헷갈리네. 어쨌든 기억력이 단 삼 초뿐인 생명체의 삶이란 어떤 것일까. 불현듯 궁금해져. 삼 초 후면 소멸될 것이 자명한 불안과 두려움이라면 삶은 훨씬 수월해질까. 아니, 어쩌면 지금의 행복과 짜릿함이 삼 초 후면 또다시 흔적도 없이 사라질 거라는 불안에 삶은 고통의 연속이 되어버릴지도. 분명한 것은 기억이 오직 삼 초밖에 지속되지 않는다면 그 생명에게 역사 같은 것은 존재할 수 없으리라는 거야. 그렇지? 결국에는 사랑도, 슬픔도, 아니 자기가 어떤 존재인지에 대한 확신마저도. 그것들은 모두 기억에 의해 지속될 수 있는 것일 테니까.

가만, 그러고 보면 내 기억력이 삼 초짜리가 되어버리려는 것은 아닐까? 새삼 겁이 나네. 당신은 눈치채지 못했겠지만 얼마 전부터 내가 자꾸 뭔가를 깜박깜박하기 시작했거든. 신발장에 핸드백을 넣어놓더니만, 전자레인지에 빈 그릇을 돌리지를 않나, 휴대전화를 잃어버리고 며칠 뒤에는 지갑을 또 잃어버리기도 했지. 사실 나는 기억력 하나는 남부럽지 않을 정도로 뛰어나다고 생각하는 사람이었는데. 도대체 어쩌다 이렇게 된 것인지 모르겠어. 다만, 나는 급류에 휘말린 물고기라도 된 듯 당혹스럽고 두려울 뿐이야.

어느새 나는 어항 속을 맴도는 물고기처럼, 전시실을 몇 바퀴째 맴돌고 있어. 내가 당신과 밥 한끼를 먹기 위해 이렇게 시간이나 때우는 한심한 여자가 되리라고는 아무도 상상하지 못했을 거야. 누군가는 유명인 남편이 무섭긴 무섭구나, 빈정거리기도 하겠지. 하지만, 사실 당신이 유명인이든 아니든 상관은 없었어. 나는 다만 당신이라는 사람 자체를 열렬히 사랑했던 것뿐이니까. 어쩌면 당신을 내 마음대로 만날 수 없다는 사실이 내 사랑을 지속시켜주었는지도 모르지. 어쨌든, 은색 비늘을 반짝이며 쏟아지듯 헤엄쳐다니는 정어리떼 앞에 세번째로 멈춰 설 때까지도 당신에게서는 연락이 없었어. 서운한 마음이 들었지만 당신이 일부러 그러는 게 아니란 것을 알았기 때문에 나는 뭐라고 말을 할 수가 없었지. 연애 시절부터 지금까지 당신은 늘 바빴고, 기다려야 하는 사람은 언제나 나였어. 나의 기다림이 우리 관계를 지속시켜준다는 사실을 나는 알고 있었어. 알고는 있지만, 있잖아, 아주 가끔은 가슴이 아파. 때로는 당신이 그것을 알아주었으면 좋겠어.

벌써 여덟시가 다 되어가네. 나는 더 기다릴 수 있었지만 아이가 너무 배고플 것 같았지. 아이를 향해 몸을 돌렸어. 아빠가 늦나보다. 우리 먼저 밥 먹으러 갈까? 그런데, 이게 어떻게 된 일일까. 내 오른쪽에 얌전히 서 있어야 했던 아이는 어디에도 없었어.

그래, 아이. 우리의 딸은 아무데도 없었어.

처음 얼마간 나는 그저 주변을 두리번거리기만 했어. 아이가 근처 수족관 앞에서 물고기에 정신이 팔려 있겠거니 했던 거지. 그렇게 믿고 싶었던 것이었을지도. 그렇지만 아이는 내 시야가 닿는 곳 어디에도 없었어. 화장실에라도 간 것일까? 아니면 어린이 체험관? 어린이 체험관이라는 푯말을 본 이후 부터 아이는 그곳에 가고 싶다고 투정을 부렸어. 나는 사람들이 많을 것 같아서 아이의 청을 외면했지만. 아이가 있을 만한 곳들을 찾아 정신없이 발걸음을 옮겼어. 아이를 잃어버렸다는 사실을 뒤늦게 깨닫자 견딜 수 없는 공포감이 밀려왔어. 제자리에서 기다리고 있어야 하는 것은 아닐까? 하지만 너무 불안했어. 죄송합니다, 혹시 연두색 셔츠를 입은 여자아이 못 보셨어요? 사람들은 참 무심하고, 냉정하더라. 나는 아이가 어디선가 웃으며 내 앞에 나타날 것 같았어. 엄마, 나 찾았지? 하면서, 혀를 내밀고. 그렇지만, 아이는 어디에도 없었어.

나는 결국 아쿠아리움측에 안내 방송을 부탁해. 안내원은 과장되게 친절한 말투로 너무 염려 마세요, 곧 찾으실 수 있을 거예요, 라고 말했지만 진심 따위는 느껴지질 않았지. 안내원은 내가 알려준 대로 방송을 했어. 연두색 상의를 입은 단발머리 여자아이를 찾습니다. 보호하고 계신 분은…… 입이 바싹 말랐어. 당신에게 전화를 걸까. 나는 잠시 망설였어. 실종된 수많은 아이들, 유괴된 뒤 끔찍하게 토막살인당했다는 어떤 아이의 기사 같은 것들이 두서없이 머릿속에 떠올랐어. 괜한 생각 말자고, 체머리를 흔들어봐도, 망상이 자꾸만 꾸역꾸역

솟았어. 당신에게 전화를 몹시 걸고 싶었지만, 당신이 해줄 수 있는 것은 아무것도 없다는 데 생각이 미쳤어.

안내 데스크의 직원이 멍하니 앉아 있는 나를 딱하다는 듯 바라보고 있네. 직원이 내게 물어.

"아이를 어디서 잃어버리신 건가요?"

"그거야……"

나는 직원에게 내가 제2전시실에 있었다고 말을 해. 처음에는 제1전시실로 갔었어. 그렇지만 그곳에는 사람들이 비교적 많았고, 물고기들은 좀 시시한 편이었어. 제2전시실의 어둠 속을 거닐며 내가 물고기의 기억력 따위에 대한 망상에 빠져 있을 때, 지루해진 아이가 어딘가로 가버린 걸까? 나는 도대체 왜 아이의 손을 놓은 거지?

한 시간 같은 십 분이 지났어. 아이를 발견했다는 사람은 어디에서도 나타나지를 않아. 실종신고라도 해야 하는 걸까? 하지만, 그랬다가는 금방 당신의 아이인 게 소문이 날 텐데. 일을 크게 만들고 싶지는 않아. 당신과 사랑에 빠진 이후 내가 배운 것은, 뭐든지 세상에 알려지지 않을수록 좋다는 것이었지. 아이가 멀리 가진 않았을 거야. 그렇게 믿는 수밖에 없다고 생각하면서도 나는 더이상 넋 놓고 안내 데스크 옆에만 앉아 있을 수가 없었어. 다리가 후들거렸지만, 자리에서 일어났어. 나는 거리로 나서야만 했어. 아이가 어디선가 울고 있을 거라고 생각하면 견딜 수가 없었어. 아이는 고작 다섯 살이야. 또래보다 똑똑한 편이기는 해도, 그래봤자 다섯 살. 게다가 당신이 얼마나 애지중지하는 아이야. 두 번의 유산 끝에 생긴 아이여서일까? 당신이 그렇게까지 아이를 예뻐할 거라곤 생각도 못했었지. 원래 당신은, 나와 달리, 아이를 원하지 않았으니까. 비밀 결혼도 모자라 감춰야 할 비밀을 더 만들며 살고 싶지는 않다고, 당신은 말했어. 아이가 생기면 지금 같은 생활을 청산하고 내 존재를 세상에 알릴 수 있게 되리라는 내 기대와는 달랐던 거지. 유산이 거듭될 때마다 우리 사이에는 약간의 거리감이 생겼어. 당신은 오히려 유산을 반기는 것 같았고, 나는 그것이 몹시 서운했거든. 세번째 임신을 했을 때 나는 얼마나 조심했는지 몰라. 혹시라도 또 유산을 하는 것은 아닐까, 당신에게 선뜻 임신 사실을 알리지도 못했어. 그렇지만 다행히 아이는 태어나주었어. 그리고 정말 감사하게도 막상 아이가 태어나자 당신은 세상을 다 가진 사람처럼 행복해했어. 아이가 당신을 빼닮았기 때문일까. 나 역시 그런 당신을 보며 얼마나 행복했는지.

나는 안내 데스크에 내 연락처를 남겨놓고 아쿠아리움을 빠져나왔어. 건물 밖으로 나서자 어디로 가야 할지 잊어버린 사람처럼 막막한 마음이 들었어. 바깥은 너무 넓었고, 여전히 사람들은 너무 많았어. 나는 조금이라도 지체했다가는 아이가 어떻게 되기라도 할 것처럼, 불안한 마음에 계획도 없이 거리로 나섰어. 어디로 가야 하는 걸까? 경찰서? 나는 길거리를 두리번거려. 누군가가 내 아이를 데리고 거리로 나섰을지도 모른다는 두려움에 사로잡혀서. 아이가 어딘가로 끌려가고 있는 것은 아닐까? 사람들 눈에 나는 얼빠진 여자처럼 보일 거야. 하지만, 그게 무슨 상관이겠어. 아이만 찾을 수 있다면 나는 정신병자 취급을 받더라도 아무렇지 않아.

어쩌다보니 지하철역까지 왔어. 아이가 지갑도 아니고, 오는 길에 흘리고 왔을 리도 없는데 나는 지푸라기라도 잡는 심정으로 몇 시간 전에 내린 지하철역 주변을 서성거려. 역까지 오는 내내 언젠가 헤맨 적 있던 미로 속을 걷는 듯한 기시감에 나는 몇 번이나 사로잡혔어. 도시의 밤은 때때로 두려움을 자아내지. 익숙했던 풍경들조차 낯설어지잖아. 나를 제외한 모든 사람들이 내 뒤에서 수런거리는 느낌. 유리로 된 건물들이 어둠 속에서 붕괴하는 듯한 환상. 어둠의 물결 속을 부유하는 형상들. 오는 길 어디에도 아이는 없었어. 나는 점점 더 두려운 마음이 들어. 내 불길한 예감은 한 번도 틀린 적이 없었어. 당신에게 알려야 하는 것은 아닐까 또다시 고민이 되기 시작해. 당신은 분명 아무 일도 할 수 없을 정도로 크게 걱정을 하겠지. 당신은 광고 촬영과 영화 제작자와의 사전 미팅이 잡혀 있다고 했어. 지난번에 천만 관객을 돌파한 K감독의 신작에 주인공 1순위로 당신이 지목되고 있다고도 했지. 나도 대본을 읽어보니까, 역시 흥행 감독이 되는 데는 다 그럴 만한 이유가 있는 거더라. 이야기가 얼마나 흥미진진한지, 단숨에 시나리오를 다 읽어버렸잖아. 나는 당신이 꼭 그 영화의 주인공이 되었으면 좋겠어. 그러니까 아이 이야기는 조금 이따가, 당신이 내게 전화를 해주면 그때 말하는 게 나을 거야. 당신의 아내로 산다는 것은 책임감이 따르는 일이니까.

응, 알아. 처음 당신의 연인이 되었을 때, 그때부터 나는 알고 있었지. 내게 주어진 행운에 얼마나 큰 책임감이 따르는지를. 우리는 클럽에서 만난 뒤 일 년 가까이 연애를 했어. 파파라치들은 참 지독하게도 우리 뒤를 따라붙었지. 당신의 기획사 사장은 우리의 스캔들을 무마하기 위해 많은 돈을 써야만 했어. 항간을 떠들썩하게 했던 X파일에는 당신이 누군가와 동거중이라고 쓰여 있었잖아. 당신은 그 무렵, 한 토크쇼에 나가 능청스럽게 연기를 했어. 저도 그런 소문 들었어요. 말도 안되는 악성 루머죠, 하하. 당신의 기획사 사장이 나를 그토록 싫어했던 것은 어쩌면 당연한 일이었을지도 모르겠어. 이유는 달라도 사장과 나는 당신을 소유하기 위해 경쟁하는 사이였으니까.

가끔, 당신과의 관계를 주변에 알릴 수 있었다면 내 인생이 어떻게 달라졌을까 궁금할 때도 있었어. 하지만 설사 내가 친구들에게 말했다 하더라도, 아마 누구 하나 믿어주지 않았을 거야. 오랫동안 좋아했던 스타와 팬의 사랑이라니. 현실성이 너무 떨어지잖아. 나는 아무것도 모르는 주변 사람들의 비아냥과 의심으로 인해 우리의 사랑이 퇴색되는 것을 원치 않았어. 그러니까 사랑을 지키기 위해서 비밀을 갖는 것쯤은 감수할 수 있었지. 존재의 부정을 기꺼이 감내할 만큼, 내 사랑이 깊고 크다는 사실을 당신이 영원토록 잊지 말았으면 좋겠어.

당신, 당신을 처음 보았던 날을 기억해. 그때 나는 겨우 초등학교에 다니던 어린 소녀에 불과했지. 브라운관에서 앳된 얼굴로 노래하던 당신. 어떤 사람들은 불같은 사랑 따위는 현실에 존재하지 않는다고 말해. 그렇다면, 어렸던 내가 당신을 본 순간 느꼈던 감정은 도대체 무엇이었을까? 나는 브라운관 안에서 나를 향해 윙크를 날리던 당신의 모습을 보고 첫눈에 반했어. 그리고 당신을 한결같은 크기로 사랑했지. 언제나 내가 당신을 더 좋아한다는 것이 분할 만큼.

당신은 아주 어린 나이에 일약 스타덤에 올랐어. 몇 년간의 화려한 가수생활을 끝마친 후에는 배우로 전향해 드라마와 영화 양쪽을 종횡무진했지. 군 입대 때문에 한 번 위기를 맞기도 했지만 그런 것치고는 비교적 별 무리 없이 배우로 정착한 드문 케이스였어. 당신은 그 비결을 묻는 질문에 언제나, 피나는 노력과 팬들의 사랑 덕택이라고 대답했지. 그것은 그냥 인사치레가 아니라 사실이기도 했어. 당신의 팬들은 유독 의리가 있는 것으로 유명했잖아. 당신은 팬들이 당신을 기억해주기 때문에 당신이 존재할 수 있다는 사실을 잘 알고 있다고 했어. 저마다의 팬들이 간직하는 기억의 조각들로 당신의 존재는 계속 유지될 수 있다고 말이야. 나에 대한 기억을 당신에게 남기고 싶다고 처음 생각하게 된 것 역시 그런 마음에서였어. 당신이 나를 기억해주는 한, 나는 존재할 수 있을 테니까. 내가 우리의 추억을 기억하고 있다는 사실 자체가 우리의 추억이 존재했음을 증명해주듯.

나는 역무실의 철제문을 노크도 없이 벌컥 열어젖혔어. 안에 있던 유니폼 차림의 남자가 놀란 눈으로 나를 쳐다봐.

"혹시 연두색 옷 입은 여자아이 못 보셨나요?"

나는 다급한 목소리로 역무원에게 물어봤어. 아이가 여기에 있을 리 없다는 것을 알면서도. 아이를 잃어버린 곳은 틀림없이 아쿠아리움이잖아. 그렇지만, 이런 상황에서 사람들은 누구에게서나 구원을 찾게 되는 법이야. 머리가 산발이 된 채 숨을 헐떡이는 나를 보는 역무원의 얼굴이 순간 경직돼. 아이를 보지 못했다면서도 그는 역무실에 설치된 CCTV 화면을 유심히 살펴봐. 나 역시 그 뒤에 서서 내가 몇 시간 전에 지나왔을 플랫폼과 에스컬레이터를 봐. 아이는 CCTV 화면 어디에도 없었어. 이제 역무원은 다급하게 여기저기에 무전으로 연락을 취하고 있어. "혹시 여자애 하나 못 봤나? 연두색 옷을 입었다는데." 무전기를 통해 잡음 섞인 사람들의 목소리가 들려와. 역무원이 나를 향해 언제쯤 아이를 잃었느냐고 물어.

"그러니까……"

그런데 있잖아. 당신, 당신도 그런 경험을 해봤는지 모르겠지만, 갑자기, 늘어난 자기테이프가 뒤엉키듯, 나는 도대체 아이를 언제, 어디서 잃어버렸는지 알 수가 없게 되는 거야. 아이가 정말 나와 함께 아쿠아리움에 가기는 한 걸까? 그곳에 들어갈 때 아이와 함께였다는 확신이 갑자기 없어져버려. 아이를 잃어버린 것은 한참 전인데 내가 의식하지 못했던 게 아닐까? 나는 당신과의 약속에 늦을까봐 허둥지둥 정신이 없었고, 그러고 나서는 당신의 연락이 오지 않는다는 데 온통 정신을 팔고 있었거든.

말을 잇지 못하자 역무원은 내가 아이를 잃었다는 쇼크로 대답을 바로 못하는 줄 알았는지 물을 한 컵 떠다줘. 어쩌면 정말 쇼크 때문에 정확한 시점이 제대로 생각나지 않는 것일지도 몰라. 지금도 물컵을 쥔 손이 바들바들 떨리는 것을 보면 충분히 그럴 가능성도 있을 거야. 대체 언제 아이의 손을 놓았던 것일까. 나는 이제 천천히 기억을 되짚어봐.

내가 집을 나선 것은 여섯시 이십분쯤이었어. 지난주 있었던 접촉사고 때문에 당신이 귀국 선물로 사준 차를 정비소에 맡겼잖아. 택시를 탈까 하다가, 차가 너무 막힐 것 같아 지하철을 타기로 마음먹었어. 당신도 알다시피 아이는 차가 막히면 멀미를 심하게 하잖아. 아이에게는 연두색 셔츠를 입혔어. 아이는 외출할 때마다 그 옷을 입겠다고 고집을 부리니까. 다른 옷을 입히려고 하면 어찌나 울어대는지. 오늘만큼은 아이와 쓸데없는 씨름을 하고 싶지 않아서 미리 그 옷을 빨아두었어. 분명, 그러니까 그때는 분명 아이가 나와 함께 있었을 거야.

지하철역에 도착한 것은 여섯시 삼십오분쯤. 집을 나서는데 경비원과 마주쳐 잠시 이야기를 나눴어. 그때 아이가 내 옆에 있었는지 없었는지는 확실히 기억이 나지 않아. 그러면 나는 아이를 집 앞에 두고 온 것일까? 아니야, 그럴 리는 없지. 만약 아파트 입구에 아이를 두고 왔다면, 경비원이 아이를 데려가라고 내 등뒤에서 소리치지 않았을 리가 없잖아. 아이를 뒤늦게라도 발견했다면 경비원은 내게 연락을 해주었을 거야. 경비원들은 거주민들의 비상 연락처를 다 알고 있으니까. 결국 나는 아이를 집에서 지하철역까지 이어진 길거리나, 지하철 안, 혹은 호텔 레스토랑까지 가는 거리, 그것도 아니면 아쿠아리움 안에서 잃어버렸다는 얘기가 돼. 그러나 도대체 어디에서 아이를 잃어버린 것인지는 도통 모르겠어.

나는 울 것 같은 얼굴이 되어 아이를 역사에서 잃어버렸는지, 여기까지 오는 지하철에서 잃어버렸는지 잘 모르겠다고 솔직하게 말을 해. 어쨌든 지하철을 타고 두 시간 전쯤 여기에 도착했어요. 나는 내가 알고 있는 유일한 정보를 확신에 차서 말해. 아, 나는 얼마나 형편없는 엄마인지. 역무원은 어떻게 아이를 언제, 어디서 잃어버렸는지도 모를 수가 있느냐고 힐난하는 듯한 얼굴로 나를 봐. 나는 스스로 그런 비난을 받아도 마땅하다고 생각해. 아이가 어딘가에서 떨고 있다고 생각하면, 아니 차라리 떨고만 있으면 다행이게. 만약 아이가 당신의 아이임을 세상 사람들이 안다면, 그렇다면 당신의 돈을 노리고 누군가 아이에게 해를 입힐 수도 있을 텐데. 순간, 온몸에 소름이 돋아. 아, 아이가 정말 무사해야 할 텐데.

역무원은 친절하게도 역사에 아이를 찾는 안내 방송을 해주고, 역사에서 일하는 직원들에게도 모두 무전 연락을 해주었지만, 아이를 보았다는 사람은 나오지 않아. 아쿠아리움에서도 여전히 연락은 없어. 나는 하는 수 없이 역무실에 내 전화번호를 남기고 다시 지하철을 타. 집으로 가는 길을 되짚어보려는 거야. 집 근처 역에서부터 집 앞까지. 그 길만이 나에게 남은 유일한 희망이었으니까. 당신, 당신은 지금쯤 미팅을 끝냈을까? 전화를 해보고 싶은 마음이 굴뚝같아. 그렇지만, 지금 당신을 걱정시켜서는 안 되지. 내가 해볼 수 있는 일은 다 한 후에, 그때 나는 당신에게 연락을 할 거야. 당신에게 알릴 필요 없이 아이를 찾을 수만 있다면, 그렇다면 얼마나 좋을까.

흔들리는 지하철에 몸을 싣고 집으로 향하고 있어. 사람이 너무 많네. 나는 벽에 몸을 기댄 채 사람들을 봐. 사람들은 한 곳을 바라보고 있어. 빛들로 얼룩진, 사람들의 얼굴. 출입문 위편에 설치된 작은 화면 탓이야. 총천연색의 빛들이 쏟아지는 화면 안에는 완벽한 몸매의 여자 하나가 정신없이 춤을 추고 있어. 그 여자가 팔고 있는 것이 휴대전화인지, 헤드셋인지, 아니면 다른 무엇인지는 좀처럼 알 수가 없어. 다만, 내 눈에는 음소거가 된 화면 속 여자의 춤사위가 어딘지 안쓰럽고, 너무 높은 굽 탓에 발목이 부러질 듯 위태로워 보일 뿐이야. 눈이 너무 아프다. 나는 창밖으로 무심히 시선을 옮겨. 밤처럼 어두운 창. 욕망과 피로로 물든 얼굴들이 유리 위로 뭉개져내려. 지하철이 덜컹대는 소리는 수족관 속 여과기의 진동 소리를 닮았지. 울긋불긋한 얼굴들이 수초들 사이에서 흔들리고 있어. 손을 대면 흩어지고 말 물그림자처럼. 내 앞에 앉은 젊은 여자는 화면 속 여자와 유사한 차림새를 한 채, 역시 똑같이 차려입은 옆사람에게 당신 동료 배우의 스캔들에 대해 말하고 있어. 화려하고, 눈부신 당신. 당신이라는 사람의 사랑을 홀로 독차지한다는 것은 날카로운 칼날을 몰래 삼키는 것과도 같지. 아무와도 공유할 수 없는 섬뜩한 고통이 가끔씩 내 안을 찢기라도 하듯, 훑으며 지나가. 당신을 내 사람이라 말할 수 없고, 내가 당신의 사랑이라 밝힐 수 없다는 데서 기인한 고통. 당신이 우리의 결혼 사실조차 비밀로 하고 싶다 했을 때, 나는 그것마저도 내가 감당해야 할 몫이라고 생각했어. 스타의 뒤에서 사는 그림자 같은 삶. 역사 속 유명한 스타를 사랑한 여자들은 모두들 숙명처럼 그런 삶을 짊어졌잖아. 당신은 언제나 때가 되면 우리의 결혼 사실을 밝히겠다고 약속했지. 그런데, 당신. 그때는 대체 언제 오는 거야? 귀국해도 좋다는 당신의 말에 홍콩 생활을 정리할 때만 해도 나는 그때가 코앞으로 다가온 거라 생각했는데. 영화나 드라마를 홍보하기 위해 연예 프로그램에 나가면 당신은 우리 둘만 아는 사인을 종종 해 보였지. 카메라를 보고 갑자기 윙크를 한다거나 손끝으로 하트를 만든다거나 하는 식의. 사람들은 그게 팬들에게 하는 인사라 생각하겠지만, 나는 알았어. 그것이 나에게만 하는 사랑의 표시라는 것을. 나는 당신과의 사랑을 세상에 알릴 수 없어 가슴이 아플 때마다 그런 기억들을 꺼내어 보며 우리의 사랑이 윤이 나도록 닦고 또 닦았어.

당신, 당신은 지금 뭐하고 있어? 내 생각…… 하고 있는 거지? 아아, 너무 피곤하다. 잠깐 지하철 벽에 몸을 기댄 사이, 그 짧은 순간에 갑자기 긴장이 풀렸는지 온몸이 무너질 듯 허물어져. 그렇지만 지금 쓰러져서는 안 되지. 비록 무책임하고, 불성실했지만 나는 한 아이의 엄마니까. 정신을 차리고 아이를 언제 마지막으로 보았는지 기억해내기 위해 애를 써봐. 불현듯, 지하철역의 개찰구 앞에서 내가 연두색 셔츠의 첫번째 단추를 잠가준 기억이 떠올랐어. 틀림없어. 혹시라도 저녁 바람에 아이가 감기라도 들까봐 나는 아이의 단추를 채워주었던 거야. 그것이 아이에 대해 내가 기억할 수 있는 가장 선명한 기억이야. 그 말은 내가 개찰구까지는 아이와 함께 왔다는 뜻이겠지? 그렇다면 아이를 잃어버린 것은 그후였을 텐데, 나는 언제까지 아이와 함께 있었던 것일까? 한참을 골몰하고 있는데 이번에는 내가 수족관 앞에서 아이의 손을 꼭 잡고 있었던 것만 같은 기억이 떠올라. 야광처럼 빛나는 그린크로미스떼 앞에 섰을 때, 그때는 분명 수족관 유리벽에 손바닥 자국을 찍어보는 내 옆에서 아이 역시 그 조그만 손바닥을 찍고 있었던 것 같아. 우리의 손바닥이 닿을 때마다 소스라치며 놀라 산호초 뒤로 숨던 초록색 물고기들. 그렇다면 그때까지는 분명 아이가 내 곁에 있었던 걸 거야. 결국 아이를 잃어버린 곳은 아쿠아리움이었던 걸까? 그곳을 좀더 샅샅이 찾았어야 했을까?

어린이 체험관을 가겠다고 떼쓰던 몸짓. 그곳의 직원들이 우리 아이의 존재를 까맣게 잊고 있는 것은 아닐까? 갑자기 서럽고 분한 마음이 들어. 나는 아쿠아리움에 전화를 걸고, 아이를 찾았느냐고 따져 물어. 직원들은 아직 아이를 발견하지 못했다고 답해. 안내원의 동요 없는, 상냥한 목소리를 듣자 화가 갑자기 치밀어. 찾아본다고 말만 하고 찾지 않고 있는 것은 아니냐, 어디어디를 찾아봤느냐, 무책임하게 방송만 해놓고 손 놓고 기다리고 있는 것은 아니냐, 나는 전화에 대고 소리를 질러. 지하철의 승객들이 모두 놀란 눈으로 나를 쳐다봐. 지하철 문이 열리고, 나는 무슨 역인지도 모르면서 일단 지하철에서 내려. 반대편 승강장에서 한 사내가 오늘이 2월 1일이요, 9일이요, 29일이요, 지나가는 사람들마다 붙잡고 되풀이해서 큰 소리로 묻고 있어. 나는 다시 아쿠아리움으로 되돌아가야만 해. 아이를 생각하면 자꾸만 눈물이 날 것 같아. 누차 말하지만, 아이를 찾기만 한다면 나는 몰상식한 여자로 보이더라도 전혀 겁나지 않아.

하지만 나의 이런 간절한 바람도 하늘을 감동시키지는 못한 걸까. 기적은 일어나지 않으려나봐. 아쿠아리움에 돌아왔지만, 아이는 여전히 없다고 해. 게다가 아쿠아리움은 곧 닫을 시간이래. 직원들은 내게 아이를 찾지 못해 유감이라며 무엇을 어떻게 도와줄까 묻지만 나는 알아. 그들은 내가 어서 사라져주기만을 바란다는 것을. 하지만 나는 모든 인파가 다 빠져나가고, 아쿠아리움의 불이 모두 꺼질 때까지 전시실을 샅샅이 훑어. 거대한 수족관들로 이루어진 미로. 직원들이 초조한 눈으로 나를 쳐다봐. 나는 허망한 마음으로 발걸음을 멈춰. 박제된 심해어가 나를 내려다보고 있어. 고생대 데본기부터 중생대 백악기까지 살았다는 실러캔스. 너무도 생생히 살아 있는 것 같지만 죽어 있을 뿐인 물고기의 눈. 아아, 내게 절망 말고 무엇이 더 남아 있을까. 나는 아이를 잃은 시점이 언제인지 생각해내기 위해 끊임없이 머릿속으로 지나간 시간의 필름을 되돌려보고, 또 돌려봐. 생각하면 할수록, 수족관 앞에서 아이의 손을 놓은 것만 같은 기분이 들어. 처음에는 그저 기분뿐이었던 것이 필름을 재생하면 재생할수록 점점 더 구체적이고 입체적인 기억으로 되살아나는 것 같아. 제2전시실에서 수족관 유리벽을 건드리기 위해 손을 뻗으면서, 아이를 잡고 있던 오른손을 놓았던 장면. 아이의 작고 통통한 손이 내 손아귀에서 벗어나 허공으로 미끄러지는 장면이 슬로모션처럼, 자꾸만 자꾸만 반복되어 떠올라. 아이를 이곳에서 잃어버린 것이 틀림없을까? 그렇지만 확신을 가지려고 하는 순간, 다시 생각해보면 그런 일은 전혀 일어난 적 없는 것처럼 생소하고 낯설기만 해. 언제부터 나의 기억력이 이렇게 형편없는 수준으로 전락해버렸을까.

아까도 말했지만 나는 정말 기억력이 뛰어난 편이었어. 어렸을 때부터 친척집 전화번호는 물론, 친척들의 주소와 생년월일까지도 모두 한번 들으면 결코 잊는 법이 없었지. 커서도 기억력에 관해서라면 자신이 있었어. 나는 친구들이 했던 사소한 말들이나 행동들까지 모두 기억해내는 사람이었어. 그것은 당신에 관해서도 마찬가지였지. 나는 당신의 생일, 취미와 특기, 혈액형과 가족관계는 물론이고, 당신의 콤플렉스, 실수담, 사소한 스캔들까지 모두 다 기억했어. 아주 오래전부터, 당신과 결혼하고 싶다고 내가 말하기만 하면 주변 사람들은 나를 몹시 걱정했어. 내가 당신에 대해 너무 많이 아는 게 가장 큰 문제점으로 부각되었지. 사람들은 내가 알고 있는 모든 것들이 당신의 허상에 불과하다고 말했어. 그렇기 때문에 내 바람대로 우리가 결혼을 한다 해도 나는 당신의 실체를 알고 실망하게 될 거라고 말이야. 그렇지만, 나는 정말 묻고 싶었어. 도대체, 실체란 것은 무엇이야? A라는 사람과 B라는 사람이 있다고 가정해봐. 그때, A라는 사람은 오로지 B라는 사람의 기억 속에서만 존재하는 것이 아닐까? B라는 사람이 A라는 사람의 기억 속에만 존재하듯이. 그것은 당연한 거지. 그러니까 만약, 누군가가…… 그래, 어떤 영화에서처럼, B에 대한 A의 기억을 다 지워버리면, 그러면 B는 A에게 존재하지 않는 사람이 되어버리지 않을까? 눈을 감으면 눈앞의 모든 것이 사라지듯이 말이야. 그러니까 나는 실체가 무엇인지는 알고 싶지도 않았어. 그런 게 있다고 믿지도 않았고. 만약에 C라는 사람이 있다면, C에게 존재하는 A와 B에게 존재하는 A가 같은 사람일 수 있을까? 누군가는 그렇다고 말할 수도 있겠지. 그렇지만, 나는 아니라고 생각했어. 그렇기 때문에 내 기억들은 당신이라는 실체를 가리는 허상이 아니라 오히려 당신이 내 안에 존재할 수 있게 해주는 증거들이었어. 그러니까 나는 무엇도 두렵지 않았던 것 같아.

하지만 오늘, 내 기억들은 나를 배반해. 나는 아이를 어디에서 잃어버렸는지조차 기억해내지 못해. 나는 다 포기하는 심정이 되어, 인근 지구대로 발길을 옮겨. 아쿠아리움 직원이 일러준 대로 점포들이 양옆으로 늘어선 거리를 따라 한참을 걸어. 당신이 광고하기도 했던 의류 매장과 신발 매장들 탓에 거리는 틀림없는 한밤중인데도 대낮처럼 환해. 형광등 불빛을 뿜어내는 한밤중의 수족관처럼. 수많은 쇼윈도 위에 내 모습이 끊임없이 어른거려. 화장품을 판촉하는 여자들의 헐벗은 다리들도. 저멀리, 전광판에서는 휴대전화 광고가 빛나고 있어. 가끔씩 대로변을 질주하는 자동차의 굉음. 전조등을 밝힌 자동차들이 눈을 희번덕거리며 달려드는 듯 보인 것은 분명 나의 착각이었겠지. 아마 경찰을 만나러 가는 것이 처음이라 그랬을 거야. 지구대가 발하는 인공의 하얀 불빛이 어딘가 섬뜩해 나는 좀 무서웠어. 그렇지만, 용기를 내야지. 우리 아이는 나 때문에 더 무서운 일을 겪고 있을지도 모르는걸. 이토록 사나운 도시의 한복판에서 떨고 있을 내 아이. 나는 지구대 안으로 들어서. 한 경찰관이 로비 바로 옆에 딸린 당직실에 혼자 앉아 있어. 무슨 일이시죠? 경찰관은 사무적인 어조로 내게 물어. 나는 떨리는 목소리로 또 한번 말을 해.

"아이를 잃어버렸어요."

당신, 당신은 지구대가 이런 곳인지 알고 있었어? 이곳은 참 춥고, 삭막해. 마치 종합병원의 응급실처럼. 이런 분위기를 완화시켜보려고 누군가 갖다놓은 것인지는 모르지만, 당직실 한구석에는 벤자민 화분과 커다란 어항이 하나씩 놓여 있어. 은행이나, 우체국에도 종종 놓여 있는 그런 촌스러운 어항. 그것을 보자 또다시 아이를 아쿠아리움에서 잃었다는 실감이 나서 심장이 조여와. 경찰관은 피로한 얼굴로 어항을 등지고 앉아 내게 자초지종을 물어. 그런데 참 이상한 일이야. 제복 차림의 경찰관은 친절한데도 나는 질문과 대답을 반복할수록 죄인이 된 것 같은 기분이 들어. 내 대답이 시원치 않으면 시원치 않을수록, 경찰관의 태도는 점점 더 딱딱하고 고압적으로 변해가. 나는 취조당하는 범죄자가 된 기분이야. 경찰관은 한

숨을 쉬더니, 내게 물어.

"그러니까요. 아이를 데리고 나왔다는 거예요, 아니라는 거예요?"

아니, 이건 또 무슨 말도 안 되는 질문이야? 나는 너무 황당해서 경찰관이 무슨 말을 하는지도 이해가 가지 않았어.

"당연히 데리고 나왔죠."

나는 조금 불쾌한 기색을 내비치며 한 마디, 한 마디에 힘을 주어 대답했어.

"애 아쿠아리움 입장권은 있습니까?"

"아뇨."

"왜 없어요?"

"아이는 이제 겨우 다섯 살이니까요."

나는 당당하게 대답했어. 아이나 빨리 찾아줄 것이지 이 경찰은 무엇을 의심하는 것인지 모르겠어. 경찰관은 또 말을 해.

"근데 하시는 말을 들으면 도대체 애를 데리고 나왔다는 건지, 아닌지 도통 알 수가 없다, 이 말입니다."

나는 점점 풀이 죽었어.

"그러니까 애를 데리고 나왔는지, 나왔으면 어디까지 같이 있었는지 확인해줄 수 있는 건 아무것도 없단 거죠?"

"네……"

경찰관의 단호한 목소리에 나는 너무 당황스러웠어. 이것은 도대체 무슨 장난일까? 나는 분명히 당신을 만나기 위해 집을 나서기 전, 아이의 옷을 갈아입혔어. 아이가 좋아하는 그 연두색 옷으로. 그리고 우리 둘은 같이 나와서 지하철을 탔어. 지하철에서 내려서는 호텔 로비에서 당신을 기다리다가 아쿠아리움에 갔고, 물고기들을 구경하다가 처음으로 아이의 손을 놓은 것 같은데. 그렇지만 또다시 나의 확신은 무너져. 그때 놓은 게 아닌가? 거기에 가기 전에는 아이가 나와 함께 있었던 게 맞을까? 아이의 단추를 채워준 기억은…… 설마 다른 날의 기억을 내가 오늘 일로 착각하고 있는 걸까? 혹시 처음부터 아이와 함께 나오지 않았던 것일까? 그러면 아이는 집에 있는 것일까?

"아이가 집에 있는 것일까요?"

나는 울상을 지으며 경찰관에게 물었어.

"그걸 내가 어떻게 압니까."

경찰은 나도 볼 수 있게 모니터를 비스듬히 돌려놓고 무심한 표정으로 실종아동찾기 사이트의 창을 띄워. 홈페이지 어디에도 우리 아이를 보호하고 있다는 기록은 나와 있지 않아.

"미아 신고 하시겠습니까?"

당황한 나는 집에 전화를 걸어보았어. 아이가 집에 있다면 전화를 받겠지 하는 마음에서였어. 하지만 아무도 전화를 받지 않았어. 규칙적인 신호음만 아이의 부재를 알리는 사이렌처럼 내 귓가에서 악을 써댔어. 그래, 그러니까 내 말이 맞아. 경찰관의 심문에 헷갈리기는 했지만, 아이와 함께 나온 것만은 틀림없어. 나는 하는 수 없이 당신에게 전화를 걸어야겠다고 생각해. 놀라겠지만, 이제는 더이상 달리 할 수 있는 일이 없어. 미아 신고를 하기 전에는 당신에게 말을 해두는 게 좋을 거야. 혹시라도 기자들이 당신의 아이가 없어진 사실을 알아채고 기사를 써대면 더 안 좋은 일이 일어날지도 모르잖아. 숨겨놓은 아이라니. 당신의 이미지에 얼마나 타격을 입힐까. 대비를 해야지.

하지만 당신은 전화를 받지 않아. 아직도 미팅중인가? 당신이 바쁘면 매니저라도 전화를 받을 텐데. 나는 당혹스러운 마음에 다시 당신의 번호로 전화를 걸어. 그렇지만 결과는 마찬가지야. 설마 당신에게도 무슨 일이 생긴 걸까? 경찰관은 계속 나를 빤히 바라봐. 미아 신고를 할 거냐, 말 거냐 빨리 결정하라는 재촉의 의미겠지?

나는 당신에게 왜 전화 연결이 되지 않을까 영문을 몰라하면서, 하는 수 없이 나 혼자서라도 미아 신고를 하기로 결심해. 아이의 안전이 우선이니까. 아이를 지키는 것이 당신을 위해 내가 지금 할 수 있는 일일 테니까. 그렇다면 당신의 아이라는 것 역시 밝혀야 할까? 알려서는 안 될 것 같다는 생각과 아이를 한시라도 빨리 찾기 위해서는 당신의 아이임을 밝히는

게 나을지 모른다는 생각이 번갈아 나를 괴롭혀. 결국, 어차피 미아 신고까지 하고 나면 소문이 나버릴지도 모른다는 생각이 들어. 그럴 바에는 차라리 지금 밝혀서 빠른 수사 협조를 요청하는 편이 나을지도 몰라. 나는 오래 망설인 끝에 덧붙여. 이 아이가 당신의 아이인데, 언론에 노출이 되면 안 되니까 조심해주셨으면 한다고. 그러자 경찰관은 나를 놀란 눈으로 쳐다봐. 당연하지. 이 나라에서 당신의 이름을 모르는 사람은 아무도 없고, 당신에게 아이가 있을 거라고는 아무도 상상하지 못할 테니까. 순간, 나는 괜한 말을 한 걸까 덜컥 겁이 나. 하지만 당신의 아이라면 사람들은 틀림없이 아이를 더 열심히 찾아줄 거야. 일단 아이를 찾는 게 가장 우선이니까. 당신도 다 이해해줄 거야, 분명히.

내 말을 듣고 난 경찰관은 싱긋 웃으면서 내게 말을 건넸어. "그러니까, 아이를 어쩌셨다고요?"

나는 점점 더 횡설수설이었어. 그런데 이상하지? 사태의 심각성을 이해한 줄 알았던 경찰관은 내가 말을 할수록 자꾸 빙글빙글 웃기만 해. 게다가 나는 도대체 경찰관이 하는 말을 알아들을 수가 없어. 경찰관은 말하고 있어. 나는 당신의 아내가 아니며 우리한테는 아이가 없다고. "네? 뭐라고요?" 나는 경찰관의 말을 정말로 이해할 수가 없어. 경찰은 아이가 태어나기도 전인 칠 년 전에 당신이 방송국 옥상에서 투신해 생을 마감했다고 해. 심각한 우울증이었다고. 그러니 설혹 내가 당신의 숨겨진 아내였다 해도 우리 사이에 아이가 있을 수는 없다는 거지. "저기요, 정신 차리시고 어서 댁으로 돌아가세요." 대체 무슨 말이야? 나는 경찰관에게 말해. 당신은 죽은 적이 없고, 인기를 유지하기 위해 아직 세상에 발표하지는 못했지만 우리는 오래전에 결혼을 했으며, 우리 사이에 아이가 있다고. 곧 공식적으로 발표할 때까지, 세상에 알려지면 안 되니까 비밀을 유지해줬으면 좋겠다고. 오죽 아이가 걱정되면 이렇게 비밀을 털어놓겠느냐고. 그러나 경찰관은 내 말을 믿으려 하지 않아.

"증거 있어요?"

증거? 증거라는 게 뭐야. 혼인신고서? 하지만, 우리는 비밀 결혼식을 했는걸. 당신을 위해 아무에게도 알리지 못한 채. 당신은 법적으로 미혼이어야 했으니까. 경찰관은 계속 말해, 나는 당신의 아내가 아니고, 우리에게는 아이가 없다고. 자꾸 우기면 감옥에 갈 수도 있다고. 나는 도대체 이렇게 다급한 상황에서 나를 왜 믿어주질 않느냐며 호소해. 경찰관은 우습다는 듯 나를 쳐다보더니 경쾌한 손놀림으로 컴퓨터 자판을 두드려.

"그러니까 그 말이 사실이란 증거가 있냐고요. 기다려봐요. 내가 내 말이 맞는다는 걸 보여드릴게."

나는 초조한 마음으로 경찰관을 쳐다보고 있어. 모니터에서 쏟아지는 불빛 탓에 경찰관의 얼굴이 울긋불긋 물드네. 그리고 나는 나를 보며 빙글빙글 웃던 경찰관의 얼굴이 공포 영화 속 괴물의 분장처럼 녹아내리는 것을 목격해.

"어, 이게 어떻게 된 거지?"

단호하고 고압적이었던 경찰관은 갑자기 어린아이처럼 당황스러워하기 시작해. 그는 다급하게 무엇인가를 클릭하고 자판을 두드려. 그럴수록 경찰관의 눈빛은 더욱더 불안하게 흔들릴 뿐이야.

"이게 대체 어떻게 된 거죠?"

멍하니 모니터를 응시하던 경찰관이 고개를 들어 나를 바라봐. 나는 비스듬히 놓여 있는 모니터를 힐끗 쳐다봐. 화면 위에는 이제 실종된 아이들의 신상 대신 당신의 행보가 담긴 최근 기사 제목들이 날짜순으로 정렬되어 있어. K감독 신작의 주인공으로 당신이 사실상 내정되어 있다는, 오늘의 기사도 위쪽에 떠 있고 말이지.

"이럴 수가 없는데…… 이 배우는 칠 년 전에 틀림없이 죽었다고요."

경찰관은 그때 뉴스가 정말 떠들썩했기 때문에 분명히 기억하고 있다고 말해.

"그날, 첫눈이 내렸는데…… 그때 사귀던 여자가 첫눈을 보며 막 울었으니까 내 기억이 틀림없단 말입니다."

경찰관은 우리 대중문화사에 한 획을 그었던 스타의 자살이라며 그의 죽음이 대서특필로 다루어졌다고, 한 달 내내 당신이 불렀던 노래들이 연예 프로그램마다 장송가처럼 흘러나왔다고 말하며 당신의 히트곡들을 열거해. 경찰관의 목소리가 정말 당혹스럽다는 듯, 이게 무슨 일인지 모르겠다는 듯 너무 떨리고, 나는 그제야 그토록 고압적이었던 경찰관이 사실은 나보다 다섯 살쯤 어린 앳된 청년에 불과하다는 것을 깨달아.

"다른 사람을 착각하신 거겠지요."

나는 애써 침착한 말투로 그를 진정시키려고 노력해. 경찰관과 말씨름을 하며 시간을 허비하고 싶지는 않으니까. 지금 나의 아이가 어딘가에서 헤매고 있을 텐데.

"직접 통화해서 확인해보세요."

나는 하는 수 없이 당신의 번호가 찍힌 휴대전화를 경찰관에게 건네줘. 당신이 여전히 전화를 받지 않는지 전화기를 귀에 댄 채 경찰관은 계속 얼빠진 물고기처럼 입을 벙긋대.

"받을 리가 없잖아요. 살아 있는 사람이 아닌데."

당신, 당신은 알아? 이 사람이 왜 자꾸 당신이 죽었다고 하는지? 왜 미아 신고 처리를 빨리 해주지 않는지? 우리 아이가 어디에서 어떻게 되고 있을지도 모르는 이 긴박한 상황에. 나는 이 사람이 대체 왜 이렇게 넋이 나갔는지 도통 알 수가 없어. 설마 경찰관 말처럼 당신이 죽었고, 내가 당신의 아내가 아닌 것일까? 그럴 리가 없잖아. 우리에게 아이가 없을 리 없는 것처럼. 그 증거? 증거 같은 것은 지금 내게 없지만. 그치만 당신, 만약 당신이 죽었고 그래서 우리에게 아이가 없다면 내게 지금도 선명하게 떠오르는 이 생생한 기억은 대체 뭐야? 아이가 좋아하는 연두색 옷의 감촉. 내 손에 꼭 들어오는 아이 손의 따뜻함. 아이를 번쩍 들어올리는 당신의 미소 같은 것에 대한 내 기억들 말이야. 우리의 관계가 실제임을 증명할 유일한 증거가 내 기억뿐이라 해도 나는 하나도 불안할 게 없었어. 그런데 당신, 그리고 우리의 아이가 존재하지 않을 수도 있다니. 이것은 무슨 말일까? 내게는 팔딱거리는 물고기처럼 생동감 넘치는, 아이에 대한 기억이 있는데. 나는 정말 알 수 없어. 너무 답답한데, 그래서 당신에게 묻고 싶은데 당신은 여전히 전화를 받지 않아. 당신이 너무 바쁜 걸까? 대체 무슨 일이 일어나고 있는 걸까? 경찰관은 여전히 헛것을 본 사람처럼 수화기를 붙들고 넋이 나간 듯 고개를 내젓고 있어. 나는 불안한 기분에 사로잡혀 의자에서 일어나. 다리에 힘이 들어가지 않아. 마치 술에 취하기라도 한 것처럼. 휘청, 내 시선이 무너져 내리는 그 찰나, 나는 우스꽝스럽게도 어항 속 금붕어와 눈이 마주쳐. 그것은 오래전부터 나를 노려보고 있었던 것 같아. 플라스틱으로 만들어진 조잡한 물풀 사이에서 입만 뻥긋거리는 황금빛 물고기. 경찰은 끊임없이 무어라 중얼거리고 사방의

사물들이, 벽이, 도시가 빙글빙글 돌며 나를 비웃기 시작해. 그들이 내게 뭐라 하든, 알지? 나는 정말이지 아무렇지도 않아. 당신의 아내라는 것은 많은 일을 감내해야만 하는 자리지. 그러니까 그런 것쯤은 얼마든지 감수할 수 있어. 진짜야. 나는 다 괜찮아. 그런데 있잖아. 다 괜찮지만 자꾸 큰 소리로 묻고 싶어만지는 것은 왜일까. 당신, 내 말 듣고 있는 거지? 정말 내 말 듣고 있는 거지? 응, 그래. 나는 정말 묻고 싶을 뿐이야. 이렇게.

내 아이는 도대체 지금 어디에 있다는 말입니까.

까마귀들이 있는 나무

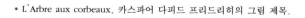

* L'Arbre aux corbeaux. 카스파어 다피드 프리드리히의 그림 제목.

당신이 푹신한 의자에 앉아 신인 소설가의 신작은 어떤가 읽어볼까 하는 마음으로 이 소설을 읽고 있을 때, 리는 뙤약볕 아래서 그들이 오기를 기다리고 있었다. 그들은 아침 여덟시 반에 온다고 했다. 그렇게 일찍 궁을 관광하러 오는 사람들이 있다니. 리는 뭔가 이상하다고 생각했다. 개장하기도 전인데 그 시간에 무엇을 하라는 것인지 짐작도 할 수 없었다. 그렇지만 몇 차례 확인해보아도 시청의 담당 직원은 귀찮은 기색이 역력한 목소리로 예약 시간이 틀림없다는 말만 반복했다. 리는 약속 장소인 궁의 정문 앞에서 삼십 분이나 기다렸다. 온다던 관광객들은 그림자조차 눈에 띄지 않았다. 리의 전화를 받은 시청 담당자는 그제야 뭔가 착오가 있었다며, 주재원 가족이 가이드를 신청한 것은 아침 여덟시 반이 아니라 오후 두시라고 말했다. 오후 두시를 아침 여덟시 반이라고 착각할 만한 근거가 무엇인지는 알 수 없었다. 그렇지만 그것을 묻는들 그물음은 도대체 왜 이렇게 내게 불친절하냐고 따지는 것만큼이나 무의미하다는 것을 리는 잘 알았다. 다시 집에 돌아가 부족한 잠을 보충하고 싶었지만, 변두리의 집까지 갔다가 도심으로 되돌아오는 것도 일이었다. 궁 주변으로는 요란한 차림새의 사람들이 몰려들고 있었다. 날씨는 맑았다. 뜨거운 아스팔트 위에 나뒹구는 피켓의 글자들을 열없는 눈으로 훑다가, 리는 조금 전에 개장한 궁 안으로 들어섰다. 평일 오전이라 그런지 궁은 지나치다 싶을 만큼 한산했다.

리가 궁궐 초입에 위치한 지도 앞에서 여자를 발견한 것은, 이 소설이 또 묻혀버리는 것은 아닐까 근심하며 내가 샷 추가한 아메리카노를 마시고 있을 때였다. 여자는 어디로 가야 할지 모르는 사람처럼 커다란 표지판 앞에 구부정한 자세로 서서 궐내 지도를 살펴보고 있었다. 처음 여자와 마주쳤을 때 여자는 뒤돌아 있었고 그 뒷모습은 별다른 특색이 없었기 때문에 리는 여자를 의식하지 못하고 그냥 지나칠 뻔했다. 그런데 리가 여자를 스쳐지나가기 전, 여자가 지도에서 물러나 돌아섰다. 그 바람에 여자의 머리카락을 헐겁게 감고 있던 머리끈

이 흘러내렸다. 묶여 있던 새까만 머리카락이 풀리며 출렁했다. 여자는 피부색이 어두웠고 쌍꺼풀이 짙었다.

궁은 여러 차례 복구와 개조를 거쳐 17세기에 지금과 유사한 모습을 갖추었습니다. 지난 세기 말엽에는 유네스코 문화재로 지정되기도 했습니다. 리는 가이드 신청이 있는 날이면 궁으로 출근해 시청에서 교육받은 대로 외국인 관광객들에게 설명을 해주었다. 전문 가이드는 아니었고, 시청에 채용된 비정규직 파트타이머였다. 수요가 많지 않은 언어권의 관광객들을 위한 서비스 차원으로 시에서 얼마 전 마련한 제도였다. 가이드를 원하는 외국인들은 대부분 역사나 문화에 관심이 많은 편이라 리가 해주는 설명을 주의깊게 들었다. 어떤 관광객들은 미처 리가 대비하지 못한 질문들을 퍼붓기도 했다. 그러나 사실 리는 궁에 대해서 그다지 관심이 없었고, 오직 먹고살기 위해서 이 일을 떠맡았을 뿐이었다. 귀국한 지 이 년이 되어가지만 일자리는 쉽게 찾아지지 않았다. 변변치 않은 실력으로나마 할 줄 아는 제2외국어를 내세워 구할 수 있는 일이라고는 이것밖에 없었다. 킴에게 감사해야 할 일인지, 킴을 원망해야 하는 일인지 알 수가 없었다. 리는 마른세수를 했다. 몸이 찌뿌듯했다. 그냥 이제라도 집에 들어갔다가 나올까 잠시 망설이고 있는데, 아까 보았던 여자가 또다시 눈에 띄었다. 어느 틈엔가 긴 머리를 틀어올리긴 했지만 지도 앞에서 본 여자가 틀림없었다. 리의 눈에 여자는 깡마르고 무척 피로해 보였다. 외국인이 이렇게 이른 시간에 여기서 뭘 하는 걸까. 리는 더 깊이 생각하기가 귀찮았다. 어차피 다 상관없는 일이었다. 리가 신경써야 할 일은 지난주에 이력서를 넣은 회사로부터 여태껏 연락이 없다는 사실이었다. 경력에 비해 나이가 많다는 점, 그리고 설명하지 못하는 일 년 남짓의 공백이 리의 발목을 잡았다. 또 떨어졌네, 라고 생각하며 리는 바지 오른쪽 주머니에 손을 집어넣었다. 안쪽에 난 구멍이 리의 뭉툭한 검지 끝에 닿았다. 구멍의 크기를 손끝으로 가늠하는 것은 얼마 전 구멍을 발견한 이래 생긴 습관이었다. 구멍은 날마다 조금씩 커졌다. 리는 잃어버려서는 안 될 만큼 결정적인 것을 소유해본 적이 없었으나 그렇기 때문에 더욱, 구멍이 커질 때마다 결정적인 무엇인가를 잃어버린 것 같은 허전함을 느꼈다. 여자는 정전 앞에서 서성이고 있었다. 뭐가 뭔지나 알까. 늘 하던 대로 여자에게도 건물에 대해 설명해줄까 하는 생각이 잠깐 들었지만 어느 나라 언어로 말을 걸어야 할지 딱히 알 수가 없었다. 리가 망설이는 사이, 여자는 사라졌다. 리는 끊었던 담배 생각이 갑자기 간절했다. 담배를 사든 음료수를 사든 일단 매점에 가야겠다고 리는 생각했다. 좀 쉬면서 앞으로 남은 시간을 어떻게 때워야 할지 고민해야 했다. 햇볕이 따갑게 내리쬐고 있었다.

　리가 킴을 처음 만난 것은 아프리카에서였다. 삶이 전에 없이 만만해 보이던 이십대 후반의 일이었다. 그 무렵, 대학을 졸업한 리는 가까스로 한 건설회사에 입사했다. 비록 계약직이었지만 변변치 않은 학점과 스펙치고는 꽤 큰 회사에 입사한 셈이었다. 대학 시절 허랑방탕하게 사는 리를 보며 주변 사람들은 취직이 안 되어 고생 좀 해봐야 정신을 차리지, 라고 말하고는 했다. 인생 뭐 별거 아니구나, 하는 생각에 사로잡혔던 것은 바로 그 때문이었다. 입사 삼 개월 만에 아프리카로 파견되었어도 리의 생각에는 변함이 없었다. 사실 리는 아프리카에 파견하려는 목적으로 뽑은 계약직이었다. 해외 파견에 결격 사유가 없는 남성이라는 이유만으로 리는 우선 높은 점수를 받았다. 대학에 다니는 동안 제2외국어를 전공했다는 사실이 합격의 결정적 요인이 되었다.

　킴은 유럽 본사에서 아프리카로 파견 온 직원이었다. 마흔 살쯤 되었으나 여전히 성적인 매력을 풍기는 여자이기도 했다. 리는 킴을 떠올릴 때마다 언제나 머스크 향에 뒤섞여 있는 술냄새를 맡았다. 리가 킴과 가까워진 것은 둘이 함께 술을 마시면서부터였다. 주류 판매가 금지되어 있는 나라였지만 호텔에서는 관광객을 상대로 판매가 허용되었다. 킴은 작은 물병에 술을 담아서 가지고 다니며 온종일 마셨다. 지독한 우울증을 앓은 뒤 갖게 된 알코올중독 증상이라고, 나중에 리와 함께 살게 되었을 때 킴은 말했다. 킴은 업무 능력이 뛰어났고 사교성도 좋았으므로 아무도 그녀의 의존증을 눈치채지 못했다. 리 역시 타고난 애주가가 아니었다면 결코 킴의 습관을 알아채지 못했을 것이다. 비밀을 공유한다는 사실은 둘을 급속도로 가까워지게 만들었다. 킴이 다시 본국으로 돌아가야 했을 때 리는 킴을 따라 아프리카를 떠났다. 그 무렵 계약도 만료되었던 것이다. 킴은 그때껏 리가 만나본 여성 중에 가장 매력적이었고, 고국의 수동적인 여자들과 달리 카리스마가 있었다. 인생에 큰 목표도 계획도 없던 리는 킴의 아파트에 숨어들어, 청소를 하고 빨래를 하며 킴이 돌아오기를 기다리는 삶이 퍽 마음에 들었다. 인생은 만만한 것이었으니까. 둘은 밤마다 코냑이나 버번을 마셨고, 적당히 취하면 동물처럼 몸을 섞었다. 주로 리드하는 쪽은 킴이었고, 리는 킴에게 몸을 맡긴 채 행복한 신음을 내뱉기만 하면 되었다. 극락 같은 날들은 킴의 나라로 와서도 몇 개월이나 지속되었다.

리는 매점 계산대 근처에 서서 사이다와 빵을 먹었다. 사이다는 미지근하고 빵은 뻑뻑했다. 빵 봉지 안에 남아 있는 부스러기를 입안에 털어 넣고 있는데 매점 문이 열렸다. 리는 반사적으로 문가를 향해 시선을 던졌다. 여자가 매점 안으로 들어서고 있었다. 리는 여자가 냉장고의 미닫이문을 열고 생수 한 병을 꺼내는 모습을 무료하게 바라보았다. 서늘한 불빛이 여자 앞으로 쏟아졌다. 피부색이 짙은 여자의 뒷모습은 그림자처럼 더욱 어두워졌다. 여자의 손에 들려 있던 생수병이 미끄러져 시멘트 바닥에 큰 소리를 내며 떨어졌다. 여자가 황급히 몸을 돌려 굴러가는 생수병을 향해 손을 뻗었다. 모서리가 찌그러진 생수병과 샌들 앞으로 삐죽 튀어나와 있는 여자의 발가락에 리의 시선이 머물렀다. 반쯤 열린 매점 출입문을 타고 들어온 햇살 탓에 생수병은 푸른빛으로 반짝였다. 햇빛이 어른거리는, 여자의 마르고 앙상한 발가락은 머리와 마디 부분이 유난히 굵었다. 여자가 쪼그려앉자 무릎까지 가린 낡은 치마 위로 여자의 허벅지 윤곽이 도드라졌다. 리는 무방비하게 약간 벌어진 여자의 다리를 무심히 쳐다보았다. 생수병을 집고 일어서던 여자의 고개가 아래에서 위로 천천히 움직였다. 아주 짧은 시간 동안 리와 여자의 눈이 마주쳤다. 리의 등뒤에서 쏟아지는 빛에 눈이 부신 탓인지 여자의 눈이 잔뜩 찌푸려졌다.

궁 안에 달리 사람이 없어서였을까. 아니면 동선이 겹친 탓이었을까. 리는 마치 여자와 처음부터 같이 궁을 구경하고 있었던 듯한 착각이 들었다. 리는 여자를 따라 밖으로 나갔다.

딱히 할일도 없었으므로 여자를 뒤따라 걷기 시작했다. 외국인 단체 관광객들이 가이드의 인솔에 따라 궁 안으로 들어서고 있었다. 여자는 인파를 피해 좀더 한적한 곳으로 향하는 듯 보였다. 수백 년 동안 그 자리를 지켜왔던 궁 담벼락 너머로 높은 빌딩들이 하늘을 찢을 듯이 솟아 있었다. 담 너머로부터 커다란 함성이 들려왔다. 구호 소리와 호각 소리가 규칙적으로 이어졌다. 궁의 내부로 들어가면 들어갈수록 리는 현실로부터 점점 더 단절되는 듯한 느낌을 받았다.

불행이 시작된 것은 리가 킴을 기다리기만 하는 생활을 더이상 지속할 수 없겠다는 자각을 한 이후부터였다. 처음에는 만족스럽고 평화롭게 느껴지던 모든 것들이 언젠가부터 견딜 수가 없었다. 대학 시절에 배웠다고는 하지만 리의 외국어 실력이란 겨우 읽고 간단한 회화를 할 수 있는 정도밖에 되지 않았다. 제법 능숙하게 말할 수 있게 된 것은 킴과 함께 살면서부터였다. 그나마도 잠자리에서 주고받을 수 있는 어휘가 늘어난 정도에 불과했다. 만나는 사람들은 모두 킴의 지인이었다. 킴의 친구들이나 가족은 친절했으나 리와 그들 사이에는 별다른 공통점이 없었다. 리는 대충대충 술에 물 타듯 삶을 낭비하는 성격이었는데 고국에서는 그게 그의 매력으로 작용하기도 했다. 리는 돈을 몇 푼이라도 벌면 친구들을 불러 술을 사고 호기를 부리는 성격이었다. 그렇지만 그런 것들은 킴의 친구들에게 통하지 않았다. 킴의 나라에서는 취하도록 술을 마시는 것도 예의가 아니라고 했다. 결정적으로 킴과 헤어지게 되었던 날 역시, 리는 술을 진탕 마시고 도로 한복판에 주저앉아 있다가 유치장에 잡혀 들어가 있었다. 킴은 리를 빼내주며 이제 그만 내 집에서 나가, 라고 말했다. 알코올중독자 주제에 킴의 처사는 뭔가 모순적인 데가 있었지만, 사실 사랑이 식는 데 별다른 이유가 없다는 것만은 동서고금의 진리였다.

자기 뒤를 따르고 있다는 것을 눈치챈 것일까. 왕의 침전 앞에 이르렀을 때, 여자의 발걸음이 멈췄다. 여자의 고개가 리 쪽으로 돌려졌다. 갑자기 눈이 마주친 탓에 리는 흠칫 놀랐으나, 이내 어색하게 웃어 보였다. 여자의 입꼬리가 살짝 움직이는 듯했다. 리는 여자가 미소를 지었다고 생각했다. 덕분에 여자에게 말을 붙여볼 용기가 생겼다. "궁궐 구경을 좋아하시나봐요. 어느 나라에서 오셨어요? 설명 좀 해드릴까요?" 조금 어색했기 때문에 리는 평소보다 더 많이, 더 크게 웃어가며 말을 이었다. 누군가에게 말을 먼저 건 것이 퍽 오랜만이라고 리는 생각했다. 리가 다가가도 여자는 달아나거나 하지 않았고, 리는 그것을 호감의 표현이라고 받아들였다. 리는 여자 곁으로 다가가 건물에 대해 설명해주기 시작했다. 여자가 자기의 말을 이해하는지는 알 수 없었다. 이유는 몰랐지만 리는 여자에게 친절하게 대해주고 싶었다. 여자에게 천천히, 쉬운 말들을 골라 궁의 역사에 대해서 설명해주었다. 손짓 발짓을 섞어가며. 마치 알아듣기라도 하는 듯 리의 손끝을 따라 여자의 고개가 움직였고, 리가 자리를 옮기면 여자는 리의 뒤를 따라왔다. 리는 킴의 나라 출신들을 상대로 가이드를 해줄 때와 달리 처음으로 자신이 하는 일에 보람을 느꼈다. 여자는 작고 마른 체구였다. 색이 바랜 노란 티셔츠를 입고 있었는데, 가슴이 하도 작아 얼핏 소녀처럼 보이기도 했다. 그렇지만 얼굴은 소녀의 것이라기에는 푸석해 보였다. 이 여자는 도대체 몇 살일까. 텔레비전을 통해 익히 본 먼 나라 시골의 남루한 처마 같은 것들이 떠올랐다. 리는 점점 더 여자에게 다정하게 대해주고 싶어졌다.

"저기 가면 전통 옷을 입어볼 수도 있어요." 궁 한쪽에는 전통 옷을 입고 사진을 찍는 프로그램도 마련되어 있었다. 관광을 오는 외국인들은 누구나 옷을 빌려 입고 환하게 웃으며 사진을 찍었다. 리는 여자를 이끌고 그쪽으로 가 여자에게 분홍색 옷을 입혔다. 연분홍의 전통 옷을 입자 여자가 이방인이라는 사실이 더욱 선명히 부각되었다. 리는 예쁘다며 엄지손가락을 들어주었다. 제 사이즈보다 훨씬 큰 옷 속에 파묻힌 여자가 수줍은 듯 눈을 내리깔며 웃었다. 리는 여자를 더 많이 웃게 해주고 싶었다.

웃는 얼굴이 매력적인 것은 킴이었다. 킴은 입이 매우 컸고, 언제나 붉은 립스틱을 바르고 다녔다. 건설회사의 간부급인 킴은 리와 외출하는 날이면 일할 때와 달리 원피스를 입었다. 그중에서도 가슴이 깊게 파인 검은색 칵테일드레스를 입으면 킴은 누구보다도 빛났다. 너무 아름다워. 리가 말하면 킴은 만족스러운 듯 미소를 지었다. 둘은 종종 오페라를 감상하기 위해 시내 번화가까지 함께 갔다. 벨칸토 창법 같은 것은 이해할 수 없었지만, 공연장은 고풍스러웠고, 인터미션 때 한 잔씩 마시는 포도주는 달콤했다. 공연이 끝나면 그들은 불빛에 잠긴 석조건물들 사이의 골목을 오랫동안 헤맸다. 한 번도 폐허가 되어본 일이 없는 도시. 간혹 그들은 시내 한복판에 있는 대광장까지 걸어가기도 했다. 한 시대를 호령한 제국의 수도였던 탓일까. 리는 식민지 약탈품으로 가득 채워진 거대한 바로크식 궁전이나 금박이 화려한 대성당 앞에 설 때마다 그 규모에 압도되고는 했다. 그것은 대광장 앞에서도 마찬가지였다. 광장에 우뚝 솟은 석탑은 짐승의 등에 내리꽂힌 검처럼 빛났고, 그 뒤로 세계에서 가장 아름답다는 거리가 펼쳐져 있었다. 킴은 그 도시에 자부심을 가지고 있었다. 도시에 대해 찬탄하면 킴은 자신을 칭찬할 때만큼이나 즐거워했으므로 리는 거리를 걸을 때마다 자신의 감정을 과장했다.

킴은 리와 동행할 때면 언제나 자신의 팔에 리가 팔을 두르길 원했다. 그의 맨살에 닿는 킴의 피부는 거친 편이었다. 그것이 나이 탓인지, 인종 탓인지는 알 수 없었다. 어쨌든 리는 낯선 것이 주는 쾌감을 즐겼다. 킴은 반대로 리의 부드러운 피부를 좋아했다. 아기 같아. 함께 걷다가, 술을 마시다가, 잠자리를 갖고 나서, 킴은 리의 머리를 헝클어뜨리거나 볼을 만지길 좋아했다. 킴은 리를 아이처럼 다루고 싶어했다. 리는 종종 킴의 풍만한 가슴에 얼굴을 파묻고 아기 흉내를 냈다. 약간의 수치심이 배가시키는 쾌감. 그것은 리가 그때까지 느껴온 쾌감 중 가장 짜릿한 것이었다.

여자는 근처의 커다란 나무 아래 우뚝 섰다. 걷기가 힘든 것일까. 리도 여자를 따라 걸음을 멈췄다. 땀을 손등으로 훔쳤다. 여자가 멈춰 선 곳은 천 년을 넘게 산 은행나무 아래였다. 여러 차례의 화재에도 살아남은 몇 안 되는 나무 중 하나로, 리가 늘 관광객들에게 보여주는 것이었다. 궁이 지어지기 전부터 살아 있었던 나무, 라고 생각하자 리는 섬뜩한 기분이 들었다. 한 왕족의, 나아가 한 민족의 흥망성쇠를 지켜보았을 나무. 찬란했을 역사의 어느 하루와 비루했을 또다른 하루가 지금 이 순간처럼 덧없이 허공으로 흩어졌을 것이다. 리는 나무를 흔들었다. 푸른 나뭇잎이 한 겹의 과거와 미래처럼 몇 장

212

떨어졌다.

"어느 나라에서 왔어요?" 여자가 대답했다. "이름이 뭐예요?" 리가 또 물었다. "결혼은 했어요?" 여자가 고개를 흔들었다. 리는 금세 여자와 친해진 듯한 기분이 들었다. "우리나라에 온 지는 얼마나 되었어요? 우리말도 곧잘 하나봐요. 내 말 알아듣는 거 보면." 여자의 목소리는 낮고 조용했다. 발음은 어눌하고, 답은 짧았다. 리는 여자의 언어 수준이 아직 자신의 말을 전부 알아들을 수 있는 정도가 아님을 눈치챘다. 가능하면 더 쉬운 말로, 더 천천히 말해야겠다고 리는 결심했다. 여자에게 필요한 것은 인내심 있고 친절한 친구라는 것을 리는 누구보다 잘 알았다. 킴과 함께했던 시절, 리에게 가장 필요했던 것이 바로 그런 존재였으니까.

킴과의 생활이 길게 지속되면서 여러 가지 번거로운 일들이 발생하기 시작했다. 그중 가장 귀찮았던 것은 비자 문제였다. 별 탈 없이 지내기 위해서 리는 인접 국가로 몇 번씩 나갔다 와야만 했다. 그럴 때마다 지출하게 되는 경비가 부담되는 것도 문제였지만, 리는 무비자로 장기 체류한다는 사실 때문에 시간이 갈수록 마음이 찜찜했다. 귀국했다가 장기 비자를 발급받고 다시 돌아와야 하는 것은 아닌지 고민되었다. 그렇지만 한번 귀국하면 다시 돌아오지 못할 것 같아 리는 불안했다.

왕복 비행기 삯도 만만치 않았지만 그사이 킴이나 리 자신의 마음이 식어버리는 것은 아닐까 걱정되었다. 어쩌면 그저 게을렀던 것뿐일지도. 그사이에 계절이 몇 번이나 바뀌었고, 여름이 왔다. 모든 것이 어긋나버린 것은 바로 그 여름이었다.

여름이 시작되자마자 킴과 리는 북서부의 바닷가 도시에 위치한 여름 별장에 초대되었다. 킴의 식구들은 종종 그곳에서 여름을 났다. 킴의 가족은 대식구였다. 킴의 두 여동생은 아이들까지 데리고 별장에 놀러왔다. 처음 킴의 별장에 도착했을 때, 리는 그 규모에 깜짝 놀랐다. 별장이라고 해서 작은 집을 상상했는데 그곳은 성이었기 때문이다. 울창한 나무들에 둘러싸인 고성의 지붕은 높이 솟아 있어서 주변 어디서든 보였다. 킴의 아버지는 이 성이 수 세기 전 요새로 건축되었다고 설명했다. 바다 건너 사는 이민족들의 침입으로부터 마을을 보호하기 위해 선조들이 지었던 요새가 세월이 흐르면서 주거지의 형태를 띤 성으로 변모했다는 것이었다. 처음 도착했던 날 킴의 아버지는 리에게 성을 구경시켜주었는데 성의 곳곳에는 초기 요새의 흔적이 아직 남아 있었다. 그 무엇도 침입할 수 없을 것처럼 견고하게 지어진 성. 가장 인상적이었던 것은 위압적으로 높은 천장과, 벽면에 나란히 줄지어 걸려 있던 초상화들이었다. 초상화 속 인물들은 모두 킴의 선조들이었다. 고전영화에서나 보았던 차림새의 그들은 심각한 얼굴로 리가 어디에 있든 그를 뚫어져라 응시했다. 남자들의 얼굴에 일관적으로 엿보이던 약간의 오만함. 그해 여름, 리는 종종 면도를 하다가 거울을 보며 초상화 속 남자들의 표정을 흉내냈다. 잔뜩 근엄한 표정을 짓는다고 지었는데 어딘지 몹시 우스꽝스러운 얼굴이 되고 말았지만.

킴과 리, 그리고 킴의 식구들이 여름 내내 머문 곳은 여러 건물로 이루어진 성채 중 가장 서쪽에 위치한 건물이었다. 그곳은 오래전 성의 관리인이 살았던 공간이었다. 사실 킴의 가족이 오늘날 직접 이용할 수 있는 것은 넓은 성을 구성하는 여러 건물 중 그 한 채뿐이었다. 세대를 거듭할수록 성 전부를 유지하기에 비용이 너무 많이 들어 처분할 수밖에 없었다고, 킴은 푸치니나 베르디가 흐르는 거실에 앉아 설명했다. 성의 곳곳은 각각 별장이나 호텔 등의 목적으로 외국인들에게 팔려나갔다. 가장 아름답고 호화스러운 본채는 최근 아시아 신흥국의 한 벼락부자가 구입했다고 킴의 아버지가 말했다. 그의 말투는 사지가 토막난 시체에 대해 이야기하는 것마냥 비통했다.

어쨌거나 성에 머물면서 해가 나면 여럿이 근처 바다에 몰려나가 헤엄을 치고, 식사 때가 되면 모두 정원에 둘러앉아 음식을 나누는 그런 날들이 몇 주씩 계속되었다. 바닷물은 시원했고 둘러앉아 먹는 멜론은 달콤했지만, 리는 그가 말할 수 있는 외국어를 너무 일찍 소진해버렸다. 시간이 지날수록 리는 빨리 도시로 돌아가고만 싶었다. 외국어로 이야기하는 것이 점점 귀찮아졌다. 대화가 귀찮아진 것은 킴의 식구들도 마찬가지였다. 킴의 식구들이 점점 더 빠른 속도로, 리가 알아들을 수 없는 말들을 주고받는 시간이 늘어났다. 그럴 때면 리는 마치 대화를 알아듣고 있다는 듯이 억지로 웃음을 지으며, 거실 찬장에 전시되어 있는 오래된 식기들이나 서가에 비치된 책의 수를 세었다.

그날, 모두 바닷가로 나갈 때 리 혼자 집에 남은 것은 사람들과의 대화를 피하고 싶었기 때문이었다. 침대에 누워 빈둥대다가 무료해진 리는 성 뒤쪽에 펼쳐진 숲을 산책하기로 결심했다. 성의 지붕이 어디서든 보이니 그것을 지표 삼으면 숲속에서 길을 잃을 염려는 없을 것 같았다. 모든 문제는 그렇게 생각한 데서 비롯되었다. 한 번도 본 적 없는 빛깔의 꽃들과 어딘지 신비로운 숲의 분위기에 취해 무엇에 홀린 사람처럼 걷던 리가 슬슬 돌아나가야겠다고 생각했을 때, 아무리 주위를 둘러봐도 성은 보이지 않았다. 처음부터 리가 당황했던 것은 아니었다. 왔던 길을 되짚어가면 되겠지, 하는 마음이었다. 그런데 아무리 걸어도 성의 모습은 눈에 띄지 않았다. 빽빽하게 우거진 나무들이 하늘을 가린 탓일까. 숲속 깊숙이 들어가고 말았는지 사위가 점점 어둑해졌다. 어디선가 새들이 기분 나쁜 소리를 내며 울어댔다. 킴에게 전화해볼까? 하지만 전화를 한들, 리는 자신이 어디에 있는지 설명할 재간이 없었다. 그냥 가다보면 뭐가 나오겠지. 그렇지만 점점 더 숲속 깊이 들어가는 기분이었다. 불지 않던 바람이 어디선가 불어오고 하늘이 컴컴해지자, 드디어 리는 두려워졌다. 소나기가 한바탕 쏟아질 것 같았다. 발걸음을 조금씩 빨리했다. 누군가를 만나거나 이정표라도 발견하기만 한다면. 여기가 어디인지만 확인하면 킴에게 전화를 걸 수 있을 것이었다. 그렇지만 숲속에서는 아무도 눈에 띄지 않았고, 이정표도 보이지 않았다. 허둥대던 리가 비탈에서 구른 것은 어디선가 수없이 많은 까마귀들이 떼를 지어 하늘로 날아올랐을 때였다. 그렇게 높지도, 가파르지도 않은 비탈이었는데 발을 헛디뎠다. 눈썹 위와 팔뚝에 난 상처에서 피가 흐르고 옷이 조금 찢어졌다. 리는 갑작스럽게 모든 것에 짜증이 났고, 다 귀찮아졌다. 킴에게 전화를 걸었다. 전화는 곧바로 음성 사서함으로 연결되었다.

리는 한참 동안 숲속을 더 헤맸다. 공동묘지 앞을 몇 번씩이나 지나쳤다. 소나기가 기어이 쏟아져, 더이상 아무도 찾지 않는 것처럼 보이는 예배당 안에서 비를 피했다. 비가 그쳤을 때 리는 누군가가 예배당을 향해 다가오는 소리를 들었다. 그러나 반대쪽에서 걸어오던 소녀는 길을 묻기 위해 예배당 밖으로 뛰쳐나온 리를 보자, 유령을 보기라도 한 듯 비명을 지르며 어딘가로 사라졌다. 리는 걷고, 걷고, 또 걸었다. 어쩌면 이렇게까지 출구를 찾지 못할 수가 있는지 이해할 수 없었다. 휴대전화의 배터리 잔량 표시가 한 칸으로 떨어졌고, 리는 킴에게 다시 전화를 걸었다. 전화는 연결되지 않았다. 그제야 리는 킴의 아버지가 했던 말을 떠올렸다. "함부로 성에서 돌아다니지 말게나. 이곳은 요새로 지어져 사방이 ……처럼 만들었다네." 알아듣지 못했던 그 단어가 '미로'였을지도 모른다는 생각이 불현듯 들었다. 정말 어처구니없게도 눈물이 쏟아질 것 같았다. 리는 치밀어오르는 눈물을 억지로 삼켰다. 성안의 푹신한 페르시안 양탄자와 킴의 조상 대대로 내려온 은식기, 그리고 누군가가 언제나 틀어놓는 〈나비 부인〉의 아름다운 곡조가 갑자기 간절히 그리워졌다. 가시덤불에 긁혀 팔에 상처가 났다. 목이 몹시 말랐다. 다리도 끊어질 듯 아팠다. 땅거미가 지고 있었다. 휴대전화의 배터리 잔량 표시가 깜박이기 시작했다. 리는 마지막이라는 생각으로 다시 킴에게 전화를 걸었다. "여보세요?" 전화를 끊으려던 찰나 저쪽에서 킴의 목소리가 들렸다. 여보세요, 여보세요? 리가 다급하게 소리를 질렀다. "무슨 일인데 이렇게 많이 전화를 걸었어?" 아무것도 모르는 킴이 태평한 목소리로 물었다. 전화기 저쪽에서 아이들의 웃음소리가 들려왔다. 길을, 길을 잃었어. 리가 애처로운 목소리로 말했다. "거기가 어딘데." 낭패였다. 리는 도무지 자신이 어디에 있는지 설명할 길이 없었다. 주변에 무엇이 있는지라도 설명하기 위해 고개를 쳐들었다. 그런데 저멀리, 거짓말처럼, 마을 어디에서나 보인다 했던 성의 지붕 끝이 어렴풋이 보이는 게 아닌가. 리는 너무 반갑고도 놀라 전화기를 떨어뜨렸다. 배터리가 휴대전화에서 분리되어 저만치 날아갔다. 리는 멍하니 성 쪽을 향해 한참을 서 있었다. 핏빛 낙조 탓에 시커멓게 물든 성은 을씨년스러워 보였다. 새까만 성의 지붕 주변으로 까마귀떼가, 수없이 많은 까마귀떼가 빙글빙글 돌고 있었다.

"그러게, 혼자 돌아다니면 안 된다지 않았나." 겨우겨우 리가 성에 당도했을 때, 킴의 아버지는 리를 보며 딱하다는 듯 말했다. "우선 좀 씻고, 식사나 하지. 허기질 텐데." 킴의 어머니가 다정한 목소리로 거들었다. 식구들이 식탁을 차리는 동안 리는 화장실에 들어가 문을 걸어잠그고 뜨거운 물을 틀었다. 거울 위로 옷이 잔뜩 흐트러지고, 얼굴에 핏자국이 말라붙어 있는 사내의 얼굴이 비쳤다. 부옇게 흐려진 이방인의 험상 궂은 얼굴을 보면서 리는 피로감을 느꼈다. 킴과 식구들의 대화가 들려온 것은 리가 얼굴에 대충 약을 바르고 화장실을 빠져나올 때였다. "그런데, 리는 도대체 뭐하는 사람이냐? 너랑 결혼해서 체류증이라도 취득하려고 여기에 머무는 것은 아니냐?" 천장이 높은 탓에 식구들의 목소리는 쓸데없이 크게 울렸다. 리는 조용히 소파에 누웠다. 그런 것 아냐. 킴이 분명히 그렇게 대답할 것이라고 리는 생각했다. 킴의 대답은 들려오지 않았다. 얼마의 시간이 더 흘렀을까. 리가 소파 등받이에 얼굴을 묻고 자는 척을 하고 있는데 킴이 리의 몸을 흔들어 깨웠다. "밥 먹어." 킴의 말투가 고압적으로 들렸다. 기분 탓이겠지. 리는 입맛이 없었다. 먼저 가서 잘게. 리는 침실로 들어갔다. 몹시 피곤한데도 신경이 점점 더 날카로워져 도통 잠을 이룰 수가 없었다. 〈나비 부인〉을 부르는 오페라 가수의 화려한 기교가 시끄럽게 머릿속을 울렸다. 식사를 마친 킴이 방문을 열고 들어왔다. 잠에 들지 못한 채 방안을 서성거리고 있던 리는 킴이 방에 들어서자마자 킴을 침대로 넘어뜨렸다. 킴은 리를 밀치고 일어서더니 술잔에 술을 따랐다. "왜 이렇게 거칠어. 오늘은 그냥 자." 리는 이상하게 자꾸 화가 치밀었다. 술잔을 빼앗고 킴을 억지로 침대에 눕혔다. 한 손으로는 킴의 몸을 제압하고 다른 손으로 옷을 강제로 벗겼다. 상처가 난 탓에 리의 얼굴은 더욱 사나워 보였다. 리는 알 수 없는 분노 때문에 손이 덜덜 떨려 속옷을 쉽게 벗기지 못했다. "뭐하는 짓이야." 킴이 리를 향해 한 말은 이 한마디뿐이었다. 눈빛은 전에 없이 차가웠다. 리는 갑자기 모든 것이 수치스러워졌다. 옷을 주섬주섬 챙겨 입었다. 밖으로 나가고 싶었지만, 갈 곳이 없었다. 거실에는 킴의 가족이 있었고, 성을 나서면 길을 알 수 없는 숲과 시커먼 바다뿐이었다. 리는 킴의 술을 빼앗아 연거푸 마셨다. 쓰러져서 잠이 들 때까지.

당신이 당신과 상관없다는 듯 리의 한심함을 비웃고 내가 무고한 척 리를 연민할 때, 혹은 내가 리의 한심함을 비웃고 당신이 리를 연민할 때, 리는 여자를 데리고 궁의 정원으로 들어섰다. 가이드의 마지막 코스는 언제나 이 정원이었다. 측백나무가 즐비한 정원의 한가운데에는 수련이 가득 핀 사각 연못이 있었다. 궁터를 돌고 돌아 궁 가장 안쪽에 위치한 이 정원에 이르면 관광객들은 모두 탄성을 내질렀다. 사실 이 정원은 오래전 식민지 시대를 거치며 크게 훼손되었다. 복원이 완료된 것은 고작 이십 년 전이었다. 그렇지만 리는 정원에 대해 설명할 때 그런 사실은 전혀 언급하지 않았다. 그 대신 왕이 왕비를 연모하는 마음을 전하기 위해 정원을 지었다는, 다소 허구적이지만 낭만적인 일화를 관광객들에게 전해주었다. 그러면 관광객들은 흡족해하며 카메라 셔터를 눌러댔다. 사실 리는 관광객들이 도대체 무엇에 그토록 열광하는지 잘 이해할 수가 없었다. 이보다 훨씬 아름다운 정원이 그들의 나라에는 더 많이 있지 않던가. 리는 킴의 나라에서 보았던 화려한 정원들을 떠올렸다. 거대한 분수와 조각상, 너무 아름다워 한 송이를 꺾어보았으나 이내 시들어버렸던 붉디붉은 개양귀비 따위의 것들을. 시청에서 받은 교육에 따라 가이드는 궁을 설명하면서 수십 번씩 '최초의' '최고의' 따위의 수식어를 사용해야 했는데, 그럴 때마다 리는 묘한 열등감에 사로잡혔다. 그러나 이번만큼은 리 역시 이 정원 앞에서 진심으로 자랑스러운 마음이 들었다.

"저 못에서 옛날에 왕과 왕비가 조각배도 타고 그랬대요. 그러다가 기분이 좋으면 배 위에서 뽀뽀도 하지 않았을까요? 우리도 한번 같이 타볼 수 있으면 좋을 텐데. 시도해볼까요?"

리는 자꾸 여자에게 짓궂은 농담을 하고 싶었다. 여자에게 이런 마음을 품은 것은 정말 오랜만의 일이었다. 리는 수줍어하는 것처럼 보이는 여자의 태도가 좋았다. 여자는 대체로 무표정한 얼굴이었고 리를 똑바로 바라보지도 않았다. 그렇지만 리는 자신이 호기롭게 말할 때마다 여자가 자신을 곁눈질로 쳐다본다고 생각했다. 리는 그 눈빛에서 여자의 수줍은 호감을 읽어냈다. 여자는 가끔씩 리보다 앞장서서 걷기도 했는데, 머리카락을 틀어올린 까닭에 드러난 여자의 목덜미에는 솜털이 나 있었다. 리는 여자의 몸을 훔쳐보았다. 여자의 허리는 놀라울 만큼 가늘었고, 걸을 때마다 엉덩이가 살짝살짝 흔들리는 것이 제법 교태를 부리는 듯 보였다. 리는 앞서 걷던 여자가 인공 폭포 앞 바위 위에 걸터앉아 물을 마시는 모습을 흘깃 쳐다보았다. 여자의 머리가 뒤로 젖혀졌다. 리는 틀어올린 여자의 머리카락을 풀어보고 싶다는 충동을 느꼈다. 여자의 치마는 무릎 위로 약간 말려 올라가 있고 두 허벅지는 살짝 벌어져 있었다. 리는 음탕하게 벌어진 여자의 허벅지 사이를 곁눈으로 쳐다보았다. 여자의 노란 티셔츠 안에 숨겨져 있을 검붉은 젖꼭지를 손끝으로 쥐어보고 싶었다. 여자가 갑자기 자리에서 일어섰다. 리는 못 가까이로 천천히 다가가는 여자를 보았다. 연못한가운데 위치한 정자에 가보려는 모양이었다. "사진 찍어줄게요." 여자가 목조 다리 한가운데 섰을 때 리가 주머니에서휴대전화를 꺼냈다. 다리 위에서 수련을 만져보려는 듯 여자가허리를 숙이자 티셔츠와 치마 사이로 여자의 매끄러운 속살이언뜻 드러났다. 리는 연거푸 촬영 버튼을 눌렀다.

여름휴가가 끝난 뒤의 나날에 대해서 리는 잘 기억하지 못했다. 도시로 돌아왔고, 킴이 퇴근하기를 기다려야 하는 날들이 다시 시작되었다. 킴은 점점 더 늦었고, 심지어 집에 들어오지 않는 날도 있었다. 어디서 자고 오는 거냐고 다그쳐 물어보면, 킴은 아무렇지도 않은 듯 "친구"라고 답했다. 수중의 돈은 점점 더 줄어들었다. 아르바이트 자리를 구하기 위해 리는여기저기 돌아다니기 시작했다. 그렇지만 리에게는 취업 비자가 없었고, 비자 없이는 어디에도 채용되지 않았다. 마지막으로 찾았던 곳은 고국 음식을 파는 작은 식당이었다. 채용할 의사를 내비치던 식당 주인은 리에게 비자가 없다는 사실을 알자 태도를 바꾸었다. 낭패라는 심정으로 식당을 빠져나오려는

데, 어처구니없게도 오랜만에 맡은 고국 음식 냄새에 허기가 졌다. 태어나 한 번도 느껴보지 못했던 강렬한 허기였다. 리는 그 식당에 앉아 국수 한 그릇을 해치웠다. 그리고 그다음날부터 아시안 마트에 가서 고국 음식 재료들을 사들였다. 킴이 집에 없는 그 긴 시간은 오로지 음식을 만드는 데 소비되었다. 처음에는 인스턴트식품을 사서 끓여먹는 것에 불과했지만, 차츰 메뉴가 다양해졌다. 레시피는 인터넷에 얼마든지 있었다. 요리를 하다보면 시간이 잘 간다는 사실을 리는 새삼 깨달았다. 아침에 일어나서 장을 보고, 점심은 간단히 때우고, 저녁 식사를 위해 국물 요리를 끓이거나 고기를 재웠다. 양파를 까다가 눈물을 쏟거나 뜨거운 김 탓에 땀범벅이 되는 날도 많았다. 그렇지만 리는 향신료를 듬뿍 넣은 고국 음식만 상상하면 입안 가득 침이 고였다. 킴의 귀가가 언제나 늦었으므로 그것은 리 혼자만을 위한 만찬이었다.

문제의 그날도 리는 혼자서 저녁식사를 하고 있었다. 간장에 재워 찐 고기를 베어 물고 있는데 킴이 현관문을 벌컥 열고 들어왔다. 평소보다 이른 귀가였다. "이게 무슨 냄새야?" 아, 미안. 밥을 먹고 있었어. 리는 엉거주춤 의자에서 일어섰다. 킴은 식탁을 한번 쳐다보더니 얼굴을 찡그렸다. 집안을 돌아다니며 창문을 열기 시작했다. 무슨 의미인지 명백했다. 창문을 모두 열기 위해 집안을 가로지르는 킴을 뒤쫓아 그녀의 어깨를 잡았다. "뭐하는 짓이야?" 킴이 리를 뿌리쳤다. 리가 킴을 다시 잡았다. 이럴 것까진 없잖아, 라고 리는 말하고 싶었다. 그렇지만 그런 문장을 어떻게 만드는 것인지 알 수가 없었다. 리는 킴의 몸을 붙잡고 흔들었다. "놔!" 킴이 명령조로 소리를 질렀다. "경찰에 신고할 거야!" 킴의 목소리는 날카로웠다. 무엇인가 서늘한 것이 리의 가슴을 훑고 지나갔다. 리는 식탁 위에 남아 있는 음식들을 쓰레기통에 처넣었다. "이웃 사람들이 집에서 냄새가 너무 난대. 앞으로 먹을 거면 창문 열고 먹어." 이제 돌아가야 한다고 생각했다. 남아 있는 돈이 얼마 없었지만 돌아갈 비행기표를 사지 못할 정도는 아니었다. 그날 밤, 리는 비행기표를 예매했다. 가장 빠른 표를 산다고 샀는데도 이틀 후 출발이었다. 남은 이틀 동안 호텔에서 자겠다는 결심을 하고 리는 다음날 짐을 모두 챙겼다. 올 때가 그랬듯 막상 챙길 것도 많지 않았다. 그날 술만 마시지 않았더라면, 바람대로 리는 킴에게 인사도 없이 사라질 수 있었을 것이다. 그것만이 남은 자존심을 지킬 수 있는 유일한 길이었을 것이다. 그렇지만 짐을 다 챙기자 리는 기분이 정말 더러웠고, 술을 마시지 않을 수가 없었다. 불행인지 다행인지 리가 있던 곳은 알코올중독자의 집이었고, 집에는 술이 넘쳐났다. 리는 찬장 속의 술병을 모두 꺼냈다. 바닥에 주저앉아 포도주를, 맥주를, 위스키를 마셨다. 건너편 건물의 발코니에서는 어떤 여자가 여름의 끝자락을 즐기기 위해 비키니 차림으로 일광욕을 하고 있었고, 고양이 한 마리가 창가에 앉아 창밖을 내다보고 있었다. 리는 점점 정신이 혼미해졌다. 일광욕을 하고 있는 것이 고양이인지, 비키니 차림의 여자인지조차 헷갈리기 시작하자 리는 아무 말도 하지 않고 떠나는 것이 참을 수 없이 억울해졌다. 무엇이든 단 한 마디라도 킴에게 하고 떠나리라. 그것도 킴의 면전에 대고. 리는 킴의 회사를 찾아가기 위해 집을 나섰다. 그토록 아름답던 석조건물들이 즐비한 길거리에서 몇 번을 주저앉았다가 일어난 끝에 리는 정신을 잃었다. 정신을 되찾았을 때, 리는 유치장 안이었고, 리의 앞에는 킴이 있었다. 그것이 그들의 마지막이었다.

여자는 담벼락에 몸을 기대고 있었다. 장대같이 높고 푸른 나무들에서는 향긋한 냄새가 났다. 조금씩 엇갈리게 지은 정자들과 누각이 만들어내는 선이 오늘따라 리의 눈에 제법 근사하게 보였다. 연못을 뒤덮고 있는 수련의 푸른 잎들이 바람에 미세하게 흔들렸다. 잎의 빛깔이 이토록 다채롭다는 사실을 리는 그전까지 알지 못했다. 리는 눈을 감고 있는 여자를 내려다보았다. 여자는 아주 편안한 듯 보였다. 여자의 얼굴을 보면 볼수록 리는 여자와 오래전부터 알고 있었던 것만 같은 기분이 들었다. 순종적이고, 고분고분할 것이 틀림없는 여자.

여자와 친숙해졌다는 기분 탓인지, 여자와 같이 사는 미래에 대한 상상이 저절로 떠올랐다. 언젠가 여자의 고향에 가서 같이 살면 어떨까 하는 그런 종류의 상상 같은 것들이. 고국으로 돌아온 이래 리는 몇 차례 여자들을 소개받았다. 여자들은 번번이 첫 만남에서부터 리의 연봉과 모아둔 돈이 얼마인지를 물었다. 속물적인 여자들에게는 신물이 났다. 이 여자라면 그가 벌어온 돈에 기꺼이 감사하며 살 것이 틀림없었다. 그가 벌어들인 적은 돈으로도 남국의 싱싱한 열대과일과 물고기를 사다가 그만을 위해 맛있는 음식을 만들어줄 것이다. 어쩌면 둘은 그녀의 고향에 있는 작은 집을 개조해 민박집을 운영할 수도 있을 것이다. 처음에는 말도 안 되는 일이라 생각했는데 상상이 꼬리에 꼬리를 물자 왠지 불가능한 일은 아닌 것도 같았다. 연못 저쪽, 소나무로 둘러싸인 누각 위로 하오의 햇빛이 찬란하게 쏟아졌다. 연못 위에 비친 누각의 모습이 반짝였다. 리와 여자의 물그림자도 반짝였다. 눈이 부셔 눈살을 찌푸리며 리는 여자의 삶이 분명 지금보다 덜 피곤해질 것이라 생각했다. 사실 리 역시 서구인들을 상대로 돈을 버는 것도, 고국의 사람들과 경쟁하는 것도 이제는 진절머리가 났다. 여자를 위해 봉사하며 사는 소박한 삶이라니. 만족스러웠다.

리는 여자를 흘깃 쳐다보았다. 땀에 젖은 티셔츠가 여자의 몸에 달라붙어 있었다. 셔츠 아래에서 주먹보다도 작은 여자의 가슴이 부풀었다가 가라앉았다. 속옷을 입지 않았는지 티셔츠 위로 여자의 젖꼭지 모양이 어렴풋이 도드라졌다가 사라졌다. 시간이 멈춘 것 같았고, 고궁은 전에 없이 아름다워 보였다. 리는 거칠게 여자를 담벼락에 밀어붙이고 입술을 훔치고 싶었다. 공격적이고, 광폭하게. 킴에게는 한 번도 해본 적 없을 만큼 격정적으로. 킴은, 아니 여자는 틀림없이 순종적인 얼굴로, 어쩌면 존경스럽다는 눈빛으로, 그가 주는 쾌락 앞에 무릎을 꿇을 것이다. 그렇게 생각하자 몸이 달았다. 몸안의 더운 기운이 솟구치는 것 같았다. 여자를 풀밭 위에 짐승처럼 엎드리게 하고 그 위에 올라타고 싶다는 욕망에 사로잡혔다. 여자의 가는 허리는 얼마나 유연할까. 여자는 리의 나라 여자들보다 더 많이 수줍어할 것 같았다. 요새 여자들은 발랑 까져서 부끄러운 게 뭔지도 모르지, 리는 입속 가득 고이는 침을 삼키며 생각했다. 상상 속에서 절정으로 치달은 여자가 머리를 풀어헤친 채 숨을 헐떡이고 있을 때, 쾌락에 대한 욕망 따위는 꿈꿔보지도 못했을 여자, 피로해 보이기만 하던 여자가 눈을 떴다. 뭉근한 바람이 불어와 바닥의 흙먼지가 날렸다. 그림자가 바람을 따라 흩어졌다. 이마 위의 잔머리를 가만히 쓸어올리던 여자가 갑자기 리를 담벼락에 밀어붙였다. 어, 어, 하는 사이 여자가 입술로 리의 입술을 짓눌렀다. 혀를 리의 입술 사이로 밀어넣었다. 대체 무슨 일인지 알 수 없어 리가 당황해하는 사이, 여자가 리의 입술을 깨물었다. 아악, 리가 비명을 지르며 여자를 황급히 밀쳤다. 리의 아랫입술이 찢겼다. 여자는 혀로 자기의 입술을 날름 핥더니 웃으며 뒤로 돌았다. 여자는 꽁꽁 싸매고 있던 머리카락을 풀었다. 긴 머리가 바람에 유유히 날렸다. 뒤도 돌아보지 않고, 정원을 성큼성큼 걸어나가는 여자를 리는 그저 멍청히 바라보았다. 도무지 상황 파악이 되지 않았다. 입술에서 짠맛이 났다. 입술 위의 액체를 손등으로 닦아냈다. "씨발, 피잖아." 무슨 일이 일어난 것인지 깨닫자 욕설이 튀어나왔다. 갑작스럽게 무엇인가 뜨거운 것이 목구멍까지 치밀었다. 억누를 수 없는 분노였다. 여자의 발걸음은 춤을 추듯 경쾌했다. 그녀의 검은 머리카락이 리드미컬하게 흔들렸다. 이내 여자는 시야에서 사라졌다. "더러운 년." 정신을 차리자마자 리는 서둘러 여자를 뒤쫓았다. 머리채라도 휘어잡아 바닥에 내동댕이쳐버리고 말겠다는 생각에 이가 갈릴 지경이었다. 온몸이 분노로 떨려왔다. 궁궐 앞뜰 어디에도 여자의 모습은 보이지 않았다. 그런데 여자가 도대체 어떻게 생겼었지? 바람이 빈터를 다시 한번 훑고 지나갔다. 흙먼지가 그림자를 지우고 흩어졌다.

그리고 리의 머릿속에 아프리카에서 킴과 처음 만났던 날이 떠올랐다. 그들의 첫 대면이 이뤄진 것은 역시 흙바람이 몹시 불던 도시의 한복판에서였다. 시도 때도 없이 검문을 한다며 무장 군인들이 차를 세우는 통에 리와 킴은 회사에서 대절한 버스에 나란히 앉은 채 오랫동안 갇혀 있어야 했다. 에어컨 따위는 나오지 않아 정차한 버스 안은 숨이 막힐 정도로 뜨거웠다. 창밖 노상에서는 주름진 노파들이 조잡한 장신구를 팔고 있었다. 모래를 뒤집어쓴 색색의 장신구들은 아주 오래전 이미 광택을 잃은 채였다. "아, 여긴 왜 이렇게 매일 전쟁이 일어나는지 모르겠어." 킴이 지긋지긋하다는 듯 고개를 흔들었다. 가방에서 물통을 꺼내 재빠르게 한 모금 마셨다. 창밖으로는 사람을 가득 실은 낡은 버스가 지나가고 있었다. 하늘은 무심할 정도로 새파랬다. 해는 눈을 찌를 듯한 기세로 맹위를 떨치고 있었다. 누구라도 하나 총으로 쏴 죽이고 싶은 그런 날이었다. 운전사와 무장 군인이 뭐라고 이야기를 주고받는 사이 킴이 리에게 물었다. "그래서 당신은 일본 사람이야, 중국 사람이야?" 리는 어처구니가 없었다. "당신 협력체 사람인데 어느 나라 사람인지도 몰라?" 리가 따지듯이 묻자 킴은 대수롭지 않다는 듯, 어깨를 으쓱하며 대답했다. "아, 미안."

리는 궐내를 온통 헤집고 다녔다. 현장학습을 온 유치원 아이들이 행각의 기둥 사이를 일렬로 지나갔다. 복원 과정에서 잘못되어 크기와 모양이 제각기 다른 주추 탓인지 행각은 어던지 불안정해 보였다. 리는 돌다리 위에 올라섰다. 여자의 모습은 어디에서도 보이지 않았다. 다리 밑으로는 흔적만 남은 물길이 있었고, 다리를 이루는 돌 틈새마다 시꺼먼 이끼가 검버섯처럼 뒤덮여 있었다. 리는 숨을 헐떡이며, 궁 한복판에 우뚝 서 있는 천 년 된 은행나무 앞에 다시 멈춰 섰다. 은행나무 그늘 아래 선 리는 대치하듯 궁을 노려보았다. 그 무엇에도 함락되지 않을 것처럼 보이는 궁에서는, 그렇지만 노병의 시큼한 체취가 풍겼다. 볼품없는 우산을 깃발처럼 든 몇 명의 관광 가이드들이 외국인 무리를 이끌고 은행나무 앞에 섰다. 민족의 상처투성이인 역사에도 불구하고 천 년 동안 살아남은 은행나무의 뿌리가 얼마나 깊고 깊은지에 대해서 가이드는 '최고'와 '최상'이라는 표현을 남발하며 설명하고 있었다.

"그런데, 저것은 뭐예요?"

누군가가 가이드를 향해 소리쳤다. 모두 관광객의 손끝이 가리키는 곳을 향해 고개를 돌렸다. 조금 전까지만 해도 푸른 잎만 무성하던 은행나무 꼭대기를 무엇인가가 새까맣게 뒤덮고 있었다.

"새 아닌가요?"

리도 나무를 올려다보았다. 그것은 까마귀떼였다. 나뭇가지마다 수없이 많은 까마귀들이 서로 다른 곳을 향해 엄숙히 앉아 있었다. 하늘은 언제 푸르렀냐는 듯 먹구름으로 뒤덮여 있었다. 은행나무의 시커먼 몸체는 죽기 직전 무엇인가를 움켜쥐기 위해 뻗은 거대한 손처럼 보였다. 한시 반. 곧 주재원 가족들이 들이닥칠 시간이었다. 그 시각, 당신과 나, 우리는 서로 다른 이유에서 이 소설의 예술적 가치에 대해 고심하고 있었다. 그리고 담 너머로부터 들려오는 함성은 점점 더 커지고 있었다. 확성기로 증폭된 구호의 끝은 도시의 소음 탓에 한 번은 나가자, 로 들렸다가 또 한번은 나가라, 처럼 들렸다. 리는 여자를 찾아내기 위해 고개를 두리번거렸다. 입술의 상처가 아려왔다. 까마귀떼가 리의 머리 위에서 일제히 날갯짓을 했다. 사방을 둘러보는 리의 눈은 우스꽝스러울 정도로 붉게 충혈되어 있었다. 리는 여자의 행동을 이해할 수 없었고, 이해하고 싶지 않았고, 이해해서는 안 될 것 같았다. 다만 리는 우리가 늘 그러하듯 억울했고, 스스로를 연민했으며, 화가 나 미칠 지경이었다. 걷잡을 수 없는 피로감이 리를 엄습했다. 한낮인데도 사위는 누군가의 무덤 속처럼 컴컴했다. 어둠 속에서, 리는 오로지 그것만이 분노를 잠재워줄 수 있을 것처럼 여자가 어떻게 생겼는지 떠올리기 위해 안간힘을 썼다. 여자의 머리카락과 몸집, 쌍꺼풀과 콧방울 모양이 어땠는지 리는 틀림없이 알고 있었다. 그렇지만 방금까지 같이 있었던 여자의 얼굴이 어떻게 생겼는지는 끝내 기억해낼 수 없었다.

꽃 피는 밤이 오면

전체가 하얗게 비어 있는 화폭 한가운데
요나는 아주 작은 글씨로 단어 하나를 써놓았는데
알아볼 수는 있었지만 과연 그것을
'솔리테르solitaire, 고독'라고 읽어야 할지
'솔리데르solidaire, 연대'라고 읽어야 할지 알 수가 없었다.
—알베르 카뮈, 「요나 혹은 작업중의 예술가」 중에서

무엇인가, 내 몸을 휘감는다. 알 수 없는 물결이 내 몸을 떠민다. 나는 앞으로 나아가기 위해 다리를 쭉 뻗는다. 그러나 그것은 그저 착각일 뿐, 발은 쉽게 내디뎌지지 않는다. 내 손이 앞으로 뻗어지지 않는 것처럼. 무엇인가 알 수 없는 부드러운 것이, 따뜻한 것이, 간지러운 것이 내 살에 와닿는다. 나의 두 뺨에, 나의 발가락 사이에, 나의 살에. 그래서, 나는 내가 벌거벗고 있다는 것을 비로소 안다. 언제까지라도 떠다닐 수 있을 것처럼 기분이 좋아진다. 내 몸이 더이상 내 몸이 아닌 것처럼 점점 더 떠오른다. 눈을 떠보려고 하지만, 눈은 쉽게 떠지지 않는다. 눈을 뜨면 틀림없이 아름다운 오색 빛깔의 물결을 볼 수 있을 텐데. 반짝이는 비늘을 가진 물고기떼를 볼 수 있을 텐데. 못내 아쉽다. 애써 눈꺼풀을 움직여본다. 어둠 속으로 빛이 들어오려는 찰나, 갑자기 물결의 흐름이 바뀐다. 세기가 바뀐다. 물은 소용돌이를 일으키며, 점점 더 빨리 움직인다. 차갑고, 날카롭고, 고통스러운 움직임 속에서, 나는 내 가슴을, 허벅지를, 복부를 할퀴고 지나가는 이것이 물이 아니라 말이라는 것을 불현듯 깨닫는다. 말에 형체가 어디 있어. 동시에 내 깨달음을 부정하려 하지만, 논리적인 의식의 흐름 같은 것은 처음부터 없었으므로, 나는 이내 이것이 또 꿈이라는 것을 안다. 그러니까 또, 꿈이다. 내게로 쏟아지는 말들 속에서, 내 살을 파먹고, 나를 어딘가 저 깊은 바닥으로 끌고 내려가는 수많은 말들 속에서 허우적대다가, 살려달라고 아우성을 치다가, 나는 또, 깬다. 컴퓨터의 스피커를 타고, 엎드린 내 머리 위로 말들이 쏟아지고 있었다.

마우스를 찾아 쥐고 정지 버튼을 눌렀다. 시간을 확인해보니, 이십 분가량이 흘러 있었다. 까무룩 잠들었던 사이 화면은 어느새 알 수 없는 장면으로 바뀌어 있었다. 끊임없이 말을 뱉어내던 인물들은 내가 정지 버튼을 누른 순간 입을 벙긋 벌린 채, 그 자리에 멈춰 섰다. 스피커를 타고 나오던 목소리들이 사라지자 집안은 또다시 고요해졌다. 습하고 더운 공기가 목구멍을 누르고 있는 듯 가슴이 답답했다. 귀를 기울여보니, 집 어딘가에서 웅―웅―웅― 거대한 생명체가 몰아쉬는 숨소리 같은 진동음이 들려왔다. 그러나 그것은 그저 낡은 냉장고의 모터 돌아가는 소리였다. 나는 벽에 귀를 대보았다. 웅―웅―웅―거리는 소리뿐, 벽 너머의 당신은 죽은듯 고요히 잠들어 있었다. 당신은 잠꼬대조차 하는 법이 없었다. 말을 잃었기 때문일까.

당신은 말을 잃었다. 주어, 목적어, 술어로 이루어진 3형식 단문으로 말을 하고 보니 뭔가 대수롭지 않은 일인 것만 같은 기분이 든다. 그렇다. 당신은 그저 말을 잃었을 뿐이다. 그런데 당신은 정말 말을 잃은 것일까. 어쩌면 당신은 말을 잃은 것이 아닌지도 모르겠다. 그렇다고 말을 잃지 않은 것인지도 잘 모르겠지만. 그러니까 당신은 말을 잃었거나 혹은 잃지 않았다. 확실한 것은 대신 당신이 많은 시간을 얻었다는 사실이다.

나는 잠시 망설이다가 컴퓨터를 껐다. 하도 자판을 두드려 댄 탓에 손목이 시큰하고 눈이 아팠다. 하루 온종일 컴퓨터 앞에 앉아 있는 것도 몹시 피곤한 일이었다. 나는 양손을 비빈 뒤 덥혀진 손바닥으로 피로한 눈을 문질러보았다. 눈을 감자,

꿈속에서의 감촉이 너무도 생생하게 재현됐다. 나는 다시 꿈을 꿀까봐 조금 두려운 마음이 들었다. 그렇지만 지금 잠을 청하지 않으면, 또 새벽까지 뜬눈으로 밤을 새울 것이었다. 당신이 말을 잃은 이후, 나는 잠을 잃었다. 잠을 잃은 대신 나는 무엇을 얻었을까. 침대로 가서 당신의 곁에 누웠다. 당신의 체온이, 이불 속에 고스란히 간직되어 있었다. 한여름에도 차가운 내 발을 당신의 온기가 감쌌다. 당신은 살아 있었다. 나는 새삼 실감했다. 당신은 살아 있다. 아직 멈추지 않은 냉장고의 모터처럼, 더운 숨을 거칠게 몰아쉬면서. 당신이 만들어놓은 온기 속에 웅크리고 누웠다. 냉장고가, 웅―웅―웅― 울었다. 당신의 등뒤에 바싹 붙어 머리를 묻었다.

나는 수영을 배웠다. 오후 두시, 자유형 강습반을 주 오 일씩 꼬박꼬박 빠지지 않고 나갔다. 의사는 내게 일상에 규칙을 부여하는 일이 필요하다고 조언했다. 잠이 오지 않더라도 정해진 시간에 잠자리에 들기 위해 노력하고 아침에 하루를 시작하는 것. 아침, 점심, 저녁 세끼를 정해진 시간에 챙겨 먹고, 성취를 느낄 수 있는 일을 규칙적으로 하는 것이 나에게 큰 도움이 될 것이라고. 힘드시겠지만, 보호자분이 건강해야 환자도 호전되지 않겠습니까. 의사는 그렇게 말했다. 정말 그럴까. 나는 의심스러웠지만 달리 방법이 없었으므로, 의사의 말마따

나 내가 앓아누워서는 안 되겠기에 수영반에 등록했다. 잠은 여전히 잘 오지 않지만, 수영 실력은 늘었다. 수영 실력이 늘 수록 시간이 흐르고 있음을 실감했다. 당신 역시, 조금씩 호전되고 있을 것이다. 나는 아직 그렇게 믿고 있다.

당신은 지난겨울 갑자기 말을 잃었다. 느지막이 점심을 먹고, 설거지를 하고 있는데 전화벨이 울렸다. 주방 세제가 거의 다 떨어져서 빈 통에 물을 부어 흔들고 있던 참이었다. 벗어놓은 고무장갑을 따라 비눗물이 바닥으로 뚝, 뚝, 떨어졌다. 부걱, 부걱 일어난 거품이 투명한 플라스틱 세제통을 타고 흘러내렸다. 전화 너머의 사람은 당신이 쓰러졌다고 말했다. 점심을 먹고 사무실로 돌아왔는데, 속이 메스껍다고 하더니 그대로 쓰러졌다고. 예감도, 징후도 없었다. 당신이 실려갔다는 병원의 이름을 받아 적었다. 마치지 못한 설거지를 마저 끝냈다. 실감이 나지 않는다고 생각했는데 손이 덜덜 떨렸다. 병원으로 달려갔을 때, 당신은 중환자실에 있었다. 당신의 담당 의사가 추천하여 얼마 전부터 나를 상담하는 정신과 의사는 전화를 받고도 바로 뛰쳐나가지 않고 설거지를 끝마쳤던 나의 태도에 대해 집요하게 질문을 해댔다. 왜 설거지를 계속했나요? 그때 어떤 심정이었습니까. 왜였을까, 어떤 심정이었을까. 지금 그때를 생각하면 어떤 기분이 듭니까? 할 수 있는 말이 없었으므로 나는 침묵했다.

당신 역시, 더이상 할말이 없는 것은 아닐까.

나는 가끔 당신에게 물었다. 당신은 대답했다. *아니, 아냐, 휘가 내려와. 휘가 내려, 사과 차기 없어.* 아니, 어쩌면 당신은 더이상 듣고 싶은 말이 없는 것이었는지도 모른다.

컴퓨터를 켰다. 화면 속의 인물들이 살아 움직이고, 집안의 적막을 깨고 소리가 빛다발처럼 쏟아졌다. 나는 책상 위의 이면지 뭉치로 연신 부채질을 하며 모니터 앞에 웅크리고 앉아 있었다. 오늘도 역시 글은 하나도 쓰지 못했다. 쪽창으로는 바람이나 빛이 거의 들어오지 않아 반지하의 집은 덥고 어두웠다. 눅눅한 기후 탓인지 집안 곳곳에서 원인을 알 수 없는 비릿한 냄새가 진동하기 시작했다. 창문은 오로지 환기를 시키기 위한 용도로 열어두었다. 나는 심호흡을 하고 스피커에서 들려오는 말들을 노트북에 받아 적었다. 한 문장을 듣고, 정지. 받아 적고 다시 플레이. 극작과 선배로, 방송국에 취직한 K언니 덕택에 졸업한 뒤에도 꾸준히 해오던 프리뷰 일이었다. 그렇지만 당신이 쓰러진 이상 이 일만으로는 더이상 생계를 유지할 수 없었다. 언니는 내 사정을 듣더니 방송국 쪽에 일거리가 있으면 뭐든 연락을 주겠다고 했다. 언니는 전화를 끊기 전에 내게 물었다. 요새도 희곡 계속 쓰니? 아니요. 내 대답에 언니는 잠시 침묵하더니, 다시 연락할게, 라고 말했다.

나는 돈을 벌기 위해서라기보다는 정적을 견디기 위해서 모니터 앞에 앉았다. 전국의 식당을 찾아다니는 다큐멘터리 프로그램이다보니 식당 주인이나 요리사 같은 일반인들을 인터뷰하는 경우가 많았다. 일반인들의 문장은 방송인들과 달랐다. 말이 자꾸 의미를 완성하지 못한 채 분절됐다. 토막난 말들을 나는 기계적으로 받아 적고, 빈 곳을 '사이'라고 적어두었다. 주름이 깊은 노인의 목소리가 너무 낮아 몇 번이나 화면을 되돌려 재생했다. 나는 마우스를 이동해서 내가 받아 적어놓은 글의 윗부분을 다시 읽었다. 오타를 바로잡았다. 문맥을 살펴, 내가 놓친 말들이 무엇이었을지 가늠했다. 활자로만 남은 수많은 말들. 나는 벌려진 채 정지된, 화면 속 노인의 시커먼 입속을 물끄러미 들여다보았다.

밤새 뒤척이고 나면 아침이 찾아왔다. 기억도 나지 않는 순간 잠에 들지만, 이내 잠에서 깨어났다. 가수면 상태에서 나는 꿈을 꾸다가, 깨다가, 꾸기를 반복했다. 한번은 잠에서 깨어보니 당신이 내 곁에 없었다. 옆자리에 당신이 없다는 사실에 소스라치게 놀라 거실로 뛰쳐나갔다. 당신은 식탁 앞에 우두커니 앉아 있었다. 여기서 뭐하는 거야. 나는 형광등을 켜고, 당신을 향해 말을 건넸다. 당신은 분명 소리를 지각한 듯 내 쪽을 향해 고개를 돌렸지만 내 말을 알아듣지는 못한 것 같았다. 의사는 당신이 내 말을 알아듣지 못한다는 사실을 인식하지 못한다고 말했다. 처음 얼마간 당신은 정말 말을 잃은 사람처럼 한마디도 하지 못했다. 그런데 어느 순간부터인가 당신은 말을 하기 시작했다. 끊임없이. 당신은 비교적 유창하게, 문법을 잘 지켜 말을 했다. 다만 당신은 당신만이 아는 단어들을 사용하고, 내가 당신의 말을 이해하지 못할 뿐이었다. 당신을 다시 침대로 데려가기 위해 나는 당신의 팔을 붙잡았다. 들어가자. 당신은 나를 올려다보았다. 당신의 얼굴 윤곽은 지난주보다 더욱 흐릿해져 있었다. 나는 더이상 눈을 비벼보지 않았다. 당신이 말을 되찾지 못하는 날들이 더해져갈수록 당신의 얼굴이 점차 희미해진다는 사실을 체념하듯 받아들였기 때문이다. 의사는 그것이 착시의 일종인 것 같다고 내게 말했다. 정신적 충격에서 오는 것인 듯하다는 식이었다. 정신과 의사는 쉽게 모든 것을 스트레스나 충격 등의 단어로 얼버무렸다. 나는 한동안 이게 모두 꿈일 거라는 생각에 사로잡혔다. 하도 꿈을 많이 꾸니까, 이제 어디서부터 어디까지가 꿈인지 알 수 없어진 걸 거라고, 그렇게 받아들였다. 그러니까, 현실에서 당신은 말을 잃지 않았을지도 몰랐다. 내가 꿈에서 깨기만 하면 다 해결될 문제라고 생각하면 마음이 편했다. 그러나 어떻게 해야 꿈에서 깨어나는 것일까. 내 꿈의 바깥에서 당신이 새벽같이 출근하고, 그다음 새벽에 돌아오는 일상을 여전히 유지하고 있다면, 그것은 우리에게 더 나은 삶일까. 나는 죄스럽게도, 발칙하게도 가끔씩 두려웠다. 나는 꿈의 이쪽에서, 꿈의 저쪽에 있을지 모르는 당신을 위해 매일 그래왔듯 기도했다. 당신에게 사고가 일어나지 않기를. 당신이 오늘도 무사히 집에 돌아오기를.

당신은 밤마다 도시를 질주하는 남자였다. 어둠을 헤치며 새로 개발된 자동차를 타고 텅 빈 도로를 전속력으로 달렸다. 그것이 당신의 일이었고, 나는 그 누구도 무대 위에 올리지 않을 희곡을 쓰며 당신이 그렇게 벌어오는 돈으로 생선을 사고, 두루마리 화장지를 샀다. 나는 당신이 시승하는 날이면 사고가 일어날까봐 조마조마해 잠을 이룰 수가 없었다. 당신이 탄 차가 무엇인가를 들이박고, 휴지처럼 구겨지는 상상이 떠오를 때마다 가슴이 조여오는 듯해 숨을 쉴 수가 없었다. 당신의 무른 살에 날카로운 쇠붙이가 파고드는 상상. 꿈에서조차 자주 보았던 것은 그런 것들이었지, 어느 날 당신이 회사 사무실에 앉아 있다가 맥없이 쓰러지는 상상은 해본 일이 없다. 그러므로 당신이 내게 한 약속은 반만 맞았다. 당신은 차 안에서 그렇게 허무하게 죽지는 않을 테니 염려하지 말라고 나에게 수도 없이 다짐했었다. 아니, 사무실에서 쓰러지지 말라는 약속 따위는 주고받은 적이 없으니 당신은 약속을 온전히 지킨 거라고 우기고 싶을지도 모르겠다. 당신이, 더이상 당신이 아니게 되던 그 찰나의 순간에, 커피를 뽑아 마시고 담배 한 대를 동료와 나눠 피우고 컴퓨터 앞에 앉으려던 그 찰나의 순간에, 당신이 무슨 생각을 했는지 나는 알 수 없었다. 어쩌면 끝끝내 알 수 없을 것이라는 사실이 나를 두렵게 만들었다. 당신 역시 지금 내가 느끼는 감정들을 결코 알 수 없을 것이라는 사실이 나를 허망하게 만들었다.

어째서 당신에게 이런 일이 벌어진 걸까. 의사는 일차적인 원인이 과로와 스트레스일 거라고 말했다. 고혈압인 경우 젊은 사람들에게도 일어날 수 있는 증상이라고도. 당신은 바쁘다고 건강검진도 소홀히 했다. 당신의 회사는 경기가 불황인 때에는 불황이라는 이유로, 호황이던 시절에는 호황이란 이유로 가혹하리만큼 당신을 몰아붙였다. 일할 사람은 얼마든지 있다는 식이었으므로 당신뿐 아니라 모두가 숨죽인 채 자동차를 생산했다. 국내에서 제일 빠른 자동차를 설계한 업체답게 회사는 모든 일에서 속도를 중시했다. 생산 라인의 몇몇이 죽어나갔다는 소문이 들려왔다. 그러나 회사는 그들의 죽음과 업무 간의 연관성을 입증할 수 없다는 입장을 고수했다. 회사의 높은 담장 앞에서 한 여자가 피켓을 든 채 몇 계절째 일인 시위를 하고 있노라고 당신은 언젠가 내게 말했다. 한 죽은 노동자의 아내인데, 화장도 하지 못한 그녀의 눈 밑에 기미가 너무 많았다고. 언제나 눈을 꼭 감고 있던 여자에게 비 오는 어느 날 우산을 씌워주었는데, 여자가 눈을 뜨고 처음으로 당신을 바라보더라고. 그제야 그 여자가 기껏해야 서른 중반밖에 되지 않았으리라는 사실을 알아챌 수 있었노라고. 당신은 회사에서 시위하는 여자를 내몰기 위해 바리케이드를 세웠다고 했다. 바리케이드 밖으로 밀려난 여자와 눈이 마주칠까 두려워 고개를 푹 숙이고 잰걸음으로 그 앞을 지나칠 때마다 당신은 식은땀이 났다고 했다. 가정을 지키기 위해 비겁해지는 나 자신이 두려워. 당신은 어느 날 밤, 침대 위에서 내 손으로 당신의 눈을 가리며 말했다.

어둠이다. 어둠이다. 또, 또, 어둠이다. 그리고 침묵, 정적. 또다시 완벽한 진공상태. 나는 진공상태의 당신의 눈을 들여다본다. 새까만 동공 속을. 침묵을 집어삼킨 동공 속을. 말을 해봐, 말을. 당신은, 고장난 전화기처럼, 뚜ㅡ뚜ㅡ뚜ㅡ 울기만 할 뿐이다.

생선찌개를 끓였다. 꽁꽁 언 동태를 사다가 파를 어슷 썰어 넣고 찌개를 끓였다. 생선 토막을 물에 넣자 붉은 피가 실꽃처럼 피어올랐다. 그러고 보니 지난번에 프리뷰 작업을 했던 다큐멘터리에는 장어의 배를 가르는 여자가 나왔다. 이제 겨우 스물이 되었다는 여자는 무표정한 얼굴로 일 분 동안 평균 열 마리씩 장어의 배를 갈랐다. 서걱, 소리와 함께, 기계적으로 긁혀나가던 검붉은 내장이 발작하듯 꿈틀댔다. 아니, 착각이다.

나는 끓는 물에 된장을 풀었다. 열기 때문에, 콧잔등을 타고 땀이 흘러내렸다. 당신이 말을 잃은 이후, 나는 전보다 더 다양한 메뉴의 음식들을 해주려고 노력했다. 사실 당신이 아직 직장에 다니던 석 달 전만 하더라도 당신과 같이 밥을 먹은 적이 별로 없었다. 당신은 한 끼에 이천오백원 하는 저렴한 사내식당에서 아침, 점심, 저녁 세끼를 다 해결하고 집으로 돌아왔다. 반찬은 매일 달라? 응, 매일매일 뭔가 다르긴 한데 맛은 다 똑같아. 조미료 맛. 당신은 양말을 벗으며 내게 투덜거리곤 했다. 나는 당신을 위해 조미료는 하나도 넣지 않고, 매일매일 다른 찌개와 국을 끓였다. 생활비가 떨어져가니까 이렇게 할 수 있는 날이 얼마 남지 않았는데도, 나는 프리뷰 일당을 받는 날이면 어김없이 마트에 갔다. 인지능력에 문제가 있는 것은 아니라고 했으므로 분명 당신은 맛을 느낄 것이다. 그렇지만 당신에게 '맛있다'는 느낌은 어떻게 인식이 될까. 맵네, 라는 표현이 머릿속을 스치지 않는다면, 살이 통통하군, 하고 속으로 되뇌지 않는다면 당신에게 맛은 어떻게 지각될까. 나는 궁금했다. 당신의 머릿속에는 당신만이 아는 언어로 축조되는 풍경들이, 휘파람 소리가, 쑥갓의 향기가 안개처럼 퍼졌다가 사라져? 나는 때로 밥을 먹는 당신을 보며 물었다. 내가 갓 지은 밥을 입에 넣으면 따뜻하구나, 고소하구나, 쌀알들이 입안에 퍼지고 있구나, 생각하듯이 당신도 사실 나처럼 문장으로 인식이 되는 것은 아니야? 그러면 그 문장들을 잡아두었다가 입 밖으로 내뱉어주면 안 될까? 그 문장들을 기억해두었다가 내 입에서 나오는 소리 중에 비슷한 것이 있다면 식별해주면 안 될까? 당신은 다시 입을 열었다. 당신의 벌어진 입술 사이로 말이 되지 못한 문장들이 흘러나왔다. 생선살을 발라 당신의 밥 위에 얹어주었다. 당신의 얼굴에서 코는 이미 지워진 채 콧구멍만 남았다. 머지않아 입술도 밋밋하게 지워질 것이다. 그때가 되면 나는 어떻게 살아야 하는 걸까.

당신의 의사는 내게 물었다. 쓰러질 당시 당신의 심리는 어떤 상태였느냐고. 무엇이 우리에게 스트레스였는지 말하는 것은 어려운 일이 아니었다. 하지만 구체적으로 당신이 어떤 감정을 느끼고 있었을지에 대해서는 선뜻 대답이 나오지 않았다. 그러고 보니 당신과 마지막으로 진지한 대화를 했던 날이 언제였는지 알 수가 없었다. 한때는 당신의 모든 것을 내가 알고 있다고 자부한 적도 있었다. 우리는 텔레파시가 통하기라도 하듯 서로의 모든 것을 쉽게 이해했다. 자라온 환경이 비슷했던 탓도 있을 테고, 성격이 비슷해서 그랬을 수도 있겠지만 연애를 시작하고 얼마간 우리는 서로 닮은 점을 확인하며 신기해하는 것이 일이었다. 함께 살기 시작한 것은 연애를 한 지 일 년도 채 되지 않았을 때였다. 당신은 막 대기업에 입사한 신입 엔지니어였다. 지방대 출신으로 대기업 입사까지 한 당신은 그 무렵 자신감이 하늘을 찔렀다. 비록 지금은 돈이 없지만 조금만 기다려봐. 당신은 내게 호언장담했다. 당신은 누군가 버려놓은 폐가구를 리폼해 텔레비전 선반을 만들 줄 알았고 기념일에는 꽃시장에서 도매값으로 장미 백 송이를 사오기도 했다. 소박한 매일매일이 처음에는 소꿉장난처럼 즐거웠다. 비록 갚아야 할 대출금이, 지불해야 할 보험료와 수도세, 전기세, 난방비가 있었지만, 모든 것은 통제 가능한 범주의 문제들이었다. 삼 년 후면 대출금도 다 갚을 것이고, 그러고 나면 할인을 받아 당신의 회사 로고가 찍힌 자동차를 한 대 장만하려는 것이 우리의 계획이었다. 그러나 그러는 사이 당신의 회사가 소리소문 없이 무너져내리고 있었던 사실을 우리는 알지 못했다. 기술 개발에서 한 템포 뒤지고 나자 회사의 판매실적은 금세 곤두박질쳤다. 게다가 경기 악화가 지속되고, 수입차의 관세가 대폭 낮아지면서 회사는 수차례 위기를 겪었다. 입사할 때만 해도 자랑거리였던 수많은 복지 혜택을 포기하고, 감봉을 감수할 수밖에 없었다. 공장 가동이 때때로 중단되었다. 구조조정에 대한 불안이 회사 안을 헤집고 다녔다. 구조조정에서 살아남기 위해 당신은 수없이 많은 밤을 새웠다. 개발자는 하지 않아도 되는 시승을 하기 위해 자청해 사내 교육을 받았다. 그토록 불안한 상황에서 아이를 낳을 수는 없었으므로 우리는 아이 계획을 포기했다. 피로감에 잠식당해 서로 주고받는 말들이 줄었다. 우리는 익숙한 얼굴의 이웃만큼만 친밀했고, 오래전에 헤어진 남매처럼 서먹했다. 서로의 탓이 아닌 것쯤은 알았는데도 과로의 시간이 누적되고 서운함이 켜켜이 쌓이면서 우리는 새된 목소리로 싸웠다. 네가 나한테 어떻게 이럴 수가 있어. 어떻게 이렇게 내 마음을 모를 수가 있어. 빗나가고, 빗나가고, 빗나가던 마음들.

이 모든 게 내 탓일까. 자책해서는 안 된다고 생각하면서도 원망의 대상을 찾고 싶었으므로 나는 종종 자책했다. 당신이 귀를 닫고, 소란한 침묵 속으로 숨어들 때까지도 아무런 기미를 알아채지 못한 것이 온전히 내 탓인 것만 같았다. 기억 속에서 당신은 언제나 나에게 무엇인가를 이야기했다. 그렇지만 당신이 하는 말이 무엇이었는지는 전혀 떠오르지 않았다. 뼈

끔거리는 입 모양만 보일 뿐 당신의 얼굴은 기억 속에서조차 텅 비어 있었다.

당신은 점점 희미해졌다.
이러다가 당신은 곧 사라질 것이다.
연기처럼.
나는 알 수 있었다.

한 시간 반을 걸어 병원에 갔다. 버스비를 아껴보자는 마음에서였다. 한바탕 비라도 와야 한풀 꺾일 것처럼 습도 높은 폭염이 며칠째 이어졌다. 걷는데 숨이 턱턱 막혔다. 대낮인데도 하늘은 출구가 없는 밀실의 천장처럼 어둡고, 낮았다. 비는 도통 쏟아지지 않았다. 어디선가 물비린내만이 진동했다.
숨이 차서 진료실에 들어갔는데 의사가 혈색이 좋아 보인다며 웃었다. 지금 어떤 느낌인지 말해보세요. 어떤 기분인가요. 의사는 늘 내가 느끼는 감정들에 대해서 구체적으로 말해보기를 요구했다. 그러나 나의 감정에 대해 한마디로 설명할 수 있는 단어가 없었기에 나는 점점 상담 시간이 곤혹스러워졌다. 나는 상담실의 에어컨 바람이 너무 세서 발이 시리다는 생각을 하고 있었다고 말할 수가 없어, 그냥 좀 슬픈 것 같아요, 라고 대충 말했다. 왜 슬픈 것 같아요? 의사가 되물었다. 나는 당신이 어떤 생각을 하고 있는지 모르는 채로 컴컴한 어둠 속에서 점점 희미해지는 당신을 지켜보는 일이 어떤 느낌인지 설명할 길이 없어, 그냥 내 말을 알아듣지 못하는 사람한테 자꾸 말을 걸어야 하는 것이요, 라고 얼버무렸다. 의사는 심각한 얼굴로 무엇인가를 받아 적었다. 모든 과정이 이미 직업적 습관이 되어버린 전문의답게 그는 내담자의 고통에 연루되지 않았다. 내가 문을 닫고 상담실을 빠져나가면, 그는 웹서핑으로 인근 곱창집을 검색해보거나 어제 갔던 룸살롱의 이십대 아가씨를 떠올릴지도 몰랐다. 그런 생각이 나를 섬뜩하게도 하고 동시에 편안하게도 했다. 오늘 상담을 종료하면서 하고픈 말이 있나요? 전보다 쉽게 잠든다고 말해주지 못하는 나는 수영이 많이 늘었어요, 라고 대답했다. 그것 잘됐군요. 의사는 말했다. 잘된 건가? 그럴지도.

다시 한 시간 반을 걸었다. 당신은 집 앞 버스 정류장 벤치에 우두커니 앉아 있었다. 당신이 즐겨 입는 티셔츠를 알아보지 못했더라면 자칫 당신을 지나쳐버렸을 뻔했다. 이렇게 무더운 날 밖에서 뭐하는 거야? 당신의 얼굴은 이미 형체를 구분하기 어려워졌다. 당신이 어떻게 생겼었는지, 도무지 기억이 나지 않았다. 나는 당신의 얼굴을 잊지 않기 위해 집안 곳곳에 당신의 사진을 붙여두었다. 사진 속의 당신은 모두 미묘하게 조금씩 달랐다. 무엇이 당신의 얼굴이었는지 도무지 판단이 안 섰다. 수많은 사진 속 얼굴들 중 무엇이든 하나는 당신의 진짜 얼굴일 텐데. 머지않아 당신 몸의 형태도 기억하지 못하게 될 것이라는 예감이 들었다. 나는 당신의 몸을 잘 봐두었다. 옆구리에 있는 세 개의 점과 배꼽 아래쪽에 나 있는 소용돌이 모양의 털 같은 것을. 유난히 긴 팔과 굵은 발목을. 사시사철 갈라져 있는 발뒤꿈치를. 그러나 당신의 몸 역시 천천히 시간 속에서 마모되고 소멸될 것이다. 그렇다면 내게 남는 것은 무엇일까. 당신에게 남는 것은 또 무엇일까. 미처 말이 되지는 못하지만 당신의 머릿속 어딘가에 간직되어 있을 당신의 기억들일까. 불완전하기만 한 나의 기억들일까. 나는 당신을 부축해서 집으로 들어왔다. 당신의 어깨가 앙상했다.

새로 맡은 다큐멘터리의 주제는 동물실험이었다. 인간의 권리가 동물의 것보다 우선하는가, 라는 물음을 다각도에서 조명해보는 작업의 일환으로 동물실험에 대한 찬반 의견을 다루고 있었다. 편집하기 전이라 열두 시간에 육박하는 파일을 문서화하는 작업은 지루했다. 실험을 설명해주면서 연구원은 말했다. 이것은 동물들이 어떤 방식을 통해 다른 객체의 고통에 공감하는지를 알아보는 테스트입니다. 나는 받아 적었다. 이것은 동물들이 어떤 방식을 통해 다른 객체의 고통에 공감하는지를 알아보는 테스트입니다. 우리들은 종종 인간들만이 공감을 할 수 있는 것처럼 착각하지만, 앞선 실험을 통해 쥐 역시 공감 능력을 가지고 있다는 것을 확인했습니다. 우리들은 종종 인간들만이 공감을 할 수 있는 것처럼 착각하지만, 앞선 실험을 통해 쥐 역시 공감 능력을 가지고 있다는 것을 확인했습니다. 그런데 흥미롭게도 쥐는 자기와 가까운 사이거나 같은 우리 출신일 경우에만 아픔을 공감하는 것으로 확인됐는데요. 그런데 흥미롭게도 쥐는 자기와 가까운 사이거나 같은 우리 출신일 경우에만 아픔을 공감하는 것으로 확인됐는데요.

이제 이번 실험에서는 쥐들이 같은 우리의 쥐가 고통받는다는 것을 어떻게 인식하고 공감하는지를 알아보려고 합니다. 이제 이번 실험에서는 쥐들이 같은 우리의 쥐가 고통받는다는 것을 어떻게 인식하고 공감하는지를 알아보려고 합니다.

연구원은 청각, 후각, 시각 중 쥐가 무엇에 영향을 받는지 확인하기 위해 청신경을 마비시키고, 후각신경을 마비시키고, 시신경을 마비시킨다.

이로써 쥐는 시각을 통해 상대의 고통을 인식하고 공감한다는 사실을 우리는 확인할 수 있는 것이지요. 이로써 쥐는 시각을 통해 상대의 고통을 인식하고 공감한다는 사실을 우리는 확인할 수 있는 것이지요. 하지만 이를 알기 위해 쥐에게 고통을 가하는 것이 너무 잔혹하다고 생각하지는 않습니까? 하지만 이를 알기 위해 쥐에게 고통을 가하는 것이 너무 잔혹하다고 생각하지는

않습니까? 인터뷰어가 묻는다. 글쎄요. 인류를 위해서는 필요
악이니까요. 화면 정지. 나는 받아 적기를 잠시 멈추었다. 주
먹을 쥐었다가 펴자 손가락 관절에서 우두둑 소리가 났다. 흰
쥐들로 가득하던 화면에는 이제 흰 가운을 입고 있는 연구원
의 얼굴만 담겨 있다. 눈과 귀와 코를 잃은 쥐들은 어떻게 살
고 있을까.

엇

음

업

적

믐

의미를 이루지 못한 당신의 음절들이, 빗방울처럼 똑, 똑,
내게로 떨어져내린다. 음절들이 떨어져내리는 자리마다 생기
는 파문. 나는 그 파문을 들여다본다. 당신의 입에서 새어나오
는 것은 미처 말이 되지 못한 소리에 불과하다는 것을 알면서
도 나는 자꾸만 귀를 기울인다. 파문이 그리는 무늬를 내가 알
아볼 수 있을지도 모른다는 희망으로. 그것이 사라지기 전에
움켜쥘 수 있기라도 한 것처럼, 간절히.

전화가 왔다. 한밤중에. 나는 오래전부터 한밤중에 전화벨이 울리면 소스라치게 놀라곤 했다. 혹시나 당신이 도로를 질주하다가 사고를 낸 게 아닐까 하는 불안 때문이었다. 당신이 옆에 있는데도 습관적으로 놀란 가슴을 애써 진정시키며 전화를 받았다. 당신의 입사 동기라고 했다. 술을 먹었다고 했다. 제수씨, 라고 나를 불렀다. 미안해요. 무엇이? 결국 회사는 구조조정을 강행하기로 했다. 노조는 파업에 들어간다고 했다. 당신의 동료는 몇 번의 딸꾹질 끝에, 그놈은 아직도 알아듣지 못할 말만 해댑니까? 묻더니, 또 몇 번의 딸꾹질 끝에, 제수씨 정말 세상이 좆같죠, 라고 하더니, 또 몇 번의 딸꾹질 끝에, 미안합니다, 하고 전화를 끊었다. 수화기를 내려놓자 집안이 또다시 너무 고요해 나는 깜짝 놀랐다. 당신의 얼굴이 기억나지 않는다고 말하고 싶었는데 전화가 끊겨버렸네, 라고 나는 생각했다. 당신은 어느 날, 사라져버릴 것이다. 블랙홀에 빨려들어가듯, 허공에 텅 빈 어둠만을 남겨놓은 채. 나는 밤과 이미 분간이 잘 되지 않는 당신의 육체를 응시했다. 침대 위에서 어렴풋이 솟아올랐다가 가라앉는 당신의 가슴을. 어쩐지 당신이 뭍에 버려진 물고기 같다는 생각이 들었다. 힘겹게 부풀어올랐다가 가라앉는 아가미. 헤엄도 못 치는 물고기가 어딨어? 나는 혼자 맥없이 웃었다. 사실 수영을 배워야 하는 것은 내가 아니라 당신이었다. 당신은 몸 쓰는 일은 무엇이든 잘했지만 수영만은 하지 못했다. 오래전, 서로 관심은 있었으나 아직 연애하는 사이는 아니었을 때, 당신과 나는 다른 친구들과 바다에 놀러갔다. 모두들 여기저기에서 저마다 취기를 견디고 있을 때, 당신과 나는 밤바다를 바라보고 있었다. 물에 빠져본 적 있니? 당신이 내게 물었다. 나는 빠져본 적이 있어. 당신은 이어 말했다. 어렸을 때라 다른 기억은 잘 안 나는데, 물에 빠졌을 때 느꼈던 그 공포심만은 지금도 생생해. 그때부터 나는 막연히, 언젠가 내 눈앞에 죽음이 당도한다면 아마 그때의 그 감정을 다시 느낄 거라고 예감하며 사는 것 같아. 그리고 당신은 말했다. 그래서인지 사는 게 꼭 물속을 걷는 느낌이 들 때가 많았노라고. 넘어질 듯, 넘어질 듯, 위태로운데 힘겹게 발걸음을 떼야만하는 날들이 너무 많았노라고. 두 발을 떼면 몸이 떠오를 수도 있다는 걸 알지만, 자칫 바닥에 가라앉으면 영원히 잠들고 말것 같아 뒤뚱뒤뚱 물속을 걷는 꼴이 우습게 여겨지는 날들이 많았노라고. 그래서 바다 같은 것은 별로 좋아하지 않는다고. 그리고 말했다. 네가 같이 간다고 하지 않았다면 바다 같은 데오지 않았을 거야. 바닷바람 탓에 입술이 짰다.

자리에서 일어나 천장 가까이에 달린 쪽창을 열었다. 창을 막고 있는 쇠창살 틈새로 더운 바람이 불어왔다. 부패한 생선 냄새. 여름이 너무 길구나, 하고 생각했다. 멸종된 동물의 뼈 같은 쇠창살의 붉은 녹 위로 먼지가 켜켜이 쌓여 있었다. 그 여자는 이토록 더운 날에도 여전히 바리케이드 뒤에 서서 일인 시위를 하고 있을까. 갑자기 한 번도 본 적 없는 그녀의 안부가 궁금해졌다. 그러고 보니, 당신은 언젠가부터 술에 취하기만 하면 그녀의 이야기를 몇 번이고 되풀이했었다. 말은 걸어봤어? 한번은 내가 당신에게 물었다. 당신은 한참 동안 답이 없었다. 잠들었나 싶을 정도로 긴 침묵이 흐른 후 당신이 대답했다. 아니. 시선을 떨구던 당신의 검붉고 초라했던 얼굴.

재활 치료사는 내게 그림 카드를 주고, 당신에게 말을 유도해보라고 권유했다. 나는 하루에 삼십 분씩 당신과 대화를 하려고 노력했다. 당신은 원래 그다지 말수가 많은 사람이 아니었는데 우습게도 말을 잃은 이후, 오히려 말수가 늘었다. 의미를 전달하지 못하는 문장들도 말이라고 할 수 있다면. 어떤 날 당신은 내가 말을 걸면 전원이 켜진 듯 쉴새없이 문장들을 내뱉었다. 어절 간의 음소를 착각하거나, 단어를 혼동하거나, 신조어를 만들어 그렇다고는 하지만 당신의 문장은 외국어보다 낯설었다. 아주 가끔씩은 비교적 유창하게, 단어도 거의 틀리지 않고 말을 하기도 했다. 그렇지만 그럴 때조차 내가 하는 말을 전혀 이해하지 못하는 것처럼 느껴졌다. 당신은 흡사 귀를 틀어막고 끊임없이 말을 배설하는 사람 같았다. 당신이 제대로 소화시키지 못한 언어들이 당신의 입술을 비집고 쏟아져나왔다.

나는 당신의 앞에 자전거를 타고 있는 여자아이가 그려진 그림 카드를 놓고 수박을 자르러 부엌으로 갔다. 목줄기를 타고 흘러내리는 땀을 손등으로 훔쳤다. 어쩜 이렇게 덥지. 땀에 젖은 티셔츠가 몸에 들러붙어 거추장스러웠다. 여자가 타고 있는 게 뭐야? 기계적으로 물으며 나는 커다란 수박을 자르기 위해 온몸에 힘을 주었다. *아, 그래, 그러니까 한 달 전, 약간, 남자가 송원에 가는데.* 당신이 등뒤에서 말을 시작했다. 나는 며칠째 애써 당신을 외면했다. 수박이 쩍, 소리를 내면서 불규칙한 선을 따라 갈라졌다. 당신의 회사에서 희망퇴직을 권고하는 연락이 온 이후 나는 아예 당신의 얼굴을 잊었다. 인사과 직원은 피로한 목소리로, 유감이라거나 쾌차를 빈다는 식의 인사말조차 생략한 채 사실상 당신이 정리해고되었음을 알렸다. 각오를 했음에도 직원의 말은 내 몸을 관통했다. 구멍 뚫린 배를 부여잡고 바닥에 주저앉았다. 뚫린 구멍에서 오로지 나에 대한 걱정만이 독버섯처럼 피어나 해충처럼 증식했다. 움켜쥔 손아귀 틈새를 비집고 혈액처럼 검붉은 독버섯들이 몸을 들이밀었다. 당황스러웠다. 내 몸을 새까맣게 뒤덮은 무수한 독버섯들 사이 어디에도 당신에 대한 걱정은 없었다. 당신의 얼굴이 조금도 떠오르지 않았다. 고통스럽게 일그러지는 당신의 얼굴에는 눈, 코, 입이 없었다. 오로지, 괴로운 나의 몸만이 있었다. 무너져내리고, 또 무너져내리면서, 나는 당신이 차가운 밤의 고속도로를 시속 160킬로미터로 달릴 때, 정해진 매뉴얼에 따라 급정거를 하거나 갑작스럽게 커브를 돌 때, 장애물을 들이받을 때 무슨 생각을 했을지 영원히 알 수 없을 것이라는 사실을 새삼 실감했다. 충격이 가해질 때마다 울렸을 당신의 무른 살과 뼈마디를 상상해보려 했다. 당신이 이전에도, 앞으로도 결코 내게 설명하지 못할 그 순간의 감정을. 그러나 그저 그뿐이었다. *나는 숲은 데 앉아 있었어, 그런데, 다른 한편에서는 무슨 말인지 알지? 사픽은 서 있고, 멈추고, 카퀴 그 비슷한 거가……* 이어지던 당신의 목소리가 잦아들었다. 당신이 맥없이 갑작스럽게 옆으로 쓰러졌다. 놀라서 수박을 잡고 있던 손을 놓치고 말았다. 당신을 향해 달려가려는데 균형을 잃은 수박이 굴러서 발등 위로 떨어졌다. 도마 위의 칼이 떨어졌다. 다행히 칼자루가 발등 위에 가서 부딪쳤다. 당신이 바닥에 머리를 찧을지 모르니 내가 뛰어가 붙잡아주어야 한다고 생각하면서도 나는 본능적으로 나의 발등을 움켜쥐었다. 붉은 과육을 사방에 터뜨리며 수박이 조각났다. 당신이 바닥에 풀썩 쓰러졌다. 나는 뛰어가 당신의 머리를 가까스로 붙들었다. 발등이 몹시 아팠다. 당신의 몸은 셀로판지보다 더 얇고 투명했다. 내 발등의 통증이 너무나도 생생했다. 수박 향기가 집안에 진동했다. 산산이 부서진 과육은 달콤하고, 또 달콤할 것이다.

있잖아.

옛날에, 옛날에.

전에 당신이 말했던 그 여자 있잖아.

바다에 빠졌을 때 말이야.

피켓 들고 회사 앞에 서 있었다는 여자.

물이 자꾸만, 자꾸만, 코로 들어오고,

그 여자의 얼굴이 어떻게 생겼을까.

입으로 들어오고, 막 짜고, 맵고, 숨도 쉴 수 없는데,

참, 우습지? 나는 이제야 그 여자의 얼굴이 궁금해.

아, 이러다 죽겠지 싶은데 무서운 게 뭔지 알아?

왠지, 사람들이 많은 거리에서 언젠가 마주친다 해도

숨을 못 쉬겠는 게 아니라, 발이 안 닿는 거였어.

나는 그 여자를 바로 알아볼 수 있을 것 같아.

허공에 떠 있는 거. 어디에도 디딜 데가 없다는 거.

그 여자의 눈에는 공포심이 가득할 테니까.

발버둥을 치지만, 물위로 떠오를 기미가 보이지 않는다는 거.

당신의 눈처럼. 아닌가, 그건 내 눈인가.

외쳐보지만, 입속으로 시커먼 물이 들어와 목젖을 짓누를

뿐이라는 것.

그런데 있지,

더이상 아무 소리도 들리지 않는다는 것.

거기, 내 말이 가닿지 않는 곳에서, 두렵지는 않아?

발버둥치는 육체는 오직 나만의 것이라는 사실.

나는, 당신의 말이 와닿지 않아서 여기서 두려워.

죽음은 온전히 나만의 몫이라는 사실.

두려워, 당신은, 뭐가?

그러므로 살게 되더라도 그것 역시 온전히 나만의 몫일 거라는 사실.

두려워, 나는, 완벽한 고립이.

그럼에도 불구하고, 혼자서는 결코 살아낼 수 없으리라는 사실.

몇 달 만에 비가 왔다. 당신과 방바닥에 드러누워 빗방울이 지상으로 떨어지는 소리를 들었다. 대낮인데도 방은 몹시 어두웠다. 비를 피하느라 서둘러 물위를 달리는 사람들의 발들이 유리창에 어른거리다가 사라졌다. 수많은 발들이 빗물 위를 딛는 소리가 첨벙, 첨벙 일정한 리듬을 만들어냈다. 어쩐지 여기가 태평양 한가운데 떠 있는 뗏목 위 같지 않아? 당신은 대꾸가 없었다. 당신의 몸은 금방이라도 바스라질 듯 희미했다. 지금 이 시각에도 당신이 시승했던 자동차들은 여전히 무

엇인가에 쫓기는 짐승처럼 빗속을 달리고 있을까? 나는 물이
끼라도 긴 듯 축축하고 더운 공기를 마시며 생각했다. 비가 점
점 더 거세지고, 방안은 한층 더 어두워졌다. 형광등을 켜지
않아, 대낮인데도 마치 밤처럼 방은 검었다. 첨벙, 첨벙 물 튀
는 소리가 반복적으로 어딘가 높은 곳에서 들려왔다. 첨벙첨
벙첨벙첨벙. 그래서 나는 우리가 있는 곳이 뗏목 위가 아니라
는 사실을 알았다. 그러니까 적어도 어딘가 파도가 치는 곳보
다는 훨씬 더 아래. 아, 여기는 고래의 뱃속이구나. 심해 깊은
곳을 어슬렁거리는 고래의 축축하고 어두운 뱃속. 도대체 어
느 틈에 우리는 고래에게 잡아먹혔던 것일까. 말 좀 해봐. 당
신의 발가락을 내 발가락으로 건드렸다. 그러자 당신의 벌어
진 입술 사이에서 말이 아닌 말이 흘러나왔다. 도대체 뭐라고
하는 거야? 나는 당신을 물끄러미 쳐다보았다. 어렴풋한 어둠
속에서 당신의 두 입술이 바삐 움직였다. 달아나기 위해 필사
적으로 파닥이는 물고기의 지느러미처럼. 자리에서 일어나 노
트북을 켰다. 노트북에서 쏟아지는 불빛이 강렬해 우리는 동
시에 눈살을 찌푸렸다. 나는 허벅지 위에 노트북을 펼쳐놓았
다. 당신은 여전히 말을 쉼없이 늘어놓고 있었다. 천천히 말해
봐. 나는 당신의 말을 기록하기 시작했다. 시작도 끝도 알 수
없는 길고 긴 독백. 알아들을 수 없는 독백으로만 이루어진 이
글도 어쩌면 희곡이 될 수 있지 않을까. 나는 당신이 쓰러진

이래 처음으로 희곡을 쓰고 싶다는 충동을 느꼈다. 첨벙, 첨벙. 또다시 파도가 밀려왔다. *툿툿툿 소리가 너무 시끄러 안 시끄러워서 그래서 거켓밤 함에서 깼는데 머리가 푸르게 아프고 가방이 팝팝했어.* 나는 당신이 말하는 대로 글자들을 적어나갔다. 돈을 벌기 위해서가 아니라 상대의 말을 알아듣고 싶어 말을 받아 적는 것은 처음이었다. 단어 사이 적당한 곳에 쉼표를 넣어주고, 행을 갈라주었다. 화면 위에 활자로 박혀 있는 당신의 말을 나는 가만히 응시했다. 음절과 어절의 그릇된 순서를 고쳐주고, 잘못 선택된 어휘를 수정해주면 이 활자들이 말이 될까. 이것은 내게 해독 가능한 암호일까. 알 수 없었다. 희망이 있어서라기보다는, 절박했기 때문에 나는 당신의 말을 기록했다. 간절히 기도하는 마음으로.

8월이 되어 꽃 피는 밤이 오면 휘한에 그러니까 휘한에 가. 당신의 말들을 받아 적으며 나는 당신의 말이 외국어로 된 노래와 닮은 것도 같다는 생각을 했다. 아니면 오래전 학교에서 배운 이국의 전위 시 같기도. 빗소리인지 파도 소리인지 모를 물소리가 가까운 듯 멀리서 리드미컬하게 들려왔다. 말끝이 부서져내리는 당신의 목소리와 그보다 한 소절씩 늦는 자판 두드리는 소리는 마치 돌림노래처럼 들렸다. 우리가 부르는 노래가 캄캄한 고래 뱃속을 가득 채웠다. 이 노래가 누군가에게 가닿을까.

웅―웅―웅― 무엇인가가 진동하는 소리가 들렸다. 오랜 잠에서 깨어난 생명체가 몰아쉬는 숨소리가 틀림없었다. 이게 무슨 소리지? 진동 폭이 점점 커졌다. 집이 몸을 뒤트는 것처럼 흔들리기 시작했다. 심해 밑바닥에 가라앉아 있던 고래가 꿈틀대듯이. 뼈마디가 우두둑, 부딪치는 소리가 났다. 정신을 차리고 보니 고래로 변한 집이 척추를 펴고 천천히 물속을 유영하기 시작했다. 내 몸이 고래의 움직임을 따라 일렁였다. 이게 어떻게 된 일이야? 나는 당신을 향해 돌아보았다. 당신은 어둠 속에 가려 더이상 보이지 않았다. 사라져버린 걸까. 나는 다급하게 사방을 둘러보았으나, 고래의 뱃속은 한 치 앞도 가늠할 수 없는 어둠이었다. 덥고 축축한 고래의 위벽에서 시큼한 위액이 뿜어져나왔다. 나는 다급하게 출구를 찾았다. 그때, 저 멀리서 한줄기 빛이 쏟아졌다. 저 빛은 어디서 오는 것이지? 고래가 입을 벌린 것인지 갑자기 엄청난 양의 물줄기가 뱃속으로 쏟아져들어왔다. 크릴새우와 플랑크톤 따위가 섞인 비릿한 물줄기였다. 눈 깜짝할 사이에 무엇인가, 내 몸을 휘감았다. 알 수 없는 물결이 내 몸을 떠밀었다. 물이 바로 목 아래까지 차올랐다. 나는 앞으로 나아가기 위해 필사적으로 다리를 쭉 뻗으며 당신이 그 언젠가 느꼈다는 어둠과, 차가움, 무력감이 바로 이것인지는 영원히 알 수 없겠구나, 생각했다. 나는 내 살에 와닿는 젖은 셔츠의 차가움만을, 자꾸만 떠오르려는 나의 몸의 무게만을 알 수 있을 뿐이었다. 그러나, 그럼에도. 나는 오래전의 당신이 그리했을 것처럼 물살을 헤치고 앞으로 나아갔다. 겨우 발끝만이 바닥에 닿을 뿐이었지만. 저 멀리에서 찬란한 빛이 쏟아지고 있으므로. 그것이 어디로 인도할지는 모르지만, 빛인 까닭에. 다리가 물속에서 꺾였다. 바닥을 겨우 딛고 있던 발끝이 자꾸 미끄러졌다. 더 많은 양의 물이 쏟아졌다. 물은 곧 머리 위까지 차오를 것이다. 그러나 나는 끝까지 그 빛에서 시선을 거두지 않았다. 물속으로 내 몸이 고꾸라지는 순간 비로소 당신의 얼굴이 또렷하게 떠올랐다. 한 번도 본 적 없는, 바리케이드 뒤 그녀의 얼굴도 내 눈앞에 생생하게 그려졌다. 달싹이는 그녀의 입술 사이로 노래가 흘러나왔다. 그 노랫소리가 너무나도 아름다워 왈칵 눈물이 나올 것 같았다. 아, 저 노래를 내가 받아 적어야 하는데. 나는 물속으로 떨어지며 그렇게 생각했다. 어둠 속. 차갑다. 그러나 나는 수영을 익혀두었다. 물살을 헤치기 위해 두 팔에 힘을 주었다. 우리는, 괜찮을 것이다.

* 할 헤르조그의 저서 『우리가 먹고 사랑하고 혐오하는 동물들』(김선영 옮김, 살림, 2011)을 참고했다.

유령이 출몰할 때

그곳에 유령이 출몰했다.

유령에 대한 묘사는 사람마다 제각각이었다. 어떤 사람은 얼굴이 없는 유령이 한기를 뿜으며 돌아다니는 것을 보았다고 했다. 그러면 다른 사람은 무슨 소리냐고, 그 유령의 얼굴은 역사책에서 본 어떤 이의 얼굴과 꼭 닮았다고 말했다. 아무도 그 실체를 알지는 못했지만, 유령은 분명히 존재한다고 했다. K구역에서 살아남은 사람들은 유령이 처음 나타났을 때, 연기처럼 희뿌연 몸체를 보고 그것을 밤하늘에 쏘아올린 홀로그램으로 착각했다. 유령은 해가 지면 나타나서 K구역 일대를 돌아다녔다. 유령이 지나간 자리의 모든 것은 무너지고 불타올랐다. 그러나 뉴스에서 그에 대해 한창 시끄럽게 떠들던 무렵,

나는 고시촌에 있었기 때문에 그곳 소식을 생생하게 듣지는 못했다. K구역을 초토화시킨 유령은 할일을 다 했다는 듯 잠잠히 거리를 배회했다. 사람의 발길도 끊기고 더이상 뉴스거리조차 되지 못하던 그 지역은 사람들 사이에서 금세 잊혀졌다. 일상은 정신없는 것이었기 때문이다. 나 역시 아무도 찾지 않는 K구역에 대해 까맣게 잊고 지냈다. 내 청춘의 가장 농밀했던 시간이 묻혀 있는 장소였음에도 불구하고 말이다. 원래 일상은 그런 것이다. 마치 사막의 마른 유사流砂처럼 한번 잡아끌기 시작하면 결코 헤어나올 수 없는 것. 그러니 솔직히 말하건대 내가 '카르페디엠'에 가볼 마음이 생긴 것은 고시에 또다시 낙방한 나를 일상이 내뱉었기 때문인지도 모른다.

카르페디엠은 K구역에서 가장 오래된 커피 전문점이다. 내가 태어나기 한참 전부터 그곳에 있었던 카르페디엠은 K구역 소재의 대학을 다녔던 나를 비롯한 많은 이들에게 잘 알려진 명소였다. 스물 혹은 스물한 살. 복고 취향을 문화적 세련이라 여기던 우리 중 몇몇은 카르페디엠에 죽치고 앉아 커피를 마시며 하루하루를 보냈다. 그러나 그런 날들은 오래 지속되지 않았다. 변명 같지만 군대를 다녀온 후 정신을 차려보니 현실은 우리에게 전속력으로 앞을 향해 내달릴 것을 요구했다. 그 속력에 발맞추어 K구역은 끊임없이 자기 발전을 거듭했다. 일

년이 멀다 하고 가게들이 생겼다가 없어졌다. 수많은 프랜차이즈 카페와 화장품가게들이 들어섰다. 카르페디엠은 자연스럽게 잊혀졌다.

잊고 살았던 카르페디엠이란 이름을 입에 올린 사람은 오랜만에 연락을 해온 동기 녀석이었다. 졸업하자마자 기자생활을 시작한 녀석은 자신의 결혼 소식을 전하기 위해 내게 전화를 했다. 어떻게 지내느냐는 녀석의 질문에 이번에도 고시에 실패했다고 답하자 동기 녀석과 나 사이에는 어색한 침묵이 흘렀다. 그 침묵을 깨기 위해서인 듯, 이런저런 잡다한 뉴스거리들을 입에 올리던 녀석이 대수롭지 않은 말투로 말했다. "맞다, 카르페디엠 이야기 들었어?" 그 녀석에 따르면 카르페디엠은 K구역에서 유령의 습격을 아직까지 받지 않은 유일한 가게라고 했다. "그럼 그게 아직도 거기 있는 거야?" 내가 놀라서 묻자 녀석은 "그렇다더라"라고 심드렁하게 말했다. "더 황당한 건, J선배가 거기서 아직도 커피를 내리고 있대. 그 난리통에 말이야." 유령이 언제 습격할지 모르는 카페에서 J선배가 홀로 가게를 지키고 있다고? "모두가 위험하니 나오라 그래도 선배가 고집을 부린다고 하더라. 그 선배가 원래 좀 고집이 있긴 했지만 깜짝 놀랐어. 난 무서워서 그 근방은 얼씬도 못하겠던데." J선배라는 이름을 떠올리자 무언가 아련한 그리움이 나를 사로잡았다. 문득 카르페디엠에 가봐야겠다는 생각이 들었다.

유령이 나타난 이후 지하철은 K역에서 멈추지 않는다고 했다. 이미 공공연한 사실인지 기관사는 K역에 정차하지 않는다는 방송조차 하지 않았다. 사람들은 마치 K역이 애초부터 존재하지 않았던 것처럼 무심한 표정이었다. 그것은 연루되지 않기 위해 범행 현장을 못 본 척 외면하는 목격자의 표정을 닮아 있었다. 나는 K역 바로 다음 정거장에서 내려 K역 방면으로 천천히 걸었다. 유령은 밤에만 나타난다 했지만 아무래도 무서운 것은 어쩔 수 없었다. 심장이 다 벌렁거렸다.

K구역에 다가갈수록 검게 그을린 벽과 쓰러져 있는 표지판 따위가 곳곳에서 발견되었다. 유령이 출몰하기 시작한 것이 고작 이 년 전에 불과하다는데 벌써 이렇게까지 황량해졌다니. 한때는 최신 유행가가 흘러나오고, 내레이터모델들이 하이 톤으로 사람들을 불러세우던 거리. 마치 지진이라도 휩쓸고 간 듯, 거리에는 잔해들과 쓰레기만 뒹굴고 있었다. 나는 그런 K구역의 입구를 바라보며 잠시 망연한 기분에 잠겼다. 숨을 들이켜자 더이상 아무도 살지 않는 K구역을 맴도는 쾨쾨한 서늘함이 느껴졌다. 정말 유령이 살기 때문인지 K구역은 거짓말처럼, 두꺼운 잿빛 안개 속에 가라앉아 있었다. 되돌아갈까? 두려운 마음에 잠시 망설였으나 의지와 상관없이 나는

한 발을 앞으로 내디뎠다. 이렇게 음산한 곳 한복판에서 J선배가 커피를 내리고 있다는 사실을 내 눈으로 확인하고 싶다는 욕구. 왜인지는 알 수 없으나 나를 추동한 것은 아마 그것이었을 터이다.

J선배.

J선배는 많은 후배들에게 선망의 대상이었다. 선배에게는 어딘가 독특한 분위기가 흘렀다. 선배의 학번 앞자리가 우리와 다른 까닭일까. 선배에게는 앞선 세대의 정서가 남아 있었다. 그러나 선배의 출생 연도는 우리와 얼마 차이 나지 않았다. 나이로 세대를 구분 지어야 한다면 선배는 우리 쪽에 더 가까운 편이었다. 그래서 선배는 종종 자기를 '과도기의 산물'이라고 불렀다. 하지만 진정한 의미의 '과도기의 산물'이란 선배네 세대가 아니라 우리 세대를 지칭하는 말이라고 우리는 생각했다. 이곳에도 저곳에도 속하지 못하는 어정쩡한 세대. 이제 와 생각해보면, 언제나 '공사중'이고 '개발중'인 이곳에서 선배 이전의 세대든 우리 이후의 세대든, 사실 모두가 과도기라는 커다란 괄호로 묶이는 동류항인지도 모르겠다. 그러나 그때 우리는 서로가 완벽히 다른 시대를 체현하며 살았다고 생각했다. 선배는 학생운동에 투신하던 옛 선배들이 보기에는 지나치게 가벼웠고, 취업에 매진하는 우리 세대가 보기에는 지나치게 무거웠다. 선배에게 공존하는 그 미묘한 부조화가

군대에 다녀오지 않은 몇몇 남자 후배들에게는 독특한 매력으로 다가왔다. 물론, 선배가 작은 체구에 예쁘장한 얼굴을 지니지 않았더라도 그 미묘한 부조화가 우리에게 매력으로 다가왔을지에 대해서는 확언할 수 없다. 어쨌든 선배는 그런 사람이었고 나 역시 그렇고 그런, 선배의 추종자 중 한 명이었다. 첫사랑이니 어쩌니 운운하며 선배 때문에 마신 소주가 한강을 이룰 지경이었지만 나는 정작 선배에게 사랑을 고백하려는 시도조차 하지 않았다. 오랜 시간이 흐른 뒤의 어느 날, 소주를 먹다가 나는 깨달았다. 그 무렵의 나는 선배를 사랑한 것이 아니었을지도 모른다는 사실을. 어쩌면 나는 전세대가 갖고 있는 어떤 이미지를 막연히 동경했던 것에 불과했는지도. 그러나 그 무렵의 나는 선배를 향한 사랑의 고통에 도취되어 있었다. 그것이 시대의 고통에 둔감했던 우리 세대가 느낄 수 있는 고통의 최대치라 착각하면서.

J선배가 어떻게 카르페디엠을 인수하게 되었지?

그 내막에 대해서 들은 기억은 나지 않았다. 선배가 예전부터 카르페디엠에서 아르바이트를 할 정도로 그곳을 좋아했다는 기억만 있을 뿐이었다. 선배는 커피도 좋아했지만 카르페디엠의 그 고전적인 분위기를 더 좋아했던 것 같다. 끊임없이 새 점포가 들어섰다 나가는 K구역에 유물처럼 남아 있는 카르페디엠은 어딘가 선배와 닮은꼴이기도 했다. 선배는 가끔씩 그곳에 후배들을 모아놓고 스터디를 하거나 만취한 후배들을 주인 몰래 재우기도 했지만 대개는 그저 커피를 내려주었다. 드립 커피라니, 한가로운 짓 하네. 학교를 졸업한 이후 행적이 묘연하던 선배가 카르페디엠을 인수했다는 소문이 돌았을 때, 한 무리의 선배들은 그런 J선배를 힐난했다. 그리고 또다른 이들은 J선배를 비웃었다. 하필이면 다 스러져가는 커피 전문점이야, 점포를 내려면 더 괜찮은 데도 있었을 텐데.

나는 어쨌더라?

나는 그때 이미 군대를 전역하고 고시촌에 처박혀 있었다. 밥 먹을 때와 학원 갈 때를 제외하면 아침 일곱시부터 자정까지 독서실에 붙박여 있던 삶이었다. 언제나 주변 사람들과의 경쟁에서 살아남아야 한다는 강박에 쫓기는 심정이었다. 책상 모서리마다 어지러이 놓인 법전과 조약집, 프린트물과 시험지에 파묻혀 사는 동안 가끔씩 J선배와 카르페디엠의 소식을 전해듣기는 했지만 곧 잊어버리고 말았다.

K구역의 내부로 진입할수록 안개는 점점 더 짙어졌다. 집에서 고작 삼사십 분 떨어진 곳인데 여기만 이렇게 안개가 끼어 있을 수 있다니. 놀라웠다. 게다가 황폐화의 정도도 점점 더 심해졌다. 대학을 다니는 내내 오가던 골목이었음에도 나는

도무지 길을 알아볼 수 없었다. 지표로 삼을 만한 건물은 모두 무너져내렸고, 간판들은 여기저기에서 나뒹굴었다. 개나 고양이 한 마리 눈에 띄지 않았다. 어디선가 지독한 악취가 풍겨서 나는 서둘러 코를 감싸쥐었다. 오물이 썩는 냄새일 거라 생각하고 싶었지만 어쩌면 시취일지도 몰랐다. 이제라도 되돌아가는 편이 나을까. 나는 도대체 무엇을 하고 싶은 것일까. 한 시절에 대한 제대로 된 작별? 혹은 부채감의 해소?

유령이 처음 K구역에 나타났을 때, 전국은 공포에 휩싸였다. 매일 밤 건물들이 무너져내리고 불길이 치솟았다. 유령이 좁은 골목을 지나갈 때마다 창문이나 문 따위가 벌컥벌컥 열렸다. 쓰레기통이며 입간판이, 때로는 뿌리 뽑힌 나무가 날아다녔다. 마치 태풍이 불 때처럼 말이에요, K구역에서 살아남은 생존자는 증언했다. 내가 다녔던 대학은 휴교령을 내렸고, 유령의 습격을 피해서 주민들과 상점 주인들은 서둘러 K구역을 빠져나왔다. 습격이 전국으로 확산되면 어떻게 하나, 하는 마음에 온 국민은 불안에 떨며 뉴스 화면 속 참담한 K구역의 모습을 바라보았다. 그러나 몇 달이 지나도 유령은 오로지 K구역에서만 나타났다. 잔해 주변을 맴돌 뿐, 인접한 Y구역이나 W구역을 습격할 생각은 전혀 없는 듯 보였다. 내 일이 아니라고 안도하는 순간, 사람들은 유령에 대한 공포심을 잊었다. K구역 어디에서도 복구의 시도는 보이지 않았다. 지도상에 여전히 존재하는 K구역은 사람들의 마음속에서 영원히 종적을 감춘 것 같았다.

안개 탓에 검푸르게 보이는 해를 나침반 삼아 오랫동안 골목을 헤맨 끝에 나는 겨우 카르페디엠을 찾을 수 있었다. 철골이 앙상하게 드러난 건물의 잔해를 지나 왼쪽 골목으로 꺾어들자 카르페디엠의 간판이 시야에 들어왔다. 벽이 허물어진 사층짜리 아이스크림가게와 형태조차 알아볼 수 없는 대형 커피 전문점 사이에 간신히 매달려 있는 작은 간판. 대부분의 사람들에게는 발견되지 않을 숨은그림찾기의 한 조각처럼, 내게 쓸쓸한 작별인사를 건네는 손짓처럼, 그 간판은 몇십 년 동안 그래왔듯이 그 자리에 붙어 있었다. 폐허 속에서 비교적 온전한 모습을 유지하고 있는 카르페디엠을 보자 무엇인가가 울컥 내 안에서 치솟았다. 카르페디엠이 이런 난리에도 정말 살아남아 있구나, 하는 데서 기인한 애잔함과 J선배는 여기에서 무엇을 하고 있는 거야, 하는 막연한 분노. 그리고 내가 이곳에서 길을 잃지 않았구나, 하는 안도감이 뒤섞인 무언가였다. 카르페디엠의 외벽은 내가 마지막으로 보았던 때로부터 수십 년의 세월을 더 견디기라도 한 듯 마모되어 있었다. J선배가 이런 곳에서 혼자 버티고 있지 않았으면 하는 마음과 여기까지 왔는데 J선배를 볼 수 있으면 좋겠다는 마음이 교차했다. 카르페디엠에 가기 위해서는 골목의 끝이라고 생각되는 지점에서 오른쪽으로 난 좁디좁은 골목으로 한번 더 들어서야만 했다. 하도 후미진 곳에 위치해 있어서 초행인 사람들은 코앞까지 와서도 찾지 못하고 헤매기 일쑤였다. 골목 초입에 카르페디엠으로 이어지는 길임을 표시하기 위해 달아둔 간판이 가리키는 방향대로 나는 낡고 좁은 골목으로 들어섰다.

시간을 초월한 듯, 예전의 모습을 그대로 간직하고 있는 나무문을 힘껏 밀었다. J선배는 오래전에도 그랬듯이 카르페디엠의 한구석, 카운터 앞에 앉아 있었다. 문소리에 선배가 고개를 들어 내 쪽을 바라보았다. 아아, 나를 보는 선배의 표정. 선배의 얼굴에는 놀라움과 반가움이 적절한 비율로 섞여 있었다. 선배는 내가 누구인가를 떠올리려고 애쓰는 듯 얼굴을 살짝 찡그렸다. 나는 가게 안으로 들어가지도 나가지도 못한 채 엉거주춤 서 있었다. 우리 둘 사이에 정적이 몇 초간 흘렀을까. 괜한 발걸음을 한 게 아닐까 하는 후회가 들 즈음 선배가 입을 열었다.

"혹시……?"

선배의 입에서 흘러나오는 내 이름이 내게는 어서 들어오라는 환영의 인사말처럼 들렸다. 나는 멋쩍은 웃음을 지으며 가게 안으로 들어섰다. 내가 누구인지 확인한 선배의 얼굴에는 환한 미소가 번졌다. 거기, 시간을 가로질러 선배와 내가 다시 조우했다. J선배를 데리고 K구역에서 빠져나와야겠다는 마음만 너무 앞섰던 것일까. 선배를 실제로 마주하고 나서야, 해후하고 난 뒤에 생길 어색함에 대해서는 미처 생각하지 못했다는 것을 깨달았다. 선배가 무슨 일로 왔느냐고 묻는다면 뭐라고 대답을 해야 하나 망설이고 있을 때, 선배가 먼저 입을 열었다. 커피 줄게, 아무데나 앉아봐. 마치 어제 만나고 헤어진 사람처럼. 순간, 선배도 나도, 그동안 우리가 어떻게 살아왔는지를 구구절절 설명해야 할 필요가 없어져버렸다.

카르페디엠이 처음 문을 연 것은 1975년이었다. 그렇지만 처음부터 커피 전문점이었던 것은 아니었다. 원래는 다방으로 시작한 카르페디엠이 커피 전문점으로 변모한 것은 1990년대에 들어서였다. 1975년 이래 인테리어가 몇 번 바뀌었는지 모르겠지만 적어도 내가 이곳을 알게 된 이후 십 년 가까운 세월동안은 인테리어에 변화가 없었다. 삐걱거리는 낡은 나무 계단. 낮은 테이블마다 덧씌워져 있는 체크무늬 테이블보. 테이블의 한가운데 놓인 클래식 엘피판과 향초는 물론, 우리들이 기증했던 낡은 시집 따위도 책장 한쪽에 그대로 있었다. 모든 것이 그대로였는데도 어딘지 카르페디엠이 낯설게 느껴졌다. 무엇 때문인지는 딱히 꼬집어 말할 수가 없었다. 나는 즐겨 앉던 구석자리의 소파에 걸터앉았다. 내 엉덩이가 닿자 소파에 시간의 흔적처럼 쌓여 있던 먼지가 오랜 잠에서 깬 듯 공중으로 황급히 흩어졌다. 기억과 달리 소파가 몹시 불편하게 느껴졌다. 편한 자세를 취하려고 몸을 이리저리 비틀고 있을 때, 선배가 물잔이 담긴 쟁반과 메뉴판을 들고 내 앞으로 다가왔다.

선배를 데리러 왔어요, 라고 말해야 할까. 너무 우스꽝스럽게 들리지 않을까. 내가 선배의 뭐라도 되는 양. 그렇지만 선배를 이런 곳에 혼자 두고 갈 수는 없어요, 남자답게 말해보리라. 나는 선배를 앞에 두고 침을 삼켰다. "무슨 커피를 줄까?" 하고 선배가 내게 물었다. "아무거나 주세요." 몇 년 만에 만난 선배는 그대로인 것 같았지만 동시에 어딘가 달라 보였다. 예전에는 조금 내성적이었다면 지금은 더 활발해진 느낌이랄까. 찬장 속에서 서버와 드리퍼 따위를 꺼내는 선배의 모습을 흘깃흘깃 훔쳐보았다. 선배의 귓불과 목선, 불거진 어깨뼈 같은 것들. 괜히 얼굴이 달아올랐다. 기물들을 물로 헹구는 소리, 원두가 차르르 떨어지는 소리. 나는 선배가 내려놓고 간 더운물을 한 모금 마셨다. 따스한 기운이 온몸의 구석구석으로 퍼졌다. 뭔가, 선배에게 해야 할 말 따위는 잊어버리고 그저 소파에 몸을 파묻은 채 한숨 자고 싶은 기분이었다. 이곳의 문밖에 온 거리를 초토화시키는 유령이 도사리고 있다는 실감이 더이상 나지 않았다.

선배는 원두를 그라인더 안에 부었다. "커피 간 지가 너무 오래되었네. 한동안 손님이 없었거든." 선배는 그라인더의 스위치를 켰다. 한동안 손님이 없었다고? 설마 유령의 존재를 모르는 게 아닐까? 그럴 리가 없다고 머리를 저었다. 농담이라면 참 썰렁한 농담이었다. 선배는 조금 들뜬 듯 보였고, 나는 소파가 불편해 다리를 펼 수가 없었다. 자리에서 일어나 선배에게 다가가는데 어딘가 아주 멀리서 바람소리가 희미하게 들렸다. 선배는 잠시 멈칫하더니 고개를 들어 문 쪽을 응시했다. 내가 있는 자리에서 선배의 얼굴은 잘 보이지 않았다. 소리는 가까이 다가오는 듯했지만 이내 다시 사라졌다. 선배는 숨을 크게 내쉬고 그라인더에서 굵은소금 입자 정도로 갈린 원두 가루를 꺼냈다. "뭐 필요한 거 있어?" 내가 다가가자 선배가 물었다. 나는 고개를 저었다. 선배에게 뭘 어떻게 물어야 할지도 몰랐지만 선배가 왜 내게 아무것도 묻지 않는지도 의아했다. "뭐 도울 일 없어요?" 이번에는 선배가 고개를 저었다.

선배가 커피잔과 쟁반을 신중하게 고르는 사이 딱히 할일이 없어 무료해진 나는 기지개를 켜며 카르페디엠을 찬찬히 둘러보았다. 응? 왠지 터무니없는 의구심이 일기 시작했다. 무슨 말도 안 되는 생각이야. 나는 그럴 리 없다며 내 눈을 의심했다. 그렇지만 틀림없는 사실 같았다. 뭐랄까, 카르페디엠 안의 모든 것이 예전보다 더 낮아지고 작아진 느낌이랄까? 아까부터 카르페디엠이 낯설다고 느꼈던 이유가 바로 그 때문인 것 같았다. 착각일 거라 생각하면서도 나는 선배가 커피포트를 가지러 간 사이 서둘러 원래 자리로 되돌아가 소파에 앉아보았다. 역시, 소파가 불편했던 이유는 소파가 너무 작고 낮기 때문이었다. 영 불편한 각도로 다리가 접혔고, 앉아서 공부만 한 탓에 집중적으로 살이 찐 엉덩이의 한쪽이 소파 밖으로 흘러나왔다. 모든 가구가 한꺼번에 작아졌단 말인가? 솔직히 그럴 가능성은 희박해 보였다. 그렇지만 오래전, 이곳을 들락거릴 때는 소파나 테이블 따위가 턱없이 낮다는 인상을 받은 적이 없었다. 한번 그런 생각이 들자 선배의 체구도 예전보다 훨씬 작아 보였다. 원래부터 작기는 했지만 저렇게까지 작았나 싶을 정도로 선배는 더 왜소해져 있었다. 바싹 말랐을 뿐 아니라 키마저 줄어든 것 같았다. 아니면 내가 커진 건가? 카르페디엠의 문을 연 순간부터 나는 전체적으로 사이즈가 줄어든 이곳이 낯설었던 게 틀림없었다. 모든 것이 일정한 비율로 작아진 카르페디엠을 바라보며 나는 내가 거구가 된 것만 같아 당혹스러웠다. 퇴화하는 동물. 선배가 이곳을 인수했다는 소문이 한창 떠돌았을 때, 동기놈 중 누군가가 선배를 그런 식으로 묘사했었다. 언제까지나 선배처럼 살 수는 없잖아. 우리는 살아남아야 했고, 그것만이 우리 삶의 목적이자 이유였으므로, 우리는 멸종의 위기에도 살아남을 잡식동물처럼 아무거나 먹어치우며 몸을 불렸다.

선배는 이상한 점을 전혀 눈치채지 못한 것일까? "선배, 이 동네에 유령이 나온다는 거 알긴 아는 거죠? 나랑 같이 여길 빠져나가요." 나는 카운터 앞에 놓인, 장난감처럼 작은 스툴 위에 걸터앉으며 선배에게 말했다. 이 시간, 작아진 카르페디엠에 선배와 앉아 있다는 비현실성에 기대어 용기를 낼 수 있었다. 내 말을 듣고 잠시 멈칫했던 J선배는 이내 싱긋 웃었다. "둘이 있는 한은 괜찮을 거야." 그 말이, 마치 내가 선배를 지켜줄 거라고 믿는다는 말처럼 들려 왠지 가슴이 벅찼다. 그렇지만 한편으로는 과연 내가 유령과 맞서 싸워줄 수 있을까 겁이 나기도 했다. 나는 선배에게 도대체 왜 여기에 이러고 있느냐고 묻고 싶었지만 그 대신 유령을 본 적이 있느냐고 물었다. "아니, 그렇지만 유령이 존재한다는 것은 알아. 수많은 사람들의 목숨을 앗아갔으니까."

선배는 옛날처럼 내 앞에 잔을 놓고 드리퍼에 종이 필터를 끼웠다. 그리고 원두 가루를 담은 뒤 그 위로 아주 천천히 물을 부었다. 뜨거운 물이 원두를 적시며 단조로운 원을 그렸다. 늦가을, 마른 낙엽을 태울 때 나는 향이 공기중으로 퍼지며 기억의 어딘가를 건드렸다. 오래전, 우리는 커피 맛도 모르면서 그저 선배 얼굴을 한번 더 보려고 카르페디엠에 죽치고 앉아 있곤 했다. 카페가 언제 처음 생겼는지 알아? 그 시절, 선배는 커피를 내려주면서 언제나 카페에 얽힌 여러 가지 이야기를 해주었다. 선배는 특히 18, 19세기 유럽의 카페와 관련된 일화들을 즐겨 들려주었다. 몰리에르나 라신 같은 문호들이 즐겨 찾던 파리 최초의 카페 르 프로코프. 바스티유 감옥을 탈취하기 위해 떠나며 사람들이 초록 잎을 모자에 꽂던 카페 드 푸아. 선배의 이야기에 등장하는 카페에서는 유명한 예술가들과 철학자들이 만났다가 헤어졌다. 사치와 방탕 그리고 혁명의 기운이 뒤섞여 있던 그 무렵의 카페는 종종 은어로 불렸다. 선배가 말했다. 그래서 그때 사람들은 카페에 가면서 예배당에 간다고 했대. 선배의 이야기를 듣던 우리는 얀마, 너도 예배당에 왔으니 회개나 좀 해라 따위의 시시껄렁한 농담을 해대며 웃었다. 선배에게 잘 보이려고 애쓰던 때였을 텐데, 우리는 그때 도대체 왜 그 모양이었을까.

커피를 내려주던 선배는 다시 잠깐 멈칫하더니 문가로 시선을 던졌다. 각도 탓에 선배의 표정은 잘 보이지 않았다. 선배는 어떤 소리를 듣기 위해 주의를 집중하고 있는 듯 보였다. 선배를 따라 나도 귀를 기울여보았지만 아무 소리도 들리지 않았다. 선배는 다시 숨을 내쉬었다.

"커피를 내릴 때 주의할 점은……" 선배는 손목만 움직여 물을 부었다. 아주 천천히 커피를 내리는 선배의 동작은 여전히 우아했다. "한번 해볼래?" 우리가 언제부터 카르페디엠을 찾지 않았을까? 우리 중 누군가에게 애인이 생긴 이후? 나는 선배 옆으로 가서 포트를 받아 쥐고 손목을 움직였다. 선배와 똑같이 한다고 했는데도 물이 떨어지는 모양은 선배의 것과 조금도 닮지 않았다. "천천히, 천천히, 급할 거 없잖아." 선배가 내 팔꿈치를 붙잡았다. 팔을 고정하기 위해 붙잡았을 뿐일 텐데 심장이 쿵쾅거리고 얼굴이 홧홧, 달아올랐다.

선배는 카운터의 안쪽에 서서, 나는 그 바깥쪽에 놓인 스툴에 앉아 커피를 마셨다. 예전에는 꽤 높게 느껴졌던 카운터가 턱없이 낮아져 커피를 마실 때마다 내 등이 둥그렇게 굽었다. 카운터가 높았던 옛날이나 낮아진 지금이나 나는 커피 맛에 문외한이었다. 그렇지만 기분 탓인지는 몰라도 선배가 내려준 커피는 어딘가 특별했다. "하와이안 코나는 말이야……" 커피에 대해 설명해주려던 선배가 또다시 멈칫했다. 아까부터 선배가 무슨 소리를 듣고 그러는지 궁금했던 터라 나도 정신을 집중하고 귀를 기울였다. 그러자 삐걱, 삐걱 하는 소리가 내 귀에도 어렴풋이 들렸다. 누군가 나무 계단을 밟고 올라오는 소리 같기도 했고 나무 기둥에 금이 가는 소리 같기도 했다. 선배는 또다시 문 쪽으로 시선을 던졌다. 선배는 누군가를 기다리는 사람처럼 보였다. 그렇지만 달리 보면 누군가 올까 봐 걱정하고 있는 사람처럼 보이기도 했다. "누구를 기다려요?" 내가 물었다. "응, 손님이 오지 않을까 해서." 선배의 대답이 당혹스러웠다. "선배, 도대체 누가 여기까지 오겠어요?" 선배가 나를 쳐다보았다. "너는 왔잖아." 더이상 할말이 없어져버렸다.

K구역의 한복판에 들어앉아 있으니 시간의 흐름은 쉽게 가늠이 되지 않았다. 짙은 안개 때문에 창밖은 한결같이 일정한 농도로 어두웠다. 흐르지 않는 시간 속 어디에서도 기다림의 끝은 예측되지 않았다. 카르페디엠이 짙푸른 어둠 속으로 서서히 침몰해가는 선박이라도 되는 듯, 멀리서 바람이 불 때마다 멀미가 났다. 우습게도 선배의 태평한 대답을 듣고 나서야 비로소 내가 폐허의 한복판에서 커피를 마시고 있다는 사실을 절감할 수 있었다. 그리고 내 발로 이곳까지 걸어온 이상 선배를 두고 혼자 나갈 수도, 선배를 데리고 나갈 수도 없으리라는 예감이 나를 사로잡았다. 처음으로 겁이 났고, 달아나고 싶었다.

선배가 빈 커피잔을 내려놓고 창밖을 보았다. 선배의 옆얼굴이 촉광이 낮은 불빛을 받아 어스름하게 보였다. 스무 살 적 기억 속 선배의 희고 선이 가는 얼굴이 떠올랐다. 외모 때문인지 평소 행동 때문인지 모르겠지만, 그때 우리는 선배를 순수함의 결정체처럼 여겼다. 문득 겁이 난 나 자신이 조금 한심하다는 생각이 들었다. 나의 불안과 상관없이 여기서 한 시간도 떨어지지 않은 곳에서 사람들은 또 저마다 바쁘게 살고 있을 터였다. 더욱이 부모님은 지금쯤 내가 고시촌의 한 독서실 칸막이 책상 앞에 앉아 아무리 외워도 줄지 않는 법조항들을 상대하고 있으리라 믿고 있을 거였다. 내가 아직 시험 결과를 전하지 못했기 때문이었다. 작년, 또다시 1차 시험에 낙방했을 때 아버지는 약주의 힘을 빌려 말했다. 요즘 것들은 전력투구를 하지 않아서 이 모양이야. 그러나 사실 나는 전력투구를 하고 있었고, 그럼에도 불구하고 연거푸 시험에서 일이 점 차로 떨어졌다. 그럴 거면 때려치우고 취직이나 해라. 아버지의 말에 일 년의 말미를 더 주시면 반드시 붙어 보이겠노라, 호언했던 것은 합격에 대한 확신이 있어서라기보다 지금껏 쏟아부은 시간을 무無로 만들 수 없다는 오기 때문이었다. 시험에만 붙으면 장가를 잘 갈 수 있을 거라던 어머니의 말이 맞는지 틀린지를 아직까지도 확인해보지 못하고 있었다. 나는 지극히 세속적인 욕망을 지닌 사람이었으나 언젠가부터 합격 이후의 삶에 대해 상상할 수가 없었다. 내게 선명한 현실로 다가오는 것은 찬란한 미래가 아니었다. 변해가는 애인의 마음을 알면서도 어찌할 수 없었던 날들의 참담함. 내게 현실이란 그런 참담한 기억뿐이었다. 나는 왜 카르페디엠에 오고 싶었을까. 얼굴에 낙인처럼 찍혀 있을 열패감을 지우지 못해 아무도 만날 수 없던 날들이었건만. 혹, 나는 선배의 얼굴에서 내 것보다 더 짙은 패색을 확인하고 싶었던 것은 아닐까. 거기까지 생각이 미치자 씁쓸한 마음이 들었다.

"리필해줄까?"

비어 있는 내 잔을 보더니 선배가 일어섰다. 그리고 유일한 손님인 내게 최선을 다할 생각인지 커피를 다시 따르고, 카운터 위에 놓인 향초에 불을 붙였다. 초에 불을 붙이고 나자 카르페디엠은 내가 기억하는 분위기에 한층 더 가까워졌다. 그 옛날, 축제의 마지막날 밤에도 카르페디엠의 카운터 위에는 촛불이 밝혀져 있었다. 푸른 봄밤. 가로등 불빛을 받은 목련은 알전구를 품기라도 한 것처럼 탐스럽게 빛났다. 우리는 노래를 부르고, 술을 마시고, 자작시를 한 구절씩 돌려 읽고, 누군가에게 고백을 하고, 또 누군가에게 차였다. 한껏 부풀었던 마음 따위가 쉽사리 출렁였다. 시위는 이국에 대한 풍문처럼 낯설었고, 취업 준비는 부역 행위처럼 간주되었던 그 밤, 우리에게 충만한 것이라고는 오로지 감수성뿐이었다. 선배는 만취한 아이들을 재우기 위해 테이블을 몇 개씩 이어붙여 간이침대를 만들었다. 선배와 단둘이 대화할 기회를 갖기 위해 취했지만 취하지 않은 척하고 있던 내가 선배를 도왔다. 모두 잠든 후, 그때에도 선배와 나는 오늘처럼 향초를 사이에 두고 마주앉았다. 몸이 비틀거려, 내 다리가 의자 아래로 자꾸만 떨어져내렸다. 취기 때문에 선배의 입술이 지나치게 붉었고 나는 그 입술을 훔치고 싶어 안달이 났었다. "언젠가 저 벽에 불꽃을 그려놓고 싶어." 선배가 내 뒤를 보며 말했다. 천천히 뒤를 돌아보자 흰 벽 위로 불꽃의 그림자가 일렁이고 있었다. 취중에 나는 약속했다. 내가 그려줄게요. 그 말을 입 밖으로도 냈나? 선배가 그 말을 듣고 웃었나? 그것은 기억나지 않았다. 내가 선배의 입술을 훔쳤나? 그것도 기억나지 않듯이.

어디선가 또다시 바람이 불어왔다. 바람이 불 때마다 나무끼리 부딪히듯 삐걱거리는 소리가 요란하게 울렸다. 창문이 열리고, 초가 꺼졌다. 열린 창으로 바깥의 불쾌한 냄새가 흘러들어왔다. 갑자기 무슨 바람이 이렇게 불어? 다시 초에 불을 붙이려는데 유령이 나타날 때면 돌풍이 불어와 창과 문이 벌컥 열린다던 이야기가 떠올랐다. 등골이 오싹해졌다. 말로만 듣던 유령인가? 나는 어떻게 하면 좋으냐고 묻기 위해 선배를 돌아보았다. 이번에는 선배의 얼굴이 정면에서 보였다. 문 쪽을 응시하는 선배의 얼굴에 핏기가 없었다. 맹금류의 울음소리를 닮은 바람은 점점 더 거세게 불어왔다. 카르페디엠의 커피 향과 뒤섞여 더욱 역하게 느껴지는 바깥공기가 움츠러든 땀구멍 하나하나에까지 파고들었다. 까맣게 타버린 집들, 무너져내린 담장, 그리고 아우성치며 달아났을 사람들의 모습이 눈앞에 펼쳐졌다. 그들은 모두 어떻게 되었을까. 건물이 하나씩 무너질 때마다 마치 그것들을 잡아먹기라도 한 듯 유령은 몸집이 점점 더 비대해졌어요. 생존한 누군가의 증언이 들리는 것 같았다. 유령이 습격하는 폐허에서 우아하게 커피를 내리는 선배. 그제야 선배가 그 무엇도 두렵지 않아서 이곳에 있는 것은 아니었구나 하는 생각이 들었다. 사실은 선배도 누구 못지않게 유령을 무서워하고 있는지도.

바람은 이내 잠잠해졌다. 유령이 아니었을까. 아니면 우리의 차례가 아직 아니었거나. 살았다는 생각이 들자 다리가 후들거렸다. 지나갔나봐요, 라고 말하기 위해 선배 쪽으로 고개를 돌렸다. 선배는 여전히 얼어붙은 그 자세 그대로 숨을 참고 있었다. 선배의 떨리는 손. 떨리는 입술. 선배가 이 같은 순간을 수도 없이 혼자서 대면했으리라 생각하자 왠지 선배의 이름을 불러주고 싶어졌다. "J선배." 지나간 일에 대한 잔상 탓인지, 혹은 앞으로 닥칠 일에 대한 두려움 탓인지 알 수는 없지만 선배를 부르는 나의 목소리가 미세한 진폭으로 떨리고 있었다. 나지막한 부름에 선배의 경직되었던 얼굴이, 이마가, 눈매가, 광대뼈 위의 근육이 천천히 제자리를 찾았다. "J선배." 숨을 오래 참고 있었던 듯, 선배가 긴 숨을 몰아쉬었다. "선배, 초에 다시 불을 붙일까요?" 내 목소리에 선배가 정신을 차리고 눈을 들어 내 쪽을 바라다보았다. 새삼, 근 십 년 만에 보는 선배의 얼굴이 생경하게 느껴졌다. 짧게 자른 머리와 볼살이 빠진 탓에 두드러진 광대뼈. 선배라는 사람과 처음으로 대면하기라도 하듯 가슴이 세차게 뛰었다. 우리는 함께 초에 불을 붙였다.

시간이 오래 흐른 듯했으나 짙은 안개 탓에 밖은 내내 일정한 농도로 어두울 뿐이었다. 카르페디엠에는 시계조차 눈에 띄지 않았다.

"선배는 어떻게 시간을 알아요?"

"시간? 몰라. 그냥, 배가 고프면 뭘 좀 먹고, 졸리면 자." 선배가 웃었다.

"여기서 자고 가도 돼요?"

막상 말을 뱉고 나니 선배가 내 말을 오해하지는 않을까, 하는 염려가 들었다. 밤을 새우고 가도 되느냐고 물었어야 하는데, 하는 후회와 내심 선배가 오해해주었으면 좋겠다는 모순된 마음이 우스꽝스럽게도 동시에 들었다. "집에 가보지 않아도 돼? 해야 할 일 있는 거 아니?" 해야 할 일? 대리나 주임의 직함을 달 수도 있었을 이 나이를 먹고 또다시 고시에 낙방했는데, 일은 무슨. 해야 할 일 따위는 아무것도 없었다. "아뇨, 전혀요." 선배는 카운터 뒤에서 침낭과 담요를 꺼내 바닥에 깔았다. "난 보통 테이블을 붙이고 그 위에서 자지만 일단은 여기에 누워봐. 기분이 썩 괜찮아." 바닥에 납작 엎드린 선배는 카르페디엠과 한몸처럼 자연스러워 보였다. 나도 선배를 따라 엎드린 채 두 팔을 양옆으로 벌렸다. 천천히 자전하는 지구의 속도가 느껴지는 것만 같았다.

"우리 이대로 누워서 서로에게 질문 하나씩 할까요?"

나는 선배에게 내가 이성으로 느껴진 적이 있느냐고 묻고 싶었지만 차마 입이 떨어지지 않았다.

"선배, 선배는 커피가 왜 좋아요?"

"글쎄…… 커피가 기호식품이라서?"

기호식품이라서? 기호식품. 그것은 커피가 전쟁이나 재해가 일어났을 때, 생존을 위해 반드시 필요한 식품은 아니라는 뜻이었다. 생존을 위해서는 있어도 그만, 없어도 그만인 것. 그런 커피 때문에 선배가 지금 여기에 이러고 있다는 사실이 역설적으로 느껴졌다.

"이번엔 내 차례인가?" 선배가 고개를 내 쪽으로 돌렸다.

"인공위성에서 내려다보면 카르페디엠이 어떻게 비칠까?"

선배의 질문에 나는 저멀리 수십만 킬로미터나 떨어진 우주에서 카르페디엠을 내려다보는 장면을 상상해보았다. 너무 깜

깜해서 보이기나 할까요? 라고 대답하려는데 선배가 혼잣말을 하듯 낮게 웅얼거렸다.

"시꺼먼 바다에 던져진 거대한 램프 같지 않을까. 등유가 다 타버릴 때까지 꺼질 듯, 꺼지지 않는."

선배의 말을 듣자 검푸른 물살에 몸을 싣고 떠내려가는 램프가 떠올랐다. 어쩐지 나는 그 위에 들러붙은 하루살이가 된 듯한 심정이었다.

"선배, 커피랑 초랑 다 떨어지면 그땐 어떻게 할 거예요?" 엎드린 탓에 목소리가 납작 눌려 우스꽝스럽게 들렸다. "네가 밖에 나가서 가져다주면 되지." 선배의 목소리도 마찬가지였다. 둘이 있는 한은 괜찮을 거라던 선배의 말이 새삼스럽게 떠올랐다. 왠지 정말 둘이 있는 한은 유령이 이곳에 찾아오지 않을 것 같았다. 왼쪽 귀를 바닥에 댄 채 엎드린 자세로 바라보니 옆으로 뻗은 손끝을 소맷부리가 뒤덮고 있었다. 분명히 잘 맞는 티셔츠였는데 소매가 많이 남아도는 느낌이었다. 발목을 움직여보니 발등까지 내려온 바짓단이 거치적거렸다. 무엇보다 꽉 쪼이던 허리띠 부분이 헐렁했다. 어딘가 옷에 파묻힌 꼴이었다. 고개를 돌려보니 선배와 눈높이도 얼추 맞았다. 문득, 선배는 퇴화한 동물이 아니라 오히려 불필요한 성장을 멈추어 낭비를 줄인, 가장 진화한 동물이 아닐까 하는 생각이 들었다.

"선배, 내일 해가 밝으면 뭐할 거예요?" 내가 물었다.

"뭐하긴. 커피를 내려야지."

"커피를 내리고, 우리 같이 가게 앞을 좀 쓸까요?"

선배는 동그란 눈으로 나를 보았다. 눈가의 주름과 기미가 그대로 드러난 선배의 맨얼굴 위로 엷은 미소가 드리워졌다.

"좋아."

우리가 이곳을 마지막으로 찾은 때는 언제였을까? 아무리 기억을 더듬어봐도 이곳을 떠나야만 했던 뚜렷한 사건이나 계기는 떠오르지 않았다. 모든 갈등과 상처가 일소되지 않았느냐는 식의 낙관주의나, 어차피 삶이란 그런 게 아니냐는 식의 허무주의 어디쯤에 몸을 숨긴 채, 우리가 피렌체로 암스테르담으로 아니면 바라나시로 배낭을 싸 떠나던 무렵은 아니었을까? 크림색 벽 위로 촛불의 그림자가 일렁였다. 나는 그 그림자를 보며 조만간 페인트를 구해다가 약속대로 벽에 불꽃을 그려줘야겠다고 생각했다.

"선배, 여기 계속 누워 있다가는 우리 입 돌아갈 것 같은데…… 그만 일어날까요?"

"그러자."

그러나 선배는 일어나는 대신 고개를 반대 방향으로 돌리더니 나른한 목소리로 한마디 덧붙였다.

"조금만 더 있다가."

어디선가 또다시 바람이 거세게 불어오는 소리가 들렸다. 멀리서 들리는 그 소리에 우리의 몸은 반사적으로 움츠러들었다. 그렇지만 더이상 두렵지는 않았다. 우리는 카르페디엠을 더욱 힘차게 끌어안았다. 그것이 유령이 먼 곳으로 사라져가면서 내는 바람소리라는 사실을 우리는 알고 있었기 때문이었다.

서영채

신진기예 백수린의 작가적 가능성

1. 백수린 소설의 특징들

우리는 왜 소설을 읽고 쓰는가. 이런 질문은 너무 커서 새삼스럽지만, 작가 탄생의 흔적이 깃들어 있는 신인 작가의 첫 책 앞에서라면 꼭 그렇지도 않다. 이 작가는 대체 어떤 생각으로 이야기와 문장을 만들어내는 것일까. 우리에게 무슨 말을 하고 싶은 것일까. 이런 생각으로 책을 들여다보면 예사롭지 않은 장면들이 포착되곤 한다. 그런 장면들은 우리로 하여금 한 사람이 작가로서 가지게 된 손금과 그것의 운명을 짐작하게 하거니와, 여기에서 좀더 나아가는 경우라면 그 작가를 통해 드러나는 우리 시대 정신의 천공과 별자리를 확인하게 하는 지표가 되기도 한다.

이제 첫 책을 내는 소설가 백수린의 경우는 어떨까. 이 책에는 등단작과 표제작을 포함하여, 최근 삼 년여 사이에 발표된 아홉 편의 단편소설이 실려 있다. 이들을 함께 놓고 보면, 가장 눈에 두드러지는 것은 아홉 편의 작품들이 지니고 있는 서사적 다양성이다. 여기에는 소재적인 다양함과 서사 구성 기법의 다채로움이 함께 어우러져 있다. 「거짓말 연습」이나 「폴링 인 폴」 「자전거 도둑」같이 정통적이라 할 단편들이 바탕에 있는 가운데, 「유령이 출몰할 때」와 「감자의 실종」 등에서는 알레고리적 구성이, 그리고 「밤의 수족관」에서는 망상에 빠진 화자를 통한 반전 플롯이 서사의 중요한 틀로 구사되고 있으며, 「꽃 피는 밤이 오면」에서는 고용 불안의 시대상과 호흡을 같이하는 사회성이 서사의 골간을 이루고 있다.

백수린의 소설들이 보여주는 이런 다채로운 모습은 일차적으로, 작가 백수린이 지니고 있는 신예다운 패기와 활력의 소산이라 해야 할 것이다. 그것은 마치 자기 영토를 획정劃定하고 또 한발 나아가 새롭게 확장하기 위해 땅을 다지고 여기저기에 말뚝을 박는 개척민의 태도와도 흡사해 보인다. 신예 작가가 보여주는, 제대로 된 소설을 향한 이런 패기와 기세라면 독자로서는 얼마든 환영할 일이 아닐 수 없다.

백수린의 소설들이 보여주는 또하나의 특징은 언어에 대한 예민한 감각이다. 이것은 일차적으로 소재의 차원에서 드러난다. 이 책에 실린 소설의 많은 부분이 언어 일반에 대한 문제의식과 결합되어 있다. 외국 유학이나 외국어를 배우는 상황(「거짓말 연습」「폴링 인 폴」「부드럽고 그윽하게 그이가 웃음 짓네」)과 실어증이나 언어적 혼란(「감자의 실종」「꽃 피는 밤이 오면」) 등이 중요한 장치나 상황으로 등장하는 작품들에서, 언어는 그 자체로 주목할 만한 요소이기도 하고 혹은 소통 불능의 상황을 표현하기 위한 서사적 장치로서 소환된 것이기도 하다. 언어와 소통이라는 요소에 대한 이 같은 관심은, 소설을 쓰는 작가에게는 그 자체로 의미 있는 것이 아닐 수 없다. 소설이라는 매체 자체가 언어적 소통의 한 방식이기 때문이며, 이런 점에서, 백수린의 소설이 보여주는 언어에 대한 문제의식과 감수성이 단지 소재의 차원에 머물지 않는 것은 당연한 일이겠다.

이를테면 그의 소설은 매우 촘촘하게 직조된 직물 같은 느낌으로 다가온다. 이런 특성 역시 언어에 대한 그의 관심과 무관할 수는 없겠다. 소설이 직물이라면 문장은 실이다. 서사라는 직물의 결이 촘촘하다는 것은, 문장과 단위 서사 자체 및 그 결합체의 밀도가 높다는 것을 뜻한다. 많은 경우 백수린의 소설들은, 여러 겹의 시선에 의해 만들어지는 성찰성을 서사 구성과 문장의 기본적인 속성으로 지니고 있다. 세상사를 바라보는 그의 눈이 단순하지가 않은 것이다. 물론 단순성의 매력이 그 반대항으로 존재하고 있으므로 이런 것이 반드시 좋은 것만은 아니지만, 성찰성이 지니고 있는 기본적인 중요성은 재삼 강조되어야 할 필요가 있다. 성찰성은 무엇보다도 서사에 균형 감각과 안정감을 부여한다는 점에서 그러하다. 단순함은 매력적일 수 있지만 자칫하면 위태로워진다. 반면에 서사와 문장의 안정감은 자칫 지루해질 위험도 없지 않으나, 독자에게는 무엇보다 작가에 대한 신뢰의 표지가 된다는 점에서 큰 미덕이다. 더욱이 신인에게서 이런 미덕을 발견하기란 쉬운 일이 아니다. 이제 첫 책을 내는 백수린에게 이 모든 것들은 아직 가능성일 뿐이지만, 일단은 그런 가능성을 보여주는 정도만으로도 대단한 일이 아닐 수 없다.

이 글에서는 백수린의 등단작과 이 책의 표제작을 중심으로 작가로서의 관심의 향배가 어떻게 표현되고 있는지 또 그것은 어떤 가능성과 의미를 지니고 있는지 살펴볼 것이다. 그런 정도가, 매우 많은 가능성을 자기 앞에 지니고 있는 한 신인 작가의 첫 소설집을 읽는 자리에 합당한 일이 아닐까 싶다.

2. 두 편의 등단작: 백수린의 서사적 동력과 지향점

백수린은 특이하게도 등단작이 둘이다. 공식적인 등단작은

2011년 경향신문 신춘문예 당선작인 「거짓말 연습」이다. 그런데 백수린은 그보다 반년 전 『자음과모음』 2010년 가을호에 「유령이 출몰할 때」를 발표한 바 있다. 「유령이 출몰할 때」는 일종의 추천 발표작이었던 셈인데, 이 두 편을 나란히 놓고 보면 출발점에 서 있는 작가의 모습이 그려진다. 「유령이 출몰할 때」는 소설쓰기의 기본 동력이 어디에 있는지를, 또한 「거짓말 연습」은 그의 소설쓰기가 바탕하고 있는 서사술의 기본 형태를 보여준다. 이런 진술은 물론 이 두 편만이 아니라 이 책에 실린 아홉 편의 단편 전체를 염두에 두었을 때 가능한 것이다. 두 편의 소설을 조금 상세하게 들여다보자.

「유령이 출몰할 때」의 서사적 얼개는, 낙방을 거듭하는 한 고시생 청년이 대학 시절의 추억을 찾아 한 여자 선배를 찾아가는 이야기이다. 여기에서 인상적인 것은 그 선배가 운영하고 있는 '카르페디엠'이라는 이름을 가진 카페의 존재이다. 그런데 소설은 도입부부터 초현실적인 설정으로 시작된다. 카페가 위치한 K구역은 비상이 걸려 있는 상태인데, 이유인즉 유령이 출현하여 구역 전체가 쑥대밭이 되었다는 것이다. 그 이후로 K구역은 지하철도 무정차로 통과할 지경이 되었다고 한다. 그런데 카르페디엠이라는 카페는 K구역에서 유령의 습격을 받지 않은 유일한 장소라는 것이다. 그러나 유령이라 했는가? 그것도 한 사람 앞에 조용히 나타난 것도 아니고 한 구역을 쑥대밭으로 만들 만큼 위력적인 모습으로 등장한 유령이라고? 그러니까 이런 설정은 이 소설을 알레고리로 읽어달라는 표지이겠다.

그런데 아무리 알레고리라 하지만 고시 낙방생 청년은 왜 그렇게 위험한 곳을 찾아간다는 말인가. 이유가 없을 수 없다. 표면적으로는 그 카페를 혼자서 지키고 있다고 전해지는 매력적인 여자 선배 J 때문이다. 여자를 만나러 가는 것이라면, 설사 목숨을 거는 것일지라도 이해할 수 있는 일이다. 남자들이 뭔가 일상적인 움직임의 선에서 벗어날 때 그 뒤에는 매우 자주 여자가 있기 마련이다. 이 경우 여자란 엄마일 수도 딸이나 애인일 수도 있다. 물론 이런 여성들의 존재는, 사회적 인정의 대행자로서 부성적 존재가 그렇듯 그 자신만을 위한 환상일 뿐이다. 그러니까 그런 존재로 상정된 여성의 입장에서 보자면 그것은 당혹스런 일이 아닐 수 없다. 그 환상의 바깥에 서 있는 여성은 이렇게 생각할 것이다. 당신은 나를 위해 분투한다고 하지만 당신이 그토록 성공에 몰두하는 것과 나는 아무런 상관이 없다고. 반면에, 자기가 만든 환상 속에서 움직이고 있는 남성 주체의 입장에서 보자면 그 여성적 존재는 삶의 이유에 해당한다. 부성적 존재로부터 수여되는 인정도 결국은 그것을 위해 존재하는 것이어서, 그 지점을 향해 나아가고자 하는 의지는 필사적이지 않을 수 없다. 자기 존재의 의미가 걸린 문제이기 때문이다.

물론 남성 주체들은 자기 마음속의 이런 모습을 잘 알지 못한다. 그것을 알아채버린다면 그것은 진짜 문제가 된다. 환상이 깨지고 현실적 삶의 무의미성이 전면에 등장할 것이기 때문이다. 그래서 설사 그런 모습이 어떤 순간 슬쩍 엿보인다 해도, 잠시 내가 정상이 아니었다거나 마음에 문제가 생긴 것이라는 식으로 회피해버리는 것이 상례이다. 그러니 이렇게 본다면, 실패한 청년 하나가 과거에 짝사랑한 여인을 찾아가는 그림은 충분히 이해할 만한 것이 아닌가. 그것은 일종의 귀향과도 같은 것으로서, 만약 그가 고시에 합격했더라면 그런 귀향의 제의 같은 것은 없었을 것이다.

이런 점에서 볼 때, 이 소설에서 J라는 여성 선배의 상징적 지위는 자명해 보인다. 그가 과거에 많은 청년들의 흠모를 받던 매력적인 여성임은 당연할 것이다. 중요한 것은 그 매력의 원천이라 할 것인데, 주인공에 따르면 그 원천은 사람 자체가 지니고 있는 기묘한 부조화다. 여기에서 부조화란 자기들과도 또한 선배 세대들과도 다른, 그 둘이 교직되어 있는 상태의 기묘한 느낌을 뜻한다고 했다. 이것은 좀더 단순하게 말하자면, 선배 세대라 지칭되는 운동권도 또 자기들이 대표하는 취업권도 아닌 상태를 뜻하는 것이다. 그런 분위기의 인물을 놓고 운동권이라거나 리버럴이라거나 하는 이름으로 부를 수 있으되,

여기에서 핵심은 그 어떤 특정한 이름을 갖는 것이 아니라 취업권이라는 이름을 갖지 않는 것이다. 그러니까 운동권이 되는 것이 아니라 비-취업권이 되는 것이 중요하다는 것이다. 그것은 그 사람이 벌레나 기계나 좀비가 아니라는 것을 뜻한다. 최소한, 고시 준비생으로서 '극렬 취업권'에 속해 있는 화자에게는 그러하다.

따라서 그런 선배를, 게다가 한때 흠모와 짝사랑의 대상이었던 여성을 찾아가는 주인공의 모습은, 좀비 되기에조차 실패한 예비 좀비가 비-좀비의 세계를 찾아가는 모양새가 아닐 수 없다. 그 여정의 핵심에 놓여 있는 J라는 선배와 카르페디엠이라는 카페가 어떤 의미를 지니는지는 그러므로 자명한 것이겠다. 그가 기억하는 카페의 모습은 이렇게 묘사되어 있다.

그 옛날, 축제의 마지막날 밤에도 카르페디엠의 카운터 위에는 촛불이 밝혀져 있었다. 푸른 봄밤. 가로등 불빛을 받은 목련은 알전구를 품기라도 한 것처럼 탐스럽게 빛났다. 우리는 노래를 부르고, 술을 마시고, 자작시를 한 구절씩 돌려 읽고, 누군가에게 고백을 하고, 또 누군가에게 차였다. 한껏 부풀었던 마음 따위가 쉽사리 출렁였다. 시위는 이국에 대한 풍문처럼 낯설었고, 취업 준비는 부역 행위처럼 간주되었던 그 밤, 우리에게 충만한 것이라고는 오로지 감수성뿐이었다.(288쪽)

이해관계와 수지 타산으로부터 자유롭던 상태의 기억은, 특히 모더니티의 세계 속에서는 인간됨의 고향과도 같은 것이다. 실제로 그런 것이 있을 수 있는지는 중요하지 않다. 중요한 것은, 인간됨의 고향이 어김없이 기억의 형태로, 그러니까 사라져버린 과거의 것으로서 기억된다는 점이다. 사람에 따라 청년기의 것일 수도 유년의 경험일 수도 있으되, 어른의 세계에 진입해 있는 사람에게 그것은 어느 날 갑자기 왈칵 쏟아지곤 하는 그리움의 대상 같은 것이 아닐 수 없다. 이 소설의 주인공이 폐허가 된 K구역으로 찾아가 옛날의 그 카페를 찾았을 때의 마음도 그러했다.

폐허 속에서 비교적 온전한 모습을 유지하고 있는 카르페디엠을 보자 무엇인가가 울컥 내 안에서 치솟았다. 카르페디엠이 이런 난리에도 정말 살아남아 있구나, 하는 데서 기인한 애잔함과 J선배는 여기에서 무엇을 하고 있는 거야, 하는 막연한 분노. 그리고 내가 이곳에서 길을 잃지 않았구나, 하는 안도감이 뒤섞인 무언가였다.(277쪽)

이렇게 보면, 카르페디엠이 있는 K구역, 그러니까 아마도 대학촌쯤일 것으로 추정되는 지역을 폐허화해버린 유령이 무엇인지도 분명해진다. 지난 십여 년 동안 대학을 황무지로 만든 것은 경제 위기와 청년 실업으로 대표되는 현실적 정황 이외에 다른 것이기는 힘들다. 그런 위기 상황이 청년들의 마음을 유체이탈시켰고 그리하여 그 젊은 동네를 유령 천국으로 만들어버렸다는 것이겠다. 그렇다면 이것은 역설적인 것이 아닌가. 그 동네를 폐허화한 것이 유령이라 했지만, 그 유령의 정체가 저와 같다면 고시 준비생인 주인공 자신이 이미 유령이 아닌가. 그러니까 이 소설의 서사적 얼개는, 한 유령이 자기 정체도 모르는 채 유령을 무서워하며 유령의 소굴로 들어가고 있는 형국인 셈이다.

작가 백수린은 카페의 이름을, '카르페 디엠carpe diem'이라는 호라티우스의 유명한 시구절에서 따왔다. '현재를 잡아라'라고 직역되는 이 말은 미래에 대한 헛된 욕심을 버리고 현재에 충실하라는 뜻이지만, 구체적 쓰임에 있어서는 매우 상반된 의미를 함께 지닐 수 있다. 안분지족의 수동적 태도에서부터 우리에게 내일은 없다는 식의 격렬한 행동주의까지 다양한 스펙트럼이 그 안에 포함될 수 있기 때문이다. 그것은 호라티우스의 이 특정한 구절만이 아니라 윤리적 지혜의 형식을 지닌, 즉 구체적으로 내용화할 수 없는 말 자체가 지닌 특성이기도 하거니와, 백수린은 자신의 첫 발표작에서 이 윤리적 명제를 유령의 소굴 한가운데, 유령조차 건드리지 않는 어떤 것으로 우뚝 세워놓았던 셈이다. 그리고 그곳을 찾아간 예비 유령과 유령들의 마녀가 촛불을 켜놓고 보내는 고즈넉한 저녁의 풍경을 우리에게 보여주었다. 백수린에게는 그런 풍경이야말로 소설쓰기나 문학 하기 혹은 비-취업권의 마음으로 살아가기의 요체가 아니었을까. 요컨대 그 풍경의 핵심에 놓여 있는 카르페디엠이라는 카페는 인상적인 것이 아닐 수 없다. 그것은 이 신인 작가가 품고 있는 소설쓰기의 정신적 지향점을 매우 강하게 암시하고 있기 때문이다.

「유령이 출몰할 때」가 이렇듯 소설쓰기에 임하는 백수린의 정신적 동력의 소재처를 보여준다면, 또하나의 등단작 「거짓말 연습」은 제목 자체가 암시하듯이 소설쓰기의 방법적 요체와 지향점을 좀더 구체적으로 현시해주고 있는 것으로 보인다. 「거짓말 연습」에서 백수린은 주인공의 입을 빌려 이렇게 말한다.

너네 별거한다며? 유학을 결심하기 전, 오랜만에 만난 친구의 입에서 흘러나온 문장이 떠올랐다. 그녀는 아무 일도 아니라는 듯 음식을 입안으로 밀어넣으며 그렇게 말했다. 그녀의 볼이 금방이라도 터질 듯 부풀어올랐다. 누구에게 들었어? 같은 말은 의미가 없었다. 남편이 바람을 피웠대. 누군가는 또다른 누군가에게 그렇게 전했을 수도 있을 것이다. 뭐, 그것은 모두 사실이었다. 결혼하면 언제나 서로에게 무엇에 관해서든 솔직하게 말하자, 고 청혼하며 이야기했던 그는 함께 산 지 삼 년 되던 해에 내게 솔직하게 말했다. 다른 여자와 잤어. 그러므로, 친구들이 하는 말은 모두 사실이었다. 그러나 그들이 내뱉는 문장들은 어쩌면 그렇게 상투적이었을까. 한두 문장으로 요약한 타인의 삶이 얼마나 진부해질 수 있는가를 나는 그때 처음 알았다. 그와 나 사이에 있었던 무수한 시간들이, 기억들이, 몸짓들이, 지극히 통속적인 한 문장으로 완결되었다. 나는 소음 속에서 입을 굳게 닫았다.(25쪽)

여기에서 두드러지는 것은 "한두 문장으로 요약한 타인의 삶이 얼마나 진부해질 수 있는가를 나는 그때 처음으로 알았다"와 같은 문장이다. 이 문장은 단순히 '요약'의 문제만이 아니라 대상을 포획하는 틀로서 언어 자체가 지니고 있는 폭력적인 속성을 드러내주고 있기 때문이다.

이 소설의 주인공은 유학을 위해 프랑스의 한 도시에서 육 개월 예정으로 어학연수를 하고 있는 중이다. 최종 목적지는 다른 곳이기에 거기에서 만난 사람들은 대개가 잠시 스쳐가는 사이에 불과하다. 그런 주인공에게 다른 사람들과의 소통은 이중으로 뒤틀려 있다. 익숙하지 않은 외국어로 인해 제대로 된 소통을 할 수 없는 외적 상황이 그 하나이고, 내적 소통의 불능이라는 상황이 다른 하나이다. 외국어를 잘 구사할 수 없어서 생겨나는 문제는 실력을 키움으로써 해소할 수 있다. 하지만 언어 구사력과 무관하게 내적 상황에서 발생하는 소통 불능은 좀더 근본적인 문제이다. 이런 상황에 어떻게 대처해야 할까. 이에 대한 대답은 쉬울 리가 없다. 삶을 사는 일 자체가 그 대답이라 해야 할 만큼 거대한 문제이기 때문이다. 백수린은 이런 문제를 안고 있는 사람들의 모습을 자주 그려낸다. 위의 인용문에서처럼, 그의 인물들은 이런 상황 속에서 자주 입을 닫아버린다. 백수린의 인물들이 보여주는 입 닫기의 방식은 다양하다. 이를테면 칩거하거나 실어증에 걸리거나 망상의 세계로 나아가거나 등이다.

백수린의 「거짓말 연습」에서 인상적인 것은, 언어로 인해 생겨난 소통 불능의 상황을 적절하게 서사적으로 제시하고 있다는 점이다. 위의 인용문에서 소설의 주인공이 직면해야 했던 것은, 요약하는 말과 요약될 수 없는 삶의 불일치라는 존재론적 상황이다. 언어를 통해 소통하는 우리는 종종, 당신을 사랑한다는 말만으로는 표현할 수 없는 것, 우리는 별거한다거나 혹은 나는 이혼했다는 말 등으로 표현될 수 없는 그 이상의 무언가가 있음을 깨닫곤 한다. 말로 재현되는 사실 너머에 말 이상이 있음을 확인하기 위해서는 일단 말이 있어야 한다. 누군가의 입에서 말이 밖으로 나와야 그 말의 나머지가 확인될 수 있기 때문이다. 물론 일상적으로 사용되는 언어 속에서 이런 순간을 확인하게 되는 것은 자주 있는 일이 아니다.

하지만 우리가 구사하는 말이 외국어라면 어떨까. 너무나 친숙하여 말의 나머지까지 익숙하게 된 모국어가 아니라, 내 마음을 번역하고 상대의 말을 번역하여 그 마음을 읽어야 하는 처지라면, 단어 선택 하나에까지 집중하지 않을 수 없는 상태라면 어떨까. 이런 때라면, 말이 머리에 떠올라 입술 바깥으로 소리가 되어 나오는 순간 그 말에 실릴 수 없는 내 마음속의 나머지와, 또한 말이 소리가 되어 날아가면서 채 담아가지 못한 찌꺼기들이 선명하게 보이는 것이 아닌가. 아직 외국어를 배우는 초심자로서 단순한 언어만으로 외국생활을 할 수밖에 없었던 「거짓말 연습」의 작중화자는 이런 생각을 했다.

어디서 왔니, 왜 왔니, 무슨 일을 하니? 이곳에 온 이래로 내게 돌아오는 질문은 늘 비슷한 것들뿐이었다. 어쩌면 그것은 내가 이국의 언어로 할 수 있는 말이 적었기 때문일 것이다. 그래서 표현되지 않는 수많은 이야기의 부스러기들이 언제나 내 안을 둥둥, 떠다녔다. 그것을 눈치채는 사람은 아무도 없었다. 나는 지칠 때까지 걷다가 멈춘 채 카페나 레스토랑 안에서 웃으며 이야기하는 한 무리의 사람들을 한참 들여다보았다. 그러고 있노라면 발아되지 못한 말의 씨앗들이 천천히 내 안에서

번져가는 느낌이 들었다.(23쪽)

이런 생각을 소설이라는 형식으로 포착해내고 있는 작가 백수린에게 소설이란 이런 마음들, "언제나 내 안을 둥둥, 떠다"니는 "표현되지 않는 수많은 이야기의 부스러기들"을 표현하는 도구라 할 수 있지 않을까. 이렇게 읽고 싶은 유혹을 느낄 만큼, 백수린은 이 소설에서 소설쓰기에 대한 상징으로 읽힐 만한 몇몇 장면들을 배치해놓았다. 상황에 따라 적절하게 거짓말을 지어내는 주인공 어머니의 모습도 그러하지만 대표적인 예를 들자면 다음과 같은 구절들이다.

　가) 전화를 했어요. 친정에 머물던 기간까지 합하면 그와 떨어져 산 지 이 년 가까이 되어갈 무렵이었어요. 우리 이혼하자. 내 말에 남편은 아무 대답을 하지 않았어요. 끊고 나니까 우습더라고요. 휴대전화 액정에 4월 1일 저녁 다섯시 반이라고 찍혀 있었거든요. 한국은 만우절이 지나갔겠구나, 하고 깨달으니 뭔가 상징적이라는 생각이 들었어요. 바로 그 순간, 그는 진실을 말하는 날에, 나는 거짓을 말하는 날에 서 있다는 것이 말이에요.(26쪽)

　나) 한국에서 학생이었어요? 아니요. 애인이 있어요? 없어

요. 나는 내가 느끼는 미묘한 감정들을, 사소한 차이들을 결코 제대로 전달할 수 없으리라는 것을 알았다. 그러나 그것이 여기, 우리의 대화에서는 문제가 되지 않았다. 우리가 하는 말이 참인지 거짓인지는 더이상 중요하지 않았다. 이곳에 진실한 것이 하나라도 존재했다면 그것은 다만 우리가 끊임없이 서로에게 말을 건네고 있는 행위, 그것뿐이었을 것이다.(31쪽)

가)에서 우연히 거짓과 진실 사이에 놓이게 된 주인공의 말은 그 자체가 소설의 지위와 상응한다. 허구와 진실 사이에 놓여 있다는 점에서 그러하다. 게다가 허구와 진실 사이의 경계에 놓여 있는 이 같은 역설적인 성격에 대해 말하자면, 그것은 비단 이혼하자는 주인공의 특별한 말만이 아니라 말 그 자체가 지니고 있는 지위이기도 하다. 일상적인 소통에서 한 층만 헤집고 들어가도 모든 말은 그 자신과의 불일치를 드러내는 신뢰할 수 없는 매체가 된다. 거기에서 한 층을 더 파고들면 그 불완전성에도 불구하고 소통의 매체로서 언어에 의존할 수밖에 없는 인간의 운명이 불가피한 것으로 버티고 있다. 그러므로 이 차원에서 중요한 것은 진실이냐 아니냐를 따지는 것이 아니라, 나)에서처럼 말이라는 행위 자체에 집중하는 것이다. 한 사람의 입술을 빠져나간 말이, 고막을 통해 그것을 받아들인 사람에게서 어떤 효과를 발휘하는지의 문제에 주목하는 것이 그것이다.

여기에서 중요한 것은 언어 이전의 진실이 있는지 여부나 그것이 언어에 의해 제대로, 가감 없이 전달되는지의 여부 등이 아니다. 나)에 드러난 상황은 먼저 의미가 있고 그것을 전달하기 위해 말이 동원되는 것이 아니라, 무엇보다 우선하여 행위로서의 말이 있고, 말이 상대방에게 일으킨 효과와 그로 인해 말을 한 사람에게서 생겨나는 반영적 효과에 의해 말의 의미가 양쪽에서 각각 생산되고 있는 형국이다. 그러니까 일단 말을 하는 것, 그것이 어떤 말이건 간에 일단 내지르는 것이 중요하다는 것이다. 그것이 없다면 소통이 없음은 물론이고 소통 불능도 없기 때문이다.

위의 인용문 나)에 바로 뒤따르는 대목은 주인공의 거짓말하는 엄마에 대한 이야기이다.

왠지 엄마 생각이 났다. 그러고 보면 기억할 수 없는 아주 먼 옛날, 거짓말을 내게 처음 가르쳐준 사람도 엄마였다. 날 때부터 곁에 없던 아버지에 대해 물을 때마다 엄마는 새로운 이야기를 지어 들려주었다. 이야기 속에서 아버지는 부잣집 막내아들이었다가 먼바다로 떠나는 선원이었다가 공장에 위장 취업했던 운동권 대학생이었다. 매번 바뀌는 엄마의 거짓말 때문에 나는 진짜 아버지가 누구인지 알 수 없었다. (……) 엄마는 이 세계가 그럴듯한 거짓말들에 의해서 견고히 다져질 수 있다는 것을 나에게 알려주려 했던 것이었는지도 몰랐다. 처음으로 엄마를 이해할 수 있을 것도 같았다. 어쩌면 거짓말이야말로 엄마가 나에게 가르쳐주려 했던 가장 건전한 소통 방식이었는지도.(31~32쪽)

이처럼 언어의 수행성에 대한 테제로 귀결되는 「거짓말 연습」의 서사적 성찰이 믿음직스럽게 다가오는 것은 위와 같은 단편적인 구절 때문이 아니라, 이 책에 실린 소설 전체가 지니고 있는 서사적 활기 때문이다. 언어의 한계에 직면하여 백수린의 인물들은 종종 입을 닫거나 혹은 매우 왜곡된 소리를 내곤 하지만 그것은 어디까지나 그다음 단계로 나아가는 계기일 뿐이다. 이 소설의 주인공이 상대에게 이해되지 않는 언어인 한국어를 써서 소통을 하듯이, 말문이 막힌 사람들은 또다른 방식의 소통의 수단을 찾아낸다. 이들의 모습이 만들어내는 서사적 활기는 아무렇게나 확보될 수 있는 것은 아니다. 단순히 패기나 열정만으로 되는 것은 아니라는 말이다. 이런 판단은 백수린의 두 편의 등단작이 이미 미메시스에 임하는 작가의 조밀한 사유의 결과를 넉넉하게 보여주고 있기에 가능한 것이다.

3. 백수린의 소설에 나타난 서사적 성찰성

이렇게 두 편의 등단작을 들여다보고 나면, 그후로 백수린이 보여준 소설적 행보와 추이를 이해할 수 있게 된다. 그의 서사에 기본항으로 놓여 있는 인물들은 제대로 된 소통의 길을 찾지 못한 채 말문이 닫혀버린 사람들이다. 이런 상태에서 그들이 추구하는 새로운 말문 트기의 다양한 방식들이 있다. 백수린의 소설 속에서 다수는 새로운 소통의 방식을 찾는 데 실패하며, 그들의 실패는 다양한 형태의 병리적 증상으로 나타난다. 그런 점에서 백수린의 소설들은 소통 실패에서 생겨난 병리적 증상들의 집합처로 읽히기도 한다.

그런데 한발 물러서 생각해보면, 어쩌면 그런 증상이야말로 우리 삶의 본원적 상태라고 할 수 있는 것이 아닌가. 오히려 정상성이라는 것이 그런 증상들을 감싸고 있는 껍데기에 불과한 것이 아닌가. 다시 말해, 정상적인 것이라고 간주되고 있는 것들도 한 발만 안으로 들어가보면 증상이라 부를 만한 것들로 가득차 있는 것이 아닌가. 그러니까 백수린이 포착해내는 일그러진 마음의 모습들은 오히려 일그러져 있어 우리 삶의 실상을 드러내주는 일종의 왜상anamorphosis 같은 것이라 해야 하지 않을까. 물론 모든 사람들의 삶이 그렇듯, 일그러져 있는 것 또한 백수린의 소설만이 아니고, 어떤 예술 작품이든 모두 나름으로 일그러져 있다. 그러니 일그러져 비정상인 것이 아니라 일그러짐 자체가 정상적인 것이다. 따라서 문제는 그런 일그러짐의 정도이겠다. 그러니까 진실을 드러내기 위한 일그러짐은 당연한 것이되, 어느 정도까지 혹은 어떤 방식으로 일그러지는지가 문제가 된다는 것이다.

이런 관점에서 보자면, 이 책에 실린 작품 중에서는 「폴링 인 폴」이 가장 왜곡률이 적은 경우에 해당할 것이며 그 반대편에는 기이한 실어증의 양상을 우의적으로 다루고 있는 「감자의 실종」이나 「꽃 피는 밤이 오면」 등이, 그리고 그 극단에는 중증 망상자의 이야기를 다룬 「밤의 수족관」이 있다. 「폴링 인 폴」은 그런 점에서 백수린의 작품들 속에서는 하나의 표준이 될 수 있다. 아버지와 아들 사이의 소통의 문제를 다루고 있으면서도, 그것을 안타깝게 바라보는 또하나의 시선을 배치함으로써 겹의 구조를 취하고 있다. 이 두 개의 이야기는 각각만 놓고 보면, 하나는 부자간의 갈등이 극복되는 이야기이고 다른 하나는 연하남을 짝사랑하는 연상녀의 이야기이니 특별하달 것은 없다. 그런데 이 둘이 겹쳐지면 둘 사이에서 서사적 탄력감과 윤기가 생겨난다. 그것은 백수린이 자주 보여주는 서사적 성찰성의 힘이기도 하다. 「폴링 인 폴」의 경우를 좀더 살펴보자.

내화로 등장하는 것은 재미 교포 아들과 아버지의 이야기이

다. 한국어를 잘 모르는 재미 교포 청년과 영어를 잘 모르는
그 아버지가 있다. 둘 사이에는 당연히 소통의 문제가 있을 수
밖에 없다. 이십대 중반인 폴은 한국어를 배우기 위해 아버지
의 나라인 한국에 왔다. 그의 부모는 1970년대에 미국으로 이
주해 자리잡은 이민자이다. 폴이 미국에서 성공하기를 바랐던
아버지는 폴에게 영어만 쓰도록 했고, 그래서 한국어를 배우
지 못한 폴과 영어에 서툰 아버지 사이에는 소통의 장벽이 생
겼다. 물론 언어 문제가 아니더라도 사춘기의 아들과 아버지
사이에 소통의 문제는 있기 마련이다. 이런 문제를 해소하기
위해서는 아들과 아버지가 각자 자기 고유의 자리를 자각해야
한다. 그런데 소설에서는 문제가 하나 더 생긴다. 한국어를 배
우러 서울에 온 폴이 일본에서 온 유리코와 사랑에 빠진 것이
다. 70년대 한국의 정서를 지니고 있는 아버지가 자기 며느릿
감으로 한인교회에 다니는 재미 교포 여성을 원하는 것은 당
연한 일이다. 이제 어떤 일이 벌어질 것인가. 아버지와 아들이
서로 힘겨루기를 하는 양상이니 세 가지 결과가 가능할 것이
다. 백수린은 그중에서 가장 표준적이라 할 자리를 찾아간다.
아들을 만나러 한국에 온 아버지가, 지난 세월 동안 변해버린
고국과 고향의 모습을 확인하고, 그 과정에서 일본인 며느릿
감을 받아들인다는 결말이 그것이다.

그런데 이런 결말의 서사라면 너무 평범하지 않은가. 소설

에서 폴의 부자 이야기가 본격화되는 것은 중반 이후부터이며, 시작에서부터 전경에 등장하는 것은 삼십대 중반의 나이에 '모태 솔로'인 한국어 교사 화자의 시점이다. 매력적인 여섯 살 연하의 폴을 바라보는 이 여성의 안쓰러운 시선이 폴의 이야기와 겹쳐 짜이고, 여기에 언어 교육과 관련된 다채로운 에피소드들이 들어섬으로써, 내화의 평이함은 오히려 소설 전체의 서사적 안정감으로 전화된다. 소설의 화자는 점점 폴의 매력에 빠져들어가지만, 폴에게서 돌아오는 것은 손위 여성에 대한 인간적인 호감일 뿐이다. 나아가 폴은 일본에서 온 유리코와 사랑에 빠졌고 아버지를 설득하여 결혼하고자 한다. 화자는 자기를 믿고 의지하는 폴의 기대를 저버릴 수 없어, 억지춘향 격으로 폴의 연애 상담자 노릇까지 해야 하는 처지가 된다. 누구에게나 이런 사태는 괴로운 일이 아닐 수 없다. 하지만 달리 도리가 없어 그런 역할을 충실히 해내야 하는 삼십대여성의 마음이 소설에 전면화되어 있다. 이루어지기 힘든 짝사랑을 하는, 늙지도 젊지도 않은 한 여성의 마음이 독자들의 눈앞에 펼쳐지고 있는 모양새이다.

그렇다면 어떤가. 두 개의 고민이 나란히 서로를 마주보면서 서사 속에 부감되어 있는 형국이 아닌가. 이렇게 두 개의 고민이 서로 얽혀 독자 앞에 놓이는 순간, 이 두 개의 고민으로부터 사라져버리는 것이 있다. 고민 자체의 격렬함이 그것이다. 고민의 강도로 보자면, 이민자 부자간의 갈등이나 자기가 사랑하는 남자의 연애 상담을 해주어야 하는 삼십대 여성의 고민이나, 어느 쪽도 모자란다고 할 수가 없다. 둘 중 어느 것이든 소설 속에서 단독으로 등장한다면 매우 격렬한 굴곡의 드라마가 될 수 있는 것들이다. 그런데 이 둘이 나란히 놓여 있는 정경은 어떤가. 이 둘이 서로를 마주보는 순간, 그러니까 좀더 정확하게는 삼십대 여성의 속내에서 자기 고민과 폴의 고민이 병치되는 순간, 고민들은 자기들이 혼자가 아니라는 사실을 깨닫게 된다.

남의 불행이 자기에게 위안이 되기는 사람이나 고민이나 마찬가지이다. 자기 존재의 유일성을 상실하는 순간 고민은 누구에게나 있을 수 있는 어떤 것이 되고, 또한 고민이 평범해지는 순간 그 고민을 안고 있는 주체는 성숙함에 도달한다. 그러니까 이 소설의 화자가 지니고 있는 안정감은 본디 그 자신의 것이라기보다는 오히려 폴이 어려운 문제를 자기 앞에 들이밀고 나옴으로써 비롯된 것이라고 해야 한다. 고민에 빠진 주체가 자기만이 아님을 폴이 확인시켜주었다고 해도 좋을 것이다.

이런 맥락에서 우리에게 중요한 것은 이 두 개의 시선을 마주 세움으로써 백수린이 성취한 서사적 안정감이다. 이런 안정감이 백수린의 소설을 지탱하고 있는 정서적 토대인 것으로 보인다. 토대가 든든하니 다양한 요소들이 그 위에서 뛰놀 수 있다. 마지막으로 간단하게, 백수린이 주목해온 서사소와 자주 구사하는 서사술에 대해 적시해보자.

이 책에는 고용 불안과 청년 취업난이라는 사회적 현실을 백수린 특유의 방식으로 포착해내는 소설들이 있다. 「꽃 피는 밤이 오면」과 「자전거 도둑」 등이 그것이다. 「꽃 피는 밤이 오면」에서 자동차 회사에 근무하던 한 남성은 어느 날 갑자기 의식을 잃고 쓰러진 후 실어증에 걸린다. 그 앞에는, 제대로 보상받지 못한 동료의 죽음과 일인 시위로 그 억울함을 지속적으로 상기시켜주었던 그 동료의 아내가 있었다. 지방대 출신으로 대기업에 입사했을 때의 기개는 이미 사라져버렸고, 아이도 갖지 못한 채 경제 불황 속에서 구조조정의 압박감에 시달리는 한 심약한 젊은 가장이 있을 뿐이다. 백수린은 이 남자의 모습을, 고통에 대한 동물들의 공감 능력에 대한 다큐 프로그램을 위해 일하는 아내의 시선으로 포착하게 했다. 겹의 구조로 둘을 맞세워놓은 셈이다.

또 「자전거 도둑」은 세 사람의 자유직업자 여성들이 집세 절약을 위해 한집에 거주하면서 생겨나는 이야기를 다루고 있다. 그중 한 여성에게, 정규직으로 회사를 다니는 버젓한 남자친구가 생겨나면서부터 문제가 생긴다. 셋이 함께 불행의 공동체에 있을 때는 아무 문제가 없었지만, 그로부터 탈출하는 사람이 생겨나는 것은 나머지 둘로서는 견디기 힘든 일이다.

이로 인해 유발되는 질투심과 그런 마음이 만들어낸 사소하고 어찌 보면 귀엽고 어찌 보면 기이한 행동들이 소설의 육체를 이룬다. 시대의 우울을 다루면서도 극단으로 몰아가지 않는 것은 백수린이 마련한 겹의 구조와 그로부터 비롯되는 서사적 성찰성 때문이다. 물론 그런 구조를 취하는 것 자체가 그의 성향이라 할 수도 있을 것이다.

백수린은 단편소설 쓰는 것을 매우 즐거워하는 것처럼 보인다. 단편소설이란 작은 창으로 세계를 보는 일이다. 그것은 그 작은 창이 지니고 있는 틀 바깥의 세계에 대해서는 면책 특권을 확보할 수 있으므로 책임의 범위가 좁다. 그뿐 아니라 그런 작은 틀의 구조가 지니고 있는 특성을 적극적으로 구사함으로써 시적인 효과를 만들어낼 수도 있다. 특히 소설이 지니고 있는 활자 매체로서의 고유한 프레임 효과(대부분의 시각예술은 하나의 장면을 한꺼번에 보여줄 수밖에 없지만 소설은 그것을 단어의 순차적인 연결을 통해 제시해야 한다. 그것은 흡사 매우 느린 프린터로 인쇄되는 스틸 사진을 눈앞에서 보는 것과 유사한 효과를 낳는다. 이것을 활자 매체의 프레임 효과라 부를 수 있겠다)와 결합되면 단편소설이라는 작은 창은 매우 특이하거나 유머러스한 세계를 포착해낼 수 있다. 개와 감자가 교체되어버린다는, 있기 어려운 언어적 혼란을 소재로 하여 이야기를 야금야금 풀어나가는 「감자의 실종」, 그리고, 자기가 유명한 스타의 숨겨진 아내라는 망상에 들린 화자를 동원함으로써 반전 플롯을 만들어내는 「밤의 수족관」 같은 작품이 그런 예일 것이다.

4. 신진기예 백수린

지금까지 백수린의 등단작과 표제작을 중심으로 하여 그의 소설이 지니고 있는 특성과 미덕들을 살펴보았다. 서사적 다양성과 언어에 대한 예민한 감각, 그리고 서사적 안정성의 원천으로서의 성찰성 등이 그런 덕목들이다. 당연한 말이겠지만 이런 미덕들이 백수린만의 것이라 할 수는 없다. 좋은 소설을 쓰는 작가들이 왕왕 지니곤 하는 것들이기 때문이다. 그러나 말을 뒤집어, 첫 소설집에서 이런 미덕을 보여준 백수린에게서 좋은 작가의 가능성을 발견한다고 말한다 해도 큰 과장이 아닐 것이다. 더욱이 그런 방식으로 항목화할 수 없는 강한 열정과 섬세한 힘이 촘촘한 서사의 결을 이루고 있는 모습을 그의 등단작들에서 확인할 수 있었던 것도 반가운 일이 아닐 수 없다.

지금껏 보여준 모습으로 보자면 백수린은 자기만의 특이한 세계를 향해 집중하고 달음질치는 스타일이라기보다는, 오히려 안정적인 보조와 감각으로 자기 세계를 부풀려가는 정통적인 스타일의 작가에 가까워 보인다. 피라미드가 높아지기 위해서는 넓은 땅이 있어야 하고, 독창성이라는 미덕도 충실한 기본기의 축적을 통해서만 실현될 수 있음을 우리는 왕왕 잊어버리곤 한다. 그 도야의 시간들을 어떻게 버텨내는지가 문제일 터인데, 백수린이 이 소설집에서 보여주고 있는 서사를 향한 열정이라면 그것을 위한 밑불이 되기에 부족함이 없을 것으로 보인다. 그런 가능성의 일단을 확인시켜준 것만으로도 한국문학의 독자에게 백수린의 등장은 기쁜 일이거니와, 신예작가라는 이름으로 불릴 때 그런 기대가 함께 있음을 그 역시 잊지 말아주었으면 한다.

서영채×백수린

눈부신 처음으로부터 —『폴링 인 폴』 재간에 부쳐

십 년이 지나 다시 한번

백수린 녹음기를 켜놓으니까 긴장이 되네요.

서영채 그래도 카메라 안 돌아가는 게 어디예요?

백수린 그건 그래요. (웃음)

서영채 그럼 시작할까요?

*

서영채 첫 소설집 『폴링 인 폴』이 나온 지 십 년이 되었군요. 그동안 낸 책들을 한데 모아보니, 작가로서의 성장이 한눈에 보였어요. 내공이 쌓였다고나 할까, 최근의 책들일수록 더 좋아져서 또 한 명의 성장형 작가가 탄생했구나 하는 느낌이 었어요. 이런 질문으로 시작해볼까요. 지난 십 년, 작가 백수린에게 어떤 시간이었는가.

백수린 십 년이나 된 줄 몰랐는데, 담당 편집자님께서 올해가 『폴링 인 폴』 출간 십 주년이 되는 해라고 말씀해주셔서 알았어요. 십 년이라는 세월이 흘렀다는 게 너무 놀랍기도 하고, 내가 진짜 열심히 쓰면서 숨가쁘게 지내왔구나 싶어요.

무엇보다 이 험난한 세상에서 살아남아 계속 책을 낼 수 있었으니 그것이 뜻깊다는 생각이 듭니다. 사실 저는 『폴링 인 폴』을 출간할 때 이게 첫 책이자 마지막 책이 될 수도 있겠다는 생각을 했거든요.

서영채 왜 그런 생각을 했어요?

백수린 그런 생각은 늘 하는 것 같아요. 작품을 발표할 때마다 이게 마지막 작품이 될 수도 있을 것 같다, 내가 다음 작품을 쓸 수 있을까, 항상 생각하는 편이에요.

서영채 내가 앞으로 소설을 더 쓸 수 있을까, 이런 느낌이에요? 아니면 내가 쓴 소설이 세상에 받아들여질 수 있을까, 이런 느낌이에요?

백수린 그 두 가지 의미가 동시에 있어요. 나한테 쓸 이야기가 더 있을까, 그런 마음과 내가 뭔가를 썼을 때 이게 의미 있게 세상에 받아들여질까, 하는 걱정이 글쓰기 시작한 지 십여 년 지났는데도 늘 있어요. 어떻게 보면 그게 저로 하여금 계속 쓰게 만드는 에너지인 것 같기도 하고요.

서영채 언제 소설가가 되겠다고 생각을 했어요?

백수린 어떤 특정 순간이 있었던 것 같지는 않고요. 아주 어렸을 때, 유치원생 때부터 이야기 만드는 걸 좋아했고, 내 책을 갖고 싶다는 생각을 하긴 했어요.

서영채 애들은 다 거짓말을 하잖아요.

백수린 그렇긴 하죠. 아무튼 초등학생 때도 장래 희망으로 동화작가라고 썼더라고요. (**서영채** 그건 아기 때니까!) 아기가 모두 다 동화작가 되고 싶어하진 않지 않나요? 친구들은 과학자, 대통령, 미스코리아 이런 걸 장래 희망으로 적었는걸요. (웃음)

그러다가 제가 소설가라는 단어를 처음 말하기 시작한 건 중학생 때였을 거예요. 그렇지만 그때는 그저 막연한 꿈이었고, 소설가라는 직업에 대해 현실적으로 생각해보기 시작한 건 대학을 졸업하기 직전쯤이었어요. 진로 고민을 한창 하다가 대학원에 진학해 문화인류학이나 문화사회학을 공부하는 쪽으로 마음을 굳히고 있었는데, 소설 쓰는 것을 시도조차 안 한 채로 연구자가 되어버리면 영영 못 쓸 것 같더라고요. 졸업하기 전에 한번 써보기나 하자, 그런 생각을 하게 되어서 추가

학기를 신청하고 소설 창작 수업을 들어봤어요.

그 수업에서 처음으로 단편소설 창작법이란 걸 배워 단편소설을 제대로 써봤는데 너무 재밌는 거예요. 그래서 이 일을 계속했으면 좋겠다고 생각했어요. 이후에 뜬금없이 불문과 대학원에 진학하면서 석사과정을 마칠 때까지 소설을 또 한동안 쓰지 못하게 되었지만요.

서영채 뭐가 재밌었어요?

백수린 일단 이야기 만드는 것이 너무 재밌었고, 또 저는 원래 지금보다도 더 조용하고 더 낯가림이 심하고 아무데서도 나서지 않는 거의 그림자 같은 아이였거든요. 발표를 해야 하는 수업은 다 철회할 정도로 정말 심각하게 남 앞에서 표현을 못하는 그런 아이였어요. 그런데, 소설에서는 제가 표현하고 싶은 걸 마음대로 표현할 수 있고, 다들 그걸 읽고 얘기하고 거기에서 뭔가를 발견해내고, 내가 말하려고 했던 걸 알아봐주잖아요. 그런 경험에서 희열감을 느꼈던 것 같아요.

다른 글과 달리 소설쓰기라는 것은 내가 말하려고 하는 바를 아주 우회적인 방식으로, 이야기를 통해 감추고 감추고 또 감춰서, 고이 접어 누군가에게 주는 행위인데, 관심이 없는 어떤 사람들은 그것을 받아봤자 끝내 아무것도 읽어내지 못하지만, 읽을 의향이 있는 어떤 사람은 그걸 펼치고 펼치고 또 펼쳐서 기꺼이 발견해주잖아요. 소설 읽기와 쓰기가 지닌 그런

면이 무척 아름답다고 느꼈어요.

서영채 소설이 아니라 편지였군요. 익명의 사람들에게 보내는 편지.

백수린 네. 그래서 아마 「감자의 실종」에도 그런 내용이 들어갔고 『눈부신 안부』에도 편지가 등장하는 것 같아요. 저에게 최초의 소설쓰기가 편지 쓰기 같았기 때문에.

서영채 습작생 때 받은 반응들은 어땠어요?

백수린 뜻밖에 좋은 반응을 받았어요.

서영채 그때 쓴 소설이 뭐예요?

백수린 잘 기억이 안 나는데, 아마도 『폴링 인 폴』엔 실려 있지 않은, 「셀로판 나비」란 작품이었을 거예요.

서영채 지워버리고 싶어요?

백수린 아니요, 지우고 싶지는 않아요.

*

서영채 『폴링 인 폴』 개정판은 아직 교정지를 안 받은 상태죠? 어때요, 읽기 싫죠? (웃음)

백수린 네, 읽기 싫어요. (웃음)

서영채 뭐가 수록돼 있는지는 기억하고 있어요?

백수린 당연히 기억나죠.

서영채 이제 인터뷰 마치고 다시 봐야 할 텐데, 어떤 느낌이에요?

백수린 사실 초심이 많이 엿보이는 글일 것 같아서, 그때 어떤 마음으로 작품들을 썼을지 다시 보고 싶기도 해요. 그즈음엔 한 편 한 편을 완성하는 게 무척 즐거웠던 기억이 있어요. 『폴링 인 폴』에는 습작생 시절의 작품들도 실려 있거든요. 습작을 할 때는 작가가 될 수 있을까 하는 두려움도 있었지만, 그것과 별개로 글을 쓰는 즐거움이 있었어요. 첫 소설집을 낼 때까지 스스로 작가라는 자의식은 거의 없었고, 그냥 이야기를 만드는 과정이 재밌었고, 그 이야기를 잘 완성하고 싶은 마음만 가득했어요. 하나를 완성한 후 그다음 이야기가 내게 찾아오면 그걸 완성하는 게 또 너무 즐겁고. 그런 순수한 즐거움이 이 작품들 속에는 녹아 있을 것 같아서, 그런 것들을 다시 읽고 발견하면 십 년이 지난 지금의 저에게도 의미가 있겠다는 생각이 들어요.

하지만 다른 한편으로는 좀 부끄럽기도 하죠. 아무래도 지금의 시선에서는 미숙한 점들이 보일 테고, 또 보여야 정상이니까, 그런 점들을 보면서 너무 민망하지는 않을까 그런 걱정이 되네요.

서영채 저도 십 년 만에 다시 『폴링 인 폴』을 본 거예요. 수린씨는 아직 안 봤지만 난 봤어요. (웃음) '성장형 작가다'라는 느낌이 들었다고 했는데, 시작할 때 대단한 작가들이 있고 갈수록 대단해지는 작가들이 있어요. 내가 보기에 백수린 작가는 전형적인 후자의 느낌이에요. 첫 장편 『눈부신 안부』를 읽고 그런 느낌을 받았는데, 그야말로 눈부셨어요. '뭐야, 이 말도 안 되는 거짓말쟁이가, 제대로 거짓말을 하네!' 하는 느낌이었어요. '훌륭하다!'

*

서영채 등단작이 두 개라는 게 좀 특이했었죠. 「거짓말 연습」이랑, 그전에 추천으로 발표한 「유령이 출몰할 때」.

백수린 사실 제대로 된 등단작은 경향신문 신춘문예에 당선된 「거짓말 연습」이고, 「유령이 출몰할 때」는 한 계간지의 미등단 작가들의 미니 픽션을 실어주는 지면에 발표했던 글이에요. 원래는 등단 이전에 쓴 습작물이니까 첫 소설집에 같이 묶을 생각이 전혀 없었는데, 『폴링 인 폴』 초판을 만들던 담당 편집자님이 그 글을 우연히 발견하고 꼭 싣자고 설득하셔서 싣게 되었어요.

서영채 저는 초판 해설에, 책에서 주로 다루는 게 사람과 사람 사이 소통의 문제라고 썼었잖아요. 수록된 작품들을 보면 외국어를 배우는 상황이나 외국인과 외국어로 소통해야 하는 상황 같은 것들, 또 언어 때문에 생겨난 혼란을 다룬 작품들, 실어증이랄지 망상이랄지 이런 이야기들이 있는데, 언어에서 이상 심리까지 쭉 연결되는 그런 흐름이죠.

이번에 다시 읽으면서 떠오른 단어는 연결이었어요. 소통은 연대와 이어지는 단어가 아닐까요? 연대는 약간 공적인 느낌의 개념이죠. 한 사람의 개성이 문제가 되는 게 아니라 n분의 1의 한 사람으로서 다른 n분의 1과 나누는 어떤 공적인 유대의 문제라면, 연결은 단일한 존재들의 어떤 사적인 유대가 아닌가. 두 편의 등단작이 그 두 개로 나뉘어 보이는 거예요. 「유령이 출몰할 때」하고 「거짓말 연습」이.

「거짓말 연습」은 외국어를 배우는 상황을 다루죠. 이건 이성적 소통의 문제예요. 외국어를 배우다보면, 일단 내가 사용할 수 있는 어휘를 동원해서 문장을 만들어야 되니까, 그게 제도적인 거짓말이 되는 거죠. 그게 결국 소설이라는 거잖아요. 근데 「유령이 출몰할 때」는 뭐랄까, 정서의 원석 같은 느낌이랄까? 이 소설은 어떤 사적인 친밀성의 연결감이 크게 자리잡고 있어요. 그러니까 내가 세상 전체의 부분으로서 세상과 함께 작동하고 있다는 느낌이 아니라, 세상에 버려진 사람들이, 혹은 세상을 등진 사람들이 자기들끼리 유지하고 있는 어떤 사적인 연결 같다는 느낌이 훨씬 더 커요.

그래서 만약에 이 첫 책만 본다면 이 사람은 도대체 어떻게 써나갈까, 이런 생각을 하게 되는데, 나는 이미 해답을 알고 있잖아요. (웃음) 그 두 개를 다 해내고 있더라고요. 아주 씨억 씨억하게 거짓말을 하면서. 연결감을 잘 지켜내면서. 소통이 목적인 공적 감정을 만드는 에너지와 연결을 지향하는 사적 감정의 에너지, 전자가 논리의 영역이라면 후자는 정감의 영역일 텐데, 이 둘이 함께 있는 거예요. 문제는 그 사이에서 생겨나는 긴장인데, 이 둘을 모두 잘 잡아내고 있었구나, 훌륭하게, 그런 생각이었습니다. 그게 참 대단해 보였어요. 다시 만나게 된다면 그런 말씀을 드리고 싶었어요.

*

서영채 「자전거 도둑」에 나오는 구절이에요. "규칙과 반복이 가져다주는 건강한 삶"(58쪽). 이번에 다시 읽으면서 이 문구가 탁 들어와 박히더라고요. '이걸 알고 있는 사람이야!'

지금 생활은 어때요? 『폴링 인 폴』의 원고를 처음에 읽을 때도 그런 느낌이었는데, 아까 수린씨도 그런 얘기 했잖아, 쓰는 게 재밌었다고. 지금도 그래요? 소설 쓰는 행위도 즐거웠고, 소설 쓰는 삶도 행복했는지. 지금도 행복한지?

백수린 크게 보면 행복했던 것 같아요. 어쨌거나 제가 하는 일들 중에서는 소설쓰기가 제일 즐거운 일이고, 저라는 사람한테는 소설이라는 표현 도구가 제일 잘 맞는다는 느낌이 들어요. 그래서 큰 틀에서는 행복한 십 년이었다고 망설임 없이 말할 수 있을 것 같아요.

그 안으로 들어가면 당연히 부침이 있었고 힘든 날들도 많이 있었지만요. 사실 저는, 제가 쓰기도 했지만, 지금 인용하셨던 '규칙과 반복이 가져다주는 건강한 삶'을 유지하며 사는 사람들을 늘 동경하는 편인데요. 그건 아마 제가 그러지 못하기 때문일 거예요.

데뷔 초부터 오래 써오신 선생님들께서 꾸준히 운동하고 매일매일 정해진 일정 분량을 쓰는 식의 규칙적인 삶을 살아야 길게 쓸 수 있다, 그런 얘기를 많이 해주셔서 저도 그렇게 해보려고 시도를 여러 번 해봤는데 매번 실패로 돌아갔어요. 항상 막판까지 우당탕탕 해서 마감하는 삶을 반복했는데 그러다보니 매 마감이 고단했던 것 같아요.

그래서 요새 저의 가장 큰 화두는, 소설 쓰는 일을 더 길게 오래하기 위해서는 제 삶에 무엇을 없애고 무엇을 더해야 하는가 하는 질문이에요. 지금까지는 어떻게 보면 젊은 작가의 열정과 체력으로 버텨온 부분이 큰데, 이제는 정말로 내가 규칙과 반복을 만들어서 이 일을 오래, 길게 해나갈 수 있도록 일상을 만들어야 될 것 같다, 그런 생각을 많이 하고 있어요.

서영채 저도 글을 쓰는 사람이고, 그래서 든 생각인데 누구나 자기 못난 모습 보이기 싫어하잖아요. 그래서 단속하려고 애쓰잖아요. 그런데 그런 사람들이 못난 모습을 보일 때가 있어요. 저분이 못난 분이 아닌데 못난 모습을 보여요. 그러면 어떤 느낌이 드냐면, 아 대가가 되셨구나, 저렇게 못난 모습을 당신도 아실 텐데 그걸 아무렇지도 않게 보일 수 있구나. 그러니까 노래를 잘 부르는 가수가, 노래를 아무렇게나 부르는 거예요. 그런 모습을 보는 느낌이에요. 어떠세요? 그럴 때 없으세요?

백수린 당연히 저도 그런 분들 보면 그렇게 느끼죠.

서영채 아니, 그런 느낌 말고. 수린씨가요.

백수린 아, 제가요? (웃음)

서영채 내 정련되지 않은 모습을 바깥으로 내보낼 배짱이 생겼는지.

백수린 배짱은 아니지만…… 저는 사실 작품 쓰면서 매번 그러고 있는 느낌이에요. (일동 웃음)

사실 소설을 쓰면서 행복을 느끼는 것과 별개로 제 글을 세상에 발표하는 건 저의 원래 기질과는 잘 맞지 않아요. 왜냐하면 저는 제가 못하는 걸 남한테 잘 보여주지 못하는 성격이거든요. 못하는 걸 보여줄 바에는 안 하는 쪽을 택하며 살아왔는데, 소설의 경우엔 처음부터 부족한 걸 알면서도 투고를 했어요. 배짱은 없지만 부족한 모습도 보일 각오가 없었다면 제 소설을 세상에 내보이지 못했을 거예요. 제가 대학원을 다녔으니까 대가들의 훌륭한 작품들을 수업 시간에 많이 읽었잖아요. 그런 작품들을 보다 내가 쓴 습작물을 보면 형편없어 보이고……(웃음) 그럼에도 『폴링 인 폴』에 나온 작품들을 다 이렇게 세상에 발표해 책으로 묶었네요.

제가 대가가 되어서 못난 모습을 보일 수 있게 된 건 당연히 아니고, 어떻게 보면 소설쓰기가 저라는 사람이 갖고 있는 단단한 방어막을 허물게 해주는 거 아닌가 싶어요. 그럼에도 여전히 아직 다 허물지 못한 부분이 있겠죠. 그런 부분들이 더 허물어지면 더 좋은 작품을 쓸 수 있을 것 같다는 생각은 해요.

서영채 열심히 썼는데 마음에 안 들어요. 마감이 다가왔어. 보내요, 펑크 내요?

백수린 웬만하면 보내요.

서영채 그렇죠? 보내는 게 옳다고 봐요.

백수린 제가 등단한 이후에 스스로랑 약속한 게 그거예요. 제가 봤을 때는 완성한 소설이 형편없을 확률이 아주 높잖아요. 왜냐하면 지금까지 고치고 또 고쳐서 겨우 완성한 거니까요. 제 눈엔 허점이 선명히 도드라지겠죠. 근데 성에 안 찬다고 작품을 한번 안 보내기 시작하면 그다음에도 못 낼 것 같았어요. 그래서 일단 그냥 내자, 그러고 난 다음에 또 고민하자, 그렇게 스스로 약속을 했었어요.

재미있는 건 제가 진짜 별로라고 생각해서 펑크 내고 싶었던 작품들 중에 좋은 평가나 독자들의 사랑을 많이 받은 작품도 있었다는 사실이에요. 그러니까 제가 느끼는 감각과 독자의 감각은 또다를 수도 있다고. 그리고 작가가 보지 못했던 걸 독자가 발견해줄 수도 있는 게 소설의 매력이라고 생각하게 되었어요.

물론 저는 훌륭하다고 생각했는데 독자들이 안 좋다고 하는 소설도 있겠지만. (웃음) 그래도 어쨌거나 저는 가능하면 다 발표하고 있어요.

고독과 자유의 소설쓰기

서영채 소설에 베를린이 자주 나오죠. 베를린 대학의 창립자 훔볼트는 대학의 이념에 대해 가장 먼저 자유, 그리고 뒤이어 고독을 말했어요. 고독이 진리 탐구에 도움이 된다고. 물론 학문에 관한 것이지만 소설쓰기도 다를 수 없다고 생각해요. 앞에서도 말했지만, 백수린 작가의 소설 전체를 놓고 보면 소통과 연결이 가장 큰 화두가 아닌가 싶어요. 고독으로부터 연결로 나아간다고 해야 할까.

고독은 사람들이 다 싫어하는 건데, 작가에게 필요한 고독

관리를 어떻게 해요? '저는 고독이 재밌는데요', 혹시 이런 건가요?

백수린 재밌지는 않아요. (웃음) 고독을 어떻게 정의하느냐에 따라 다르겠지만, 물리적으로 혼자 있는 시간은 저한테 그렇게 힘들지 않아요. 혼자 있는 걸 잘하는 편이라서요.

하지만 작가로서 느끼는 고독이라면…… 책을 만드는 일은 편집자님과 협업을 하지만, 작품을 쓰는 건 제가 혼자 하는 일이잖아요. 팀 메이트가 없으니까. 그런 데서 오는 고독이 있고, 그건 좀 힘들긴 힘들어요. 작가 생활에서 제일 힘든 것이 저한테는 그 부분인 것 같아요. 이 글이 나아가고는 있는데, 좋은 방향으로 가고 있는지 누구와 상의할 수도 없고, 내가 작품을 발표하기 전에 누군가한테 확인받기도 참 어렵고. 그런 게 작가로서 느끼는 고독의 가장 큰 부분인 것 같은데, 잘 관리하고 있는지는 모르겠어요.

서영채 읽어주는 사람은 없어요?

백수린 발표 전에 동생이 항상 읽어주기는 해요. 가끔은 대학 시절 친구들이 읽어줄 때도 있고요. 동생은 문학 전공자는 아니지만 제 글을 가장 오래 읽어왔고 저를 잘 알기 때문에, 동생이 읽고 재밌다 그러면 발표하고 동생이 정말 이해를 못하거나 이상하다고 하면 그 작품은 발표하지 않아요.

서영채 훔볼트가 필요하다고 했던 고독은, 생각해보면 세속 잡사로부터 떠나라, 그러니까 영수증 관리 같은 거 하지 말고 각자의 생각 안으로 들어가라, 뭐 이런 이야기가 아니었을까요.

백수린 아, 그래서 요즘 소설이 잘 안 써졌나? 최근에 가계부를 쓰기 시작했거든요. (웃음)

*

서영채 「까마귀가 있는 나무」의 첫 구절이 "당신이 푹신한 의자에 앉아 신인 소설가의 신작은 어떤가 읽어볼까 하는 마음으로 이 소설을 읽고 있을 때"(173쪽)이죠. 저는 '이거 뭐야, 벌써 자기 반영성이 작동하고 있나, 이 신인 작가가' 그런 마음으로 이 구절을 읽었어요.

한나 아렌트가 아테네 사람들에게 인간 행위의 세 영역에 대해 얘기했지요. 노예는 노동을 하고, 장인은 작업을 하고, 그리고 시민은 행동을 한다. 그때 행동은 당연히 정치적인 것이고요. 근데 지금 우리는 셋 다 하잖아요. 지금은 아테네 같은 사회가 아니고, 그래서 우리는 밥벌이를 위해 노동을 해야 하고, 또 작가에게는 이게 주가 되겠는데, 자존감을 위해 작업을 해야 되고. 그리고 시민으로서 정치적 행동도 하죠.

이 책에서는 세번째 영역, 즉 시민으로서 수린씨가 하고 있는 행동도 엿보였어요. 당대 현실에 대한 감각이 느껴졌다는 뜻이죠. 물론 두번째 일, '나는 소설가요, 나는 소설가로서 거짓말을 하는 게 이렇게 재밌어'라는 듯한 느낌이 제일 컸지만. 말하자면 세대의 문제랄까, 사회적인 문제들을 다루고 있잖아요. 가령 「꽃 피는 밤이 오면」이나 「유령이 출몰할 때」는 세대 문제를 다루고 있고, 「자전거 도둑」 같은 경우에는 비정규직 프리랜서로 살아야 되는 젊은 사람들의 모습 등의 문제들이 드러나죠. 앞으로는 이런 생각들이 어떻게 펼쳐질지 혹시 생각을 해보셨나요?

백수린 말씀하신 것처럼 그 세 가지 중에서 두번째랑 세번째 영역이 제 소설쓰기에서 가장 큰 부분을 차지하는 것 같아요. 그러니까 밥벌이를 위한 노동으로서도 당연히 소설을 쓰지만, 밥벌이를 위한다는 목적으로는 다른 원고들을 더 많이 썼던 것 같고요. 아니면 다른 일을 하거나.

그러니까 저에게 소설을 쓰는 행위는 결국 말씀하신 것처럼 작가로서의 어떤 자존감이나 미적 동기의 충족을 위한 수단이고, 동시에 저라는 사람의 기질과 제가 가지고 있는 어떤 능력을 발휘해 공동체 시민으로서의 역할을 가장 잘 수행할 수 있게 해주는 것이라고 생각해요.

제가 동시대 현실을 직접적으로 반영하는 작품들을 많이 쓰지는 않으니까 세번째 영역에 대한 관심이 좀 적을 것 같다고 생각하실 수도 있겠지만, 저 나름대로는 공동체의 일원으로서 기여하고 싶은 마음으로 소설을 쓰고 있고, 그런 노력을 제 나름의 방식으로는 데뷔작 때부터 최근작까지 계속해왔어요. 지금까지 생각한 대로라면 이다음 작품들도 그런 마음으로 쓸 것 같아요.

『폴링 인 폴』, 그 이후

서영채 지난해 드디어 장편을 냈어요. 등단 후 십이 년 만이네요. 마무리가 특히 멋졌어요. 어느 정도는 예상할 수 있었는데도 그랬어요. (**백수린** 감사합니다.) 장편 출간이 왜 이렇게 늦어졌어요? 논문 쓰느라고?

백수린 두 가지 이유가 있는데, 하나는 말씀하신 것처럼 저와 등단 시기가 비슷한 작가들이 한창 첫 장편을 쓸 때 저는 박사 논문을 쓰고 있었기 때문에 장편은 엄두가 나지 않았어요. 두번째로는, 그때 제가 단편이라는 형식이 제가 하고 싶은 얘기에 아주 잘 맞는다는 생각을 한창 하고 있었거든요.

『폴링 인 폴』에 실린 작품들이 그저 이야기 만드는 게 즐거워서 썼던 것이라면 『참담한 빛』과 『여름의 빌라』에 있는 작품들을 쓰면서부터는 제가 비언어적인 순간, 그러니까 미술이라든지 시 같은 것이 포착하는 그런 순간들을 서사로 보여주는 작업을 즐거워한다는 걸 알게 되었어요. 그런 작업을 하는 데는 장편보단 단편이 훨씬 적합했고요. 그런 작업을 하고 싶다는 미학적 충동이 너무 컸기 때문에 긴 호흡의 이야깃거리들을 찾아다니지 않았던 것 같아요. 그러다보니까 세월이 조금씩 계속 흐르고, 그렇게 시간이 한참 흐르고 나니, 이왕 늦어진 것 억지로 뭔가를 찾기보다는 진짜 쓰고 싶은 얘기를 만날 때까지 기다리는 게 더 낫겠다, 그렇게 생각하게 됐죠.

서영채 『눈부신 안부』가 진짜 쓰고 싶은 이야기였어요?

백수린 네. 어느 날, 파독 간호 노동자들을 다룬 전시회에 다녀온 친구가 전시 이야기를 해주며 소설로 써보지 않겠느냐고 물었는데, 그 이야기를 듣는 순간 마음속에서 어떤 불씨가 당겨지는 것 같은 느낌이 들었어요.

서영채 『참담한 빛』에 실린 「북서쪽 항구」 발표하기 전이에요, 후예요?

백수린 이후예요. 「북서쪽 항구」를 썼을 때 저의 관심사는 이방인들에 대한 것이었어요. 특히 함부르크라는 도시에 이주 노동자들이 많았다는 사실을 제가 알고 있었고, 또 인천이 이주민들의 도시라는 것도 알고 있었기 때문에 「북서쪽 항구」는 그 두 도시와의 관계 속에서 이야기를 만들고 싶다는 생각으로 쓴 소설이었어요. 당시로서는 저의 최선이었지만, 장편을 준비하면서 제가 「북서쪽 항구」를 쓸 때만 해도 파독 간호 노동자들을 아주 제한적인 방식으로만 인지하고 재현했다는 것을 깨달았어요.

그래서 「북서쪽 항구」에서 제가 그렸던 파독 간호 노동자를 조금 새로운 관점에서, 새로운 이야기로 다시 써보고 싶다는 욕망을 갖게 되었죠. 전형적인 이미지에 갇혀 있는 사람들을 자유롭게 해방시켜주고 싶다는 욕망을요. 그래서 『눈부신 안부』에는 「북서쪽 항구」에 있는 요소들이 여럿 들어 있어요. 이 작품을 둘 다 아는 사람들은 그런 공통점을 발견하면서 재미있어하셨으면 좋겠다, 두 편을 같이 겹쳐놓고 읽을 때 새롭게 보이는 것들이 있었으면 좋겠다, 그런 마음으로 소설을 썼죠.

서영채 이걸 질문을 해도 되나 싶기는 한데, 왜 인천이라는 지명을 감췄어요?

백수린 아시겠지만 제 소설에는 인천뿐 아니라 다른 곳도 구체적인 지명이 나오는 경우가 많지 않아요. 어떤 지명을 드러내는 게 전개상 꼭 필요할 때에는 쓰지만 그렇지 않은 경우엔 굳이 밝히지 않아요. 인천의 경우, 그 도시의 특성을 묘사해야 했기 때문에 어떤 식으로든 지칭할 필요가 있어 '북서쪽 항구'라는 단어를 썼는데요. 인천을 잘 아는 사람이라면 그 정도만 언급해도 거기가 인천이라는 것을 충분히 알아볼 수 있을 거라고 생각했어요. 그리고 인천을 모르는 사람들은 각자

자기가 아는 어떤 도시, 북서쪽에 있는 어떤 항구 도시를 떠올리면 좋겠다, 이렇게 생각했던 것 같아요.

서영채 그런 다의성을 생각한 거였군요. 나는 고향이 목포인데 남서쪽이라고 해주지. 그냥 '서쪽 항구'라도. (웃음)

*

서영채 『친애하고, 친애하는』. 여성 삼대 이야기죠. 조모가 황해도 사람으로 나오더라고요. 어머니는 재령, 할아버지는 연백. 이제는 참 낯선 이름들이에요.

이 소설이 저한테는 백수린이라는 작가가 '나는 이런 작가예요'라고 크게 외치는 소설로 다가왔어요. 그래서 그때 백수린이라는 작가를 다시 봤다고 할까요. 그전에는 소설쓰기를 좋아하고 즐거워하는, 거짓말을 하고 있는 사람이었는데, 이 작품은 '이제 이 사람이 자기 안에 있는 깊은 이야기를 하네'라는 느낌으로 다가왔어요. 『여름의 빌라』에 수록돼 있는 「폭설」이랑 나란히 놓아야겠죠?

'그래서 도대체 엄마가 누구야! 어디까지 사실이야!' 이런 게 궁금했으나 묻지 않을 거예요. (웃음) ……그래도 물어야 되겠네. (**백수린** 그럼요.) 옛날에는 보통 '엄마' 하면 가지고 있는 고정된 이미지들이 있었잖아요. 이 소설 속 엄마는 그런 고정된 이미지들과는 어긋나는 면도 많아 보이고, 그래서 좀 신선하고 또 단단한 얘기로 다가왔어요.

그런 이야기를 좀 해줄래요? 어떻게 이런 소설을 쓰게 됐는지. 밝히기 싫다면 '그냥 다 거짓말이야', 그래도 되겠고요.

백수린 『친애하고, 친애하는』은 제가 박사 논문을 끝낸 뒤 거의 처음 쓴 작품인데요. 처음으로 삼백 매 분량의 꽤 긴 글을 잡지에 실어야만 하는 상황이었어요. 뭘 써야 할까 고민이 깊었는데, 그때가 사회적으로 한창 미투 운동이 활발히 이뤄지던 시기였어요. 그래서 내가 여성 작가로서, 아까 한나 아렌트가 말한 그 시민의 한 사람으로서, (웃음) 공동체의 일원으로서 뭔가를 해야 될 것 같은데 뭘 할 수 있을까를 고민하다가 제 소설들을 좀 돌아보게 된 거죠.

그랬더니, 제가 재현했던 여성 캐릭터들이 한국 소설에서 많이 봤던 유형의 인물들인 것 같다는 생각에 이르게 되더라고요. 약간은 정적이고, 우울감이 있는 그런 여성들이요. 아마 제가 그런 인물이 나오는 소설들을 좋아해서 그랬던 거겠죠. 그걸 깨닫고 나니, 새로운 소설을, 그것도 삼백 매나 되는 소설을 처음으로 쓴다면 지금까지 내가 썼던 여성 캐릭터와는 조금 다른, 한국 소설들에서 많이 본 적 없던 것 같은 주체적이고 욕망에 충실한 여성 캐릭터를 만들어보면 어떨까 하는 생각이 자연스럽게 떠올랐어요. 그게 동시대 여성 작가로서 내 나름의 방식으로 할 수 있는 의미 있는 일이라고 여겨졌고요.

그리고 제가 모녀 서사 읽는 것을 무척 좋아하거든요. 그런데 그간 읽어온 많은 작품들 속에서는, 대부분 성공한 작가가 쓰는 자기 엄마 이야기니까 더 그랬겠지만, 딸들은 공부도 많이 했고 사회적으로 인정도 받는데 엄마는 딸과 달리 공부를 많이 못했고, 희생만 하는 것으로 그려지곤 하더라고요. 딸들은 그런 엄마를 두고 좀더 나은 세계로 나아가고, 그래서 엄마에게 부채감을 느끼고……

근데 제가 현실에서 본 '엄마'라는 존재가 꼭 그렇지만은 않았거든요. 저희 엄마도, 할머니도 그렇고 제 주변에 있는 친구들의 엄마나, 이제 엄마가 된 친구들도 자세히 들여다보면 다 그렇게 희생만 하지는 않았어요. 그래서 새로운 엄마의 유형을 그리는 것이 유의미한 작업이 될 수 있겠다는 생각이 들어서 보통 서사에서 보는 것과는 다른 엄마, 다른 할머니, 자신들의 욕망에 충실한 여성 인물들을 만들어본 거예요.

서영채 백수린 작가 소설 전체를 놓고 보면, 『친애하고, 친애하는』과도 연관돼 있는데, 자신의 삶을 스스로 선택해나가는 자립적인 여성의 모습, 이게 제일 뚜렷하게 나타나는 모습이에요. 공부 잘하고 의지가 강하고 때로는 희생적인 여성들. 근데 저는 그분들의 앞모습이 아니라 뒷모습이 자꾸 보이는 거예요. 작가가 그분들을 뒤따라가는 시선을 통해 작품을 썼기 때문이겠죠. 그래서 백수린은 저런 여성들의 딸이고 손녀구나, 라는 생각이 들었어요.

거인의 느낌도 있는 자립적인 여성의 모습, 그리고 그 모습을 아주 좋아하고 사랑하는 젊은 여성, 이런 두 인물의 겹침이 지난 십 년 속에서 백수린이 만들어낸 서사의 가장 뚜렷한 모습이 아닐까 하는 생각을 했어요. 앞으로 어떻게 될까요? 이 여성들은.

백수린 근데 혹시 독자님들이 오해하실까봐 노파심에 덧붙이면, 소설 속에서 반복적으로 그려지는 앞선 세대의 여성들을 제 진짜 엄마나 할머니라고 축소해서 이해하지는 않으셨으면 해요. 저희 엄마는 저를 한국에 두고 미국으로 혼자 떠난 적도 없고, 저희 할머니도 「흑설탕 캔디」의 할머니처럼 고등교육을 받으신 분이 아니에요. 저는 다만 저희 엄마와 할머니를 포함하여 앞선 세대의 많은 여성들 안에 분명히 존재하는, 우리가 미처 주목하지 못했던 자립적이고 주체적인 면모들을 발견하고 소설로 그리는 작업을 좋아하는 것 같아요. 그게 의미 있다고 생각하고요.

그리고 제 소설 속에서 꼭 앞선 세대의 여성들만 그렇게 자유롭고 주체적인 모습을 보이는 건 아니에요. 예를 들면 『여름의 빌라』 속 「시간의 궤적」의 '언니'라거나, 「아직 집에는 가지 않을래요」의 친구 '한나'처럼 또래지만 서술자와 달리 조금 더 진취적이고 주체적인 인물들도 있어요.

굳이 말하자면 저는 정적인 여성과 그보다 좀더 주체적인 여성으로 이루어진 한 쌍을 그리는 걸 좋아하는 것 같아요. 왜냐하면 저라는 사람 안에 이런 두 여성이 다 있거든요. 소설 속에 나오는 수동적인 인물은 제가 가지고 있는 여러 면 중 어떤 부분을 과장해 만든 것이고, 주체적인 인물 역시 그렇다고 할 수 있어요. 사실 저는 이 두 가지 면이 모든 인간 안에 있는 것 같고, 대부분의 사람들이 이 두 축 안에서 오락가락하며 살아가고 있다고 생각해요. 여자든 남자든. 근데 아무래도 한국은 사람들에게 안정 지향적이기를 요청하는 사회이기 때문에 주체적인 여성 캐릭터가 나오는 부분을 독자들이 더 눈부시게 바라봐주셨던 것 같아요.

앞으로 제 소설 속 인물들이 어떤 양상을 띠게 될지는 저도 잘 모르겠어요. 그 한 쌍의 여성들을 가지고 제가 보여줄 수 있는 것들은 충분히 보여준 것 같기도 해서요. 이제는 다른 주제로 이야기를 하면 좋지 않을까, 라는 갈증이 조금 있습니다.

*

서영채 첫 책에 해설을 쓰는 경우는 좀 특별해요. 이 작가가 앞으로 어떻게 될까 하고 지켜보게 되죠. 앞에서도 얘기했지만, 수린씨 소설을 읽으면서는 '이 사람은 소설 쓰는 걸 굉장히 즐거워하는 사람이구나, 이렇게도 써보고 저렇게도 써보고 신났네, 신났어' 이런 느낌을 받았어요. 그런데 그런 에너지는 마치 허니문 에너지와도 비슷해서, 소설과의 허니문 기간이 끝났을 때, 마라톤을 시작했을 때 어느 만큼 갈 수 있을지 걱정스럽기도 했죠. '허니문이군. 재밌겠군. 신나지?' (웃음)

백수린 '곧 안 그렇게 될 거야.' (웃음)

서영채 '나도 글만 쓰고 살았으면 좋겠어. 근데 나는 글쓰는 것만 빼놓고 나머지가 다 좋아'로 바뀌는 순간이 오죠. 그 순간을 어떻게 버텨낼까, 이 작가는.

근데 『눈부신 안부』를 읽고 아, 이 사람은 오래가겠군, 이 사람은 이제 직업 작가가 되었구나, 하는 생각을 했어요. 허니문 기간이 끝나고, '자 이제 진짜 거짓말을 해봐'라고 했을 때 시작되는 거짓말의 세계를 제대로 확보하고 있는 거예요.

이번 대담 연락을 받고 새삼스럽게 『폴링 인 폴』을 찾아보면서, 이미 실현된 가능성을 새삼 확인하게 되었어요. 공적 소통과 사적 연결감이라는 상반된 힘을 지금껏 잘 통제해왔구나 하는 느낌이었어요.

백수린 감사합니다. 첫 소설집을 읽고 해설을 통해 응원해주셨던 선생님과 이렇게 십 년 만에 마주앉아 제가 그간 걸어온 길에 대해서 이야기를 나눌 수 있어 무척 기뻐요. 앞으로의 십 년이 또 어떻게 펼쳐질지 모르겠지만, 기왕 마라톤을 시작했으니 혹여나 중간에 넘어지더라도 다시 일어서서 즐겁게, 오래오래 달려 완주해보겠습니다.

서영채 좋은 작품 기대하겠습니다.

초판 작가의 말

몇 년 전부터 허리가 몹시 아프기 시작했다. 컴퓨터 앞에 앉아 글을 쓰다보면 불시에 찾아오는 통증 때문에 한참 동안 누워 있어야만 하는 날들이 반복되었다. 우습게도 허리가 아플 때마다 맨바닥에 누워 허리의 묵직한 통증을 느끼며 나는 잠시 안심했다. 사실 앉는 자세가 좋지 않아 아픈 것에 불과함을 알면서도 나는 나 역시 노동을 하고 있는 사람이라는 착각에 빠지고 싶었던 것 같다. 그 순간만큼은 나도 무엇인가 값진 것을 생산해내는 사람이라고 기꺼이 오해하고 싶었다. 생생한 허리의 통증을 느끼며 글을 쓰고 있는 것이 근육과 관절로 이루어진 '나'라는 존재임을, 글을 쓰는 나는 아무리 노력해도 나의 육체와, 나의 삶과, 이 세계와 완벽히 분리될 수 없음을 알았다.

　등단한 이래 꼭 삼 년이 지났다. 글쓰기는 내게 언제나 나의
어둠을 견디는 방편이었을 뿐이므로 지난 삼 년간 단 한 번의
예외도 없이 내 글을 소설이라 명명할 수 있는지, 만약 이것이
소설이라면 나와 내 소설이 어딘가로 나아가고 있기는 한 것
인지 확신이 서지 않아 괴로웠다. 그러나 내가 만약 매사에 확
신에 차 있는 사람이었더라면, 그래서 무엇이 옳고 그른 것인
지, 참인지 거짓인지 확고히 말할 수 있는 사람이었더라면 나
는 결코 소설을 쓰지 않았을 것이라는 사실을 이제 와 깨닫는
다. 머뭇거리면서, 주저하며 나아가는 날들 중 언젠가 내 글에
도 아름다움이 깃들기를. 그리하여 언젠가 이 책을 읽고 있는
당신에게도 닿을 수 있기를.

　소설쓰기는 협업이 없는 외로운 작업이라고 투덜댔지만, 사
실 책이 나오는 것은 물론이거니와 소설 한 편을 쓰는 것도 온
전히 나 혼자의 힘이 아니었다. 첫 책을 내는 이 순간, 외로웠
던 시간들마다 손을 내밀어준 이들이 떠오르는 것은 그러므로
당연한 일인지도 모르겠다. 너무 많아 일일이 호명할 수 없는
그 모두에게 진심을 담아 감사의 인사를 전한다. 그리고 나의
할머니. 날이면 날마다 컴퓨터 앞에 웅크리고 앉아 무엇을 하

는 것일까 늘 나를 걱정하던 나의 할머니에게 이 책이 잠시나
마 작은 기쁨이 될 수 있으면 좋겠다.

첫 책이다.

오랫동안 소설을 쓰고 싶다.

좋은 소설을 쓰고 싶다.

내가 처음으로 수줍게 건네는 손을 당신, 부디 맞잡아주시길.

2014년 2월

백수린

개정판 작가의 말

 십 년 만에 첫 소설집을 다시 묶는다. 책이 출간된 지는 십 년이 되었지만, 여기에 실린 글들은 그보다 더 오래전에 쓰였다. 개정판을 내자는 제안을 받았을 때는 이미 한참 전 지나온 시절의 글들을 다시 읽으면 서툴고 모자란 부분들이 눈에 띄어 멋쩍지는 않을까 하는 걱정이 가장 먼저 들었다. 하지만 걱정했던 것이 무색하게, 원고들을 다시 읽는 동안 소설을 처음 쓰던 그 시절의 내 마음이 온전히 느껴져 즐거웠고, 그 마음을 그대로 글 속에 간직하고 싶어 대부분의 내용을 크게 수정하지 않고 그냥 두기로 했다.

 교정지를 정리해 보낸 뒤 눈이 아주 많이 내린 겨울의 산에서 며칠을 보냈다. 영하 이십 도가 넘는 추운 날들이었고, 호

수조차 꽁꽁 얼어붙어 있었다. 그래도 창밖을 내다보면 하얀 눈에 햇살이 반사되어 풍경은 온통 환했다. 해가 들어 빛으로 가득한 책상에 앉아 이 개정판에 실릴 인터뷰 원고를 정리하거나 책을 읽었고, 그러다 지루해지면 바깥으로 나가 혼자 오랫동안 걸었다. 장갑을 껴도 손끝이 시려오는 날씨였으나, 추워서 걷는 이가 하나도 없는 숲을, 얼음 같은 고요 속을 혼자 걷는 순간이 좋았다. 누구의 발길도 닿지 않은 순백의 눈밭을 한참 걷다가 멈춰 서서 겨울나무들 너머로 해가 지는 풍경을 보는 일이 좋았다.

이번에 『폴링 인 폴』에 실린 작품들을 다시 읽으며 내 마음속에 자주 떠오른 것은 그런 새하얀 눈의 이미지였다. 소금 결정처럼 단면이 거칠고 부서질 듯 가벼운 첫 눈송이. 시간이 흘러 봄이 오면 녹아 없어지는 것이 당연한, 그래서 내가 이젠 상실했으나 한때 분명히 내 안에 존재했던, 소설을 향한 가장 깨끗하고 순정했던 마음. 그런 의미에서, 이 개정판은 이 책으로 내 글을 처음 접하게 될 새로운 독자들과 이미 나의 책들을 읽어온 오랜 독자들에게 내가 두 손 가득 귀중히 떠서 건네는 그 처음의 새하얀 마음이다.

책을 낼 때마다 감사를 전하고픈 사람이 많지만, 초판에 해설을 써주신 인연으로 개정판을 위해서도 기꺼이 시간을 내어주신 서영채 선생님과 오래된 글들을 다시 꺼내 볼 수 있게 해준 문학동네 편집부에 특별히 감사의 인사를 드리고 싶다. 처음 책을 출간했을 때는 부족한 점에만 골몰하느라 이만큼 귀하게 생각하지 못했던 내 첫 소설집을 덕분에 다시 마주할 수 있었다. 그리고 무엇보다 십 년 전 내가 수줍게 건넸던 손을 기꺼이 맞잡아준 독자들에게 진심을 다한 감사의 인사를. 그때의 독자들이 있었기에, 내가 지금껏 쓰는 사람으로 살아가고 있다.

2024년 2월

백수린

수록 작품 발표 지면

문학동네 소설집

폴링 인 폴
ⓒ백수린 2024

1판 1쇄 2014년 2월 14일
1판 6쇄 2023년 8월 7일
2판 1쇄 2024년 2월 29일
2판 5쇄 2024년 7월 23일

지은이 백수린
책임편집 오윤 정은진
디자인 김문비 유현아 | 저작권 박지영 형소진 최은진 오서영
마케팅 정민호 서지화 한민아 이민경 안남영 왕지경 정경주 김수인 김혜원 김하연 김예진
브랜딩 함유지 함근아 박민재 김희숙 이송이 박다솔 조다현 정승민 배진성
제작 강신은 김동욱 이순호 | 제작처 영신사

펴낸곳 (주)문학동네 | 펴낸이 김소영
출판등록 1993년 10월 22일 제2003-000045호
주소 10881 경기도 파주시 회동길 210
전자우편 editor@munhak.com | 대표전화 031)955-8888 | 팩스 031)955-8855
문의전화 031)955-2696(마케팅) 031)955-1922(편집)
문학동네카페 http://cafe.naver.com/mhdn
인스타그램 @munhakdongne | 트위터 @munhakdongne
북클럽문학동네 http://bookclubmunhak.com

ISBN 978-89-546-9837-5 03810

잘못된 책은 구입하신 서점에서 교환해드립니다.
기타 교환 문의 031)955-2661, 3580

www.munhak.com